Hans-Peter Mester

Franziska

und die Findorffer

Findorff-Krimi
Band 1

Kellner Verlag
Bremen Boston

Dieses Buch ist bei der Deutschen Nationalbibliothek registriert. Die bibliografischen Daten können online angesehen werden:
http://dnb.d-nb.de

Gewidmet
Benjamin
Swantje & Katinka

Der Autor:
Hans-Peter Mester (1954–2016) in Bremen geboren und aufgewachsen, hat große Teile seiner Kindheit »auf Parzelle« verbringen dürfen. Für den langjährigen Leiter des Ortsamtes Bremen-West gehörte der lokale Blick auf die Stärken und die Abgründe des Stadtteillebens fast drei Jahrzehnte zu seinem Berufsalltag. Von 1985 bis 2000 war er stellvertretender Leiter, von 2000 bis 2012 Leiter des Ortsamtes West.

Impressum

© 3. Auflage 2017 KellnerVerlag, Bremen • Boston
St.-Pauli-Deich 3 • 28199 Bremen
Tel. 0421-77866 • Fax 0421-704058
sachbuch@kellnerverlag.de • www.kellnerverlag.de

Lektorat: Klaus Kellner, Lea Thielemann, Claudia Töpper
Satz: Meike Kramer, Umschlag: Designbüro Möhlenkamp

ISBN 978-3-95651-038-0

Handelnde Personen

Franziska Morgenstern: Stadtplanerin und neues Mitglied im Kleingartenverein.

Freunde und Verwandte

Johanna Morgenstern: Schwester von Franziska.
Roswitha: Die bislang beste Freundin.
Torsten: Der Mann, dessen Name nicht genannt werden darf.

Mitglieder der Findorffer Kleingartenidylle

Friedrich »Fritz« Sengstake: Erster Vorsitzender des Kleingartenvereins und Ansprechpartner für jegliche Angelegenheiten.
Norbert Hagedorn: Der Schwager des ersten Vorsitzenden vertreibt mit seiner Frau Nahrungsmittel auf seiner Parzelle.
Elvira Hagedorn: Die »bauernschlaue« Gattin von Norbert.
Alfons Hagedorn: Bruder des ersten Vorsitzenden.
Leonore Kreutzfeldt: Zweite Vorsitzende des Kleingartenvereins. Sie steht mit ihrem Wissen als Rechtsanwalts- und Notargehilfin besonders Fritz Sengstake zur Verfügung.
Kurt »Kuddl« Stratmann: Sonderling des Vereins und zeitweise doch arg nachbarschaftsunverträglich.
Andreas Klapphorn: Musikpädagoge und der »einsame Wolf« unter den Kleingärtnern.
Rudi Klingebiel: Der traditionsbewusste Eckkneipier fungiert als Wirt des Landheims »Erntedank«.
Tatjana Klingebiel: Attraktive Tochter des Wirtes.
Simone Klingebiel-von Lausitz: Adlige und naive Ehefrau des Wirtes und »Diva« des Kleingartenvereins.
Hermann Schilling: Pedantischer Garten-Nachbar von Franziska.
Friedhelm: Nicht gerade friedlicher Dackel von Hermann Schilling.
Familie Markgraf: Linksseitige und, zum Wohle der gesamten Nachbarschaft, sehr aktive Nachbarsfamilie von Franziska.

Die Polizei, dein Freund und Helfer

Karl-Eberhard Strelitz: Hart, aber herzlicher und voraussichtlich nichtrauchender Kriminalrat.
Konstanze Kannengießer: Engagierte und frisch ernannte Kriminaloberkommissarin.
Olaf Knispel: Kriminalkommissar und übereifriger »Fettnäpfchentreter«.

Kapitel 1

»Es gibt Tage, die sollte man besser zu Hause verbringen – vorzugsweise, ohne das Bett zu verlassen.«

Dieser Gedanke ging Franziska Morgenstern durch den Kopf, als sie an einem Freitagmittag am Bremer Hauptbahnhof vor den luftleeren Reifen ihres Sportrades stand. Und nicht nur die Luft hatte den Rückzug aus den Fahrradschläuchen angetreten – auch die Pumpe war offenbar in fremde Hände geraten.

Es war für sie nicht die erste Unebenheit dieses Tages. Zunächst hatte ein leichter Kater die erste Stunde nach dem Erwachen begleitet. Er war einem feucht-fröhlichen Umtrunk geschuldet, den es am Abend zuvor in einer Weiterbildungsstätte in Bad Zwischenahn gegeben hatte.

»Dispensierungen im Planungsrecht – neue Erkenntnisse in der Rechtsprechung«, war das wenig aufregende Thema der einwöchigen Fortbildung, die sie als Stadtplanerin der Stadtgemeinde Bremen auf Geheiß ihres Abteilungsleiters belegt hatte. »Nehmen Sie für uns alle teil und lassen Sie uns im Anschluss von Ihren neuen Erkenntnissen profitieren«, hatte er im Kreise der Mitarbeiter entschieden und ihr gönnerhaft auf die Schulter geklopft. Sie hatte Mühe gehabt, ihren Lebensgefährten Torsten von der Notwendigkeit dieser einwöchigen Abwesenheit zu überzeugen.

Unverhofft wurde jedoch die Fortbildung wegen Erkrankung des am Freitag vorgesehenen Referenten gleich nach dem Frühstück beendet. Damit war die Heimfahrt nach Bremen schon einige Stunden früher möglich als geplant. Die Deutsche Bundesbahn zeigte sich dieser unerwarteten Entwicklung nicht gewachsen. Die nächste passende Zugverbindung entfiel. Leider verschwieg die Lautsprecheransage den Grund der Betriebsstörung und verschaffte den Wartenden auf diese Weise Spielraum für die Überlegung, ob der Zugführer unpässlich war, das Bahnpersonal die aktuellen Tarifverhandlungen mit einem Warnstreik begleitete oder irgendwo eine Kuh die Schienen blockierte. So dauerte es trotz einer Fahrzeit von eigentlich nur 50 Minuten den gesamten Vormittag, bis Franziska am Bremer Hauptbahnhof aussteigen und ihre Reisetasche auf den Gepäckhalter ihres wertgeschätzten Fahrrades wuchten konnte, um dann festzustellen, dass es nicht einsatzbereit war.

»In einem Fahrradparkhaus hätte ich unter den Nutzern doch ein Mindestmaß an solidarischem Verhalten erwartet«, grummelte Franziska und löste von einem benachbarten Rad die Luftpumpe.

Es erwies sich, dass die Schläuche noch intakt waren. Lediglich die Ventile waren von irgendeinem Spaßvogel geöffnet worden und dabei erfreulicherweise unbeschädigt geblieben. Franziska schob ihren fahrbaren Untersatz über eine kleine Rampe auf den Willy-Brandt-Platz, stieg mit Schwung auf und wurde schon nach wenigen Metern gebremst.

»Sie wissen, warum ich Sie anhalte?«, fragte ein grauhaariger Polizist, der sich ihr unvermutet in den Weg gestellt hatte und nun den Lenker festhielt.

»Das kann doch wohl nicht wahr sein«, dachte Franziska Morgenstern, die vom Sattel rutschte und beinahe ins Stolpern geriet. Mit einem gereizten Blick musterte sie den engagiert zu Werke gehenden Ordnungshüter, der offenbar zur Bahnhofswache gehörte. »Ich bin sicher, Sie werden es mir gleich sagen!«, antwortete sie mühsam beherrscht.

»In dieser Stadt gibt es über eine halbe Million Einwohner, demzufolge mehrere Hunderttausende Verkehrsteilnehmer. Das Miteinander kann nur gut funktionieren, wenn es allgemeingültige Regeln gibt, die natürlich auch von allen beachtet werden«, dozierte der Uniformierte, der einen guten Kopf größer war als Franziska. Er ließ eine wirkungsvolle

Pause eintreten. Franziska schaute ungeduldig auf den mahnend erhobenen Zeigefinger der Ordnungskraft.

»Dieses Regelwerk heißt Straßenverkehrsordnung«, nahm der Freund und Helfer den Faden wieder auf. »Darin ist geregelt, auf welchen Flächen sich die verschiedenen Verkehrsteilnehmer bewegen dürfen. Und erwachsene Radfahrer sind auf Fußwegen nicht zugelassen.«

Franziska schüttelte ihre schulterlange, naturkrause, rote Mähne, die sie mit einem Haargummi gebändigt hatte, und die Zahl ihrer vielen kleinen Sommersprossen schien sich zu verdoppeln. »Na fein, dass Sie im Unterricht so gut aufgepasst haben. Kann ich jetzt bitte weiterfahren?«, erwiderte sie schnippisch. Es waren bereits erste Passanten stehen geblieben. Zweifellos wartete man gespannt, ob es zu einer kostenpflichtigen Verwarnung kommen würde. Im Umfeld des Bahnhofs ist die Chance für solche Szenarien traditionell größer als an anderen Orten.

Der Polizist legte etwas Schärfe in seine Ansprache. »Junges Fräulein, Sie sind hier mit Ihrem Rad auf dem Bürgersteig unterwegs«, informierte er die Delinquentin und wies auf den Boden. »Fahrbahn und Gehweg werden hier zwar auf einer Ebene geführt, aber Sie befinden sich eindeutig auf dem fußläufigen Teil.«

»Das junge Fräulein muss dringend weiter«, schnappte Franziska, die normalerweise über ein ausgeglichenes Gemüt verfügte und als überaus harmoniebedürftig galt.

In diesem Moment näherten sich drei abgerissen gekleidete Jugendliche, zwei von ihnen mit farbenfrohem Irokesenschnitt, der dritte mit kompletter Glatze, jeder von ihnen mit einer Flasche Bier in der Hand. Der Kahlgeschorene war zudem in Begleitung eines Hundes, der zweifellos nicht zu den verschmusten Artgenossen seiner Gattung zählte.

Diese Gestalten, die zur Grundausstattung eines jeden bundesdeutschen Großstadtbahnhofs gehören, zeigten Neigung, sich einzumischen. »Was ’n los, ey, was hat die Kleine denn auf'm Kerbholz?«, begehrte einer der Punks zu wissen. Er zeigte mit seiner bierflaschenbewehrten Hand, die aus einer speckigen Lederjacke herausragte, auf Franziska. Gang und Sprache zeigten, dass der neue Gesprächsteilnehmer heute schon mehr als eine Flasche Billig-Bier erfolgreich bearbeitet hatte.

Für den Ordnungshüter wurde das Szenario etwas unübersichtlich. Er wandte sich den drei Alkohol-Endverbrauchern zu und behielt dabei den Hund im Auge, dessen letzte Nahrungsaufnahme einige Tage zurückzuliegen schien. Während er sich dabei um ein deeskalierendes Auftreten bemühte, ohne dabei seine amtliche Autorität preiszugeben, nutzte Franziska die Gunst der Stunde.

Als der Polizist ihr den Rücken zugedreht hatte, um seine Konzentration auf die neue Front auszurichten, bestieg sie kurz entschlossen ihr Rad und radelte beherzt davon. Hinter sich hörte sie amtliches Rufen und alkoholgetränktes Johlen. Wenn er mir noch etwas sagen will, kann er mich aus dem Sattel schießen, dachte Franziska verärgert, statt schuldbewusst, und bog in die Theodor-Heuss-Allee ein. Flucht vor der Polizei – für sie eine ganz neue Erfahrung.

Damit hatte Franziska zwar den Ort dieser unerfreulichen Begegnung hinter sich gelassen, wurde jedoch mit der nächsten Unbill konfrontiert. Das Abbiegemanöver hatte sie in einen strammen Gegenwind geraten lassen, der entschlossen aus dem Westen daherwehte. Sie stemmte sich dem entgegen und musste feststellen, dass sich das Wetter der Jahreszeit angepasst hatte: Zum Wochenbeginn war es noch spätsommerlich warm gewesen und entsprechend leicht hatte sie sich gekleidet. Aber es war Mitte Oktober und sie hätte viel dafür gegeben, Schal, Stirnband und Handschuhe dabei gehabt zu haben. Sie würde diese Winteraccessoires gleich zu Hause hervorsuchen, um sie für das nächste Halbjahr verfügbar zu haben.

Damit gerieten ihre Gedanken in ruhigeres Fahrwasser. Sie freute sich auf ihre Eigentumswohnung, die sich unter dem Dach eines Mehrfamilienhauses über zwei Ebenen erstreckte. Sie freute sich vor allem auf Torsten, der auf diesen heimeligen 80 Quadratmetern seit fünf Jahren mehr als nur ihr ständiger Gast war. Sie sollten endlich ihre gemeinsame Zukunft in festere Formen gießen, überlegte Franziska, während sie an der Kreuzung zur Findorffstraße auf grünes Licht wartete. Mehrfach hatte sie Gespräche mit ihm bereits in diese Richtung lenken wollen – Hochzeit, ein kleines Häuschen in Bürgerparknähe, vielleicht sogar Nachwuchs, stand auf der Agenda ihrer weiteren Lebensplanung. Franziska war 32 Jahre alt, Torsten würde bald 36 sein und stand als promovierter Oberarzt am städtischen Klinikum in gesicherten finanziellen Verhältnissen.

Er hatte sich in den bisherigen Gesprächen stets interessiert gezeigt, gemeinsame Pläne zu schmieden; gleichwohl es aber stets verstanden, das Thema in der Warteschleife zu halten. Am Wochenende würde sie mit ihm romantisch essen gehen und die Sache auf den Punkt bringen, dachte sie entschlossen.

Sie blickte noch einmal prüfend über ihre Schultern, ob die staatliche Gewalt die Verfolgung aufgenommen hatte. Doch weder Streifenwagen noch Ordnungshüter waren in Sicht, um ihren bürgerlichen Ungehorsam zu ahnden. Franziska fuhr über die Kreuzung in die Admiralstraße. Sie zog die Ärmel ihres Anoraks über die Hände, um die schon klammen Finger warm zu halten, und erreichte wenig später das Sechs-Parteien-Wohnhaus in einer kleinen Straße des Stadtteils Findorff, in dem sie seit mehreren Jahren lebte.

Franziska schloss ihr Rad an einem vor dem Haus installierten Fahrradbügel ab, ergriff die Reisetasche und stieg mit elastischem Schritt die drei Stockwerke zu ihrer Wohnung empor. Da sie nicht wusste, ob Torsten Nachtdienst gehabt hatte und gerade sein Schlafdefizit ausglich, betrat sie ihr Refugium leise und behutsam. Als sie die Tür wieder schloss, bemerkte sie sofort, dass hier etwas nicht stimmte. An der Garderobe hing ein Mantel, den sie kannte, der dort aber eigentlich – zumindest jetzt – nicht hingehörte. Ein Blick in die Küche offenbarte Chaos. Esstisch, Spüle und Arbeitsplatte waren mit Geschirr und Essensresten übersät. Aus der oberen Ebene hörte sie Stimmen und Geräusche. Sie setzte die Reisetasche ab, erklomm die nach oben führende Wendeltreppe und gelangte in den Schlafbereich.

Es gibt Momente im Leben, in denen man neben sich steht und die Geschehnisse um sich herum nur unwirklich wahrnimmt. Gleichzeitig läuft vor dem geistigen Auge ein Kaleidoskop von Bildern ab, das sich nur mühsam ordnen lässt. Franziska weigerte sich für einen Moment, das zu glauben, was ihre Augen mitteilten.

Sie holte tief Luft, um dann mit fester Stimme zu fragen: »Störe ich?«

Torsten saß schlagartig kerzengerade im Bett, albernerweise die Decke bis unter das Kinn hochziehend. Seine Bettpartnerin fiel mit einem lauten Quietscher über die Bettkante auf den flauschigen Vorleger. Diesen Quietscher hatte Franziska bislang stets lustig gefunden – er gehörte zu Roswitha, ihrer besten Freundin, mit der sie seit vielen Jahren durch dick und dünn gegangen, Höhen und Tiefen durchlebt und manches Glas Rotwein geleert hatte, um die kleinen und großen Probleme des Lebensalltags zu erörtern und zu lösen.

»Meine Güte, du kannst einen aber auch erschrecken«, beschwerte sich Torsten, als er Atemluft, Gedankenflut und Wortschatz wieder auf einen Nenner gebracht hatte. Franziska antwortete nicht. Ihre Augen wanderten durch den Raum und sogen jedes Detail auf: die auf dem Boden verstreuten Wäschestücke, den Sekt auf dem Nachttisch, die einsatzbereite Kamera am Fußende des Doppelbetts.

»Also, das ist jetzt eine komplizierte Situation und ich denke, wir müssen reden«, eröffnete Torsten den Dialog und hörte sich an wie ein Pastor, der seiner Gemeinde behutsam erklären will, dass der Organist samt der letzten Sonntagskollekte abhanden gekommen ist.

»Raus!«, sagte Franziska leise und noch immer mit fester Stimme.

»Also, das ist jetzt nicht so, wie es möglicherweise auf dich wirken muss …« Torsten legte noch eine weitere Portion Nachsicht in seine Stimme. »Sieh mal, es …«

»Raus! Sofort!« Jetzt wurde Franziska laut.

»Komm, Rosi, im Moment hat es keinen Zweck«, resignierte Torsten. Roswitha hatte schon begonnen, in Windeseile ihre Kleidungsstücke aufzupicken. Franziska gab den Weg frei, und die beiden Betthupferl beeilten sich, an der mit heftigem Zorn bebenden Stadtplanerin vorbeizuschlüpfen. Mit ihrer roten, naturkrausen Mähne, die inzwischen offen über ihre Schultern flutete, sah sie aus wie ein fleischgewordener Racheengel. Roswitha vermied jeden Blickkontakt. Torsten holte tief Luft, wollte erneut etwas sagen, unterließ es jedoch mit einem Blick auf Franziskas versteinerte Gesichtszüge.

Die Wohnungstür klappte zu und Franziska war allein. Sie ging in die Küche hinunter, lehnte für einen Moment am Türpfosten und hielt inne, als warte sie darauf, aus einem schlechten Traum aufzuwachen. Dann griff sie einen großen blauen Sack und begann, alles darin zu verstauen, was an Torsten erinnerte. Anschließend säuberte sie alle Zimmer und tat dies so intensiv und entschlossen, dass sie diese Aktion, die schon fast einer rituellen Reinigung gleich kam, binnen einer Stunde abgeschlossen hatte. Dann rief sie ihre zwei Jahre ältere Schwester Johanna an. Johanna war eine alleinerziehende Mutter von zwei Kindern und verfügte über einen deutlich komplexeren Beziehungshorizont als ihre jüngere Schwester.

»Johanna, wir müssen reden!«

»Ups – Stress mit dem Herrn Doktor?«, landete Johanna einen Volltreffer. »Du weißt, ich bin immer für dich da. Außerdem habe ich heute Luft – meine beiden Jungs sind bei ihrem Vater. Lass uns heute Nachmittag über den Freimarkt gehen, ein bisschen auslüften, und dann setzen wir uns irgendwo in eine Ecke, wo's nicht so laut ist, trinken ein Gläschen Wein und schnacken. Ich bin um 17 Uhr beim Anti-Kolonialdenkmal – und zieh dich warm an, es ist kalt geworden.«

»Ja, Mama«, gab Franziska trotzig zurück und legte auf, bevor Johanna Fragen stellen konnte. Dann setzte sie sich an den Küchentisch, legte den Kopf auf die Arme und weinte. Ein ergiebiger Tränenstrom als natürliche Reaktion auf das jetzt einsetzende Gefühlschaos spülte Verletztheit und Enttäuschung, Wut und Fassungslosigkeit an die Oberfläche. Wenig später meldete sich Torsten telefonisch.

Sie legte wortlos auf mit dem Ergebnis, dass Torsten eine Viertelstunde später an ihrer Tür klingelte. Nachdem er sich über die Gegensprechanlage zu erkennen gab, ging sie zum Küchenfenster und warf den großen blauen Sack mit seinen Habseligkeiten hinaus. Er schien ihn nur knapp verfehlt zu haben, denn seine bis dahin freundliche, geradezu bittende Stimme, die zu ihr heraufdrang, wurde jetzt ärgerlich und fordernd.

Da sich das Küchenfenster in einer Dachschräge befand, hatte sie keine direkte Blickachse auf die Geschehnisse auf der Straße. Als aber Torsten auch weiterhin keine Ruhe gab und im gegenüberliegenden Haus schon die ersten Gardinen beiseite geschoben wurden, nahm sie den noch von ihrer Säuberungsaktion neben der Spüle stehenden Eimer mit Wischwasser und goss ihn kurzerhand aus dem Küchenfenster.

Der unmittelbar folgende Aufschrei zeigte ihr, dass sie ihn mit der Brühe getroffen haben musste. Eine Nachbarin auf dem Balkon gegenüber lachte und zeigte mit beiden Daumen aufwärts. Unten auf der Straße wurde es danach still.

Eine Wagentür klappte zu, ein Motor wurde gestartet und ein Auto entfernte sich. Torsten hatte Franziskas Leben endgültig verlassen.

Was für ein unglaubliches, riesengroßes Arschloch, dachte Franziska und begann, sich etwas besser zu fühlen. Sie rief den Schlüsseldienst an und besaß eine Stunde später ein neues Schloss in ihrer Wohnungstür.

Kapitel 2

Pünktlich traf sie mit ihrem Fahrrad um 17 Uhr am Anti-Kolonialdenkmal ein. Weisungsgemäß hatte sie sich warm angezogen. Johanna, die sich sonst nicht unbedingt an vereinbarte Zeiten hielt, erwartete sie bereits. Zu groß war offenbar ihre Neugier, Einzelheiten des schwesterlichen Beziehungsdramas zu hören. Sie gab ihrer Schwester jedoch Zeit und so bummelten sie eingehakt über den Freimarkt, genossen die Lärm- und Lichteffekte des großen Bremer Volksfestes, ließen sich schieben und drängelten selbst, versuchten ihr Glück an einer Losbude und verschafften sich mit Fischbrötchen und Bratwurst eine Unterlage für den alkoholischen Teil des Abends.

Schließlich landeten sie in der Schwarzwaldstube, etwas abseits vom großen Trubel, und begannen in einer schummrigen Ecke, begleitet von einem unvermutet guten Rotwein, die Lage zu beratschlagen. Franziska musste während des Bummels bereits alles erzählen, Johanna hatte schwesterliche Loyalität zugesagt. Sie sprachen ausführlich über unterschiedliche Entwürfe für Franziskas weitere Lebensplanung. So viel schien sicher: Kerle sollten darin auf absehbare Zeit keine Rolle spielen und schon gar nicht so unwiderstehliche »Große-Jungen-Typen« wie Torsten. Seinen Namen hatten sie tunlichst ausgeklammert und stets von »Du–weißt-schon-wer« gesprochen, als ob es sich um Lord Voldemort persönlich handele.

Nach dem dritten Schoppen kam von Johanna die zündende Idee: »Du möchtest ein paar Reisen unternehmen, um Abstand zu gewinnen. Ich sage dir, das sind Fluchtversuche, die dir letztlich keinen Zentimeter weiterhelfen. Lauf nicht weg, sondern starte eine beliebte und manchmal verkannte Form des Sesshaftwerdens.«

Franziska schaute ratlos auf ihre Schwester, deren Eloquenz sie mitunter anstrengend fand. »Ich glaube, du würdest auch in der Sahara Rasenmäher verkaufen können«, warf sie ein, um den schwesterlichen Redefluss zu bremsen. »Sag mir lieber etwas über deine Idee.«

»Du pachtest einen Kleingarten«, kam die prompte Antwort von Johanna. »Dort machst du dann dein eigenes Ding, kannst alleinverantwortlich herrschen und gestalten und keiner kann dir dazwischenreden.«

Franziska starrte ihre Schwester, die offenbar gerade einen rotweinbegünstigten Kreativschub hatte, sprachlos an. Aus Überraschung wurde Nachdenklichkeit, dann Begeisterung. Johanna und Franziska waren schließlich zeitweise auf einer Parzelle groß geworden. Ein Kleingartengebiet, von Gräben durchzogen, umsäumt von hohen Hecken, mit verwunschenen Wegen und unendlichen Möglichkeiten des Spielens und Lernens, war einige Jahre während der Sommerferien ihre Idylle gewesen.

»Weißt du noch, wie wir gesät, gepflanzt und geerntet haben? Du immer oben im Kirschbaum und ich mit meinen Karotten und Radieschen zwischen den Stangenbohnen und dem kleinen Kürbisfeld. Und zweimal hast du mich in den Graben geschubst«, versank Johanna in Erinnerungen.

»Dafür hast du mich ziemlich oft an den Apfelbaum gebunden«, beschwerte sich Franziska.

»Nur einmal, weil du meiner Lieblingspuppe die Haare abgeschnitten hast«, konterte Johanna.

Beide gruben das gemeinsame Feld der Kindheitserinnerungen kräftig um. Dann bestellten sie noch einen Obstbrand als Absacker und gingen den kurzen Weg zu Franziskas Wohnung.

Der folgende Sonnabendmorgen wurde erneut von einem leichten Kater begleitet. Franziska, die ansonsten gerne den Übergang zwischen Schlafen und Erwachen auskostete, verzichtete heute auf diesen Grenzgang zwischen Traum und Wirklichkeit.

Sie hatte auf der Ledercouch im Wohnzimmer genächtigt. Eine Übernachtung im eigenen Bett schien ihr auf absehbare Zeit nicht möglich – Torsten und Rosi hatten es entweiht. Als ihr an diesem Morgen nach und nach klar wurde, dass sie die gestrigen Ereignisse nicht geträumt hatte, beschloss sie noch mit geschlossenen Augen, das Bett sobald wie möglich zu verkaufen oder aber in den Sperrmüll zu geben.

In der Überzeugung, dass draußen passend zu ihrer seelischen Befindlichkeit graues Gewölk und sturmgepeitschter Regen vorherrschen mussten, blinzelte sie zaghaft zum Wohnzimmerfenster hinüber und war überrascht. Eine strahlende Morgensonne gab ihr Bestes, allerdings – dies wurde einen Moment später vom Radiowecker verkündet – habe es in der Nacht den ersten Bodenfrost gegeben und auch tagsüber werde das Thermometer maximal drei Grad erreichen, denn ein Ostwind sei nun für die Zufuhr sibirischer Kaltluft verantwortlich. Franziska brachte die unverschämt gut gelaunte Stimme der Nachrichtensprecherin mit einem trockenen Schlag auf die Off-Taste zum Schweigen. Dabei stellte sie sich vor, dass es sich um Roswithas Kopf handelte.

Franziska setzte sich auf. Die Erinnerungen an den gestrigen Tag kehrten wie einzelne Puzzle-Teile zurück und fügten sich zu einem düsteren Bild zusammen, neben dem Rembrandts »Nachtwache« als geradezu lichtdurchflutetes Werk hätte gelten können. Allmählich vervollständigte sich zwar der gestrige Abend in Franziskas Erinnerungen, aber der leichte Kopfschmerz war lästig, der sich hinter ihrer Stirn eingenistet hatte.

Wie soll es weitergehen, dachte sie. Immerhin, Johannas Idee mit dem Kleingarten war originell. Und so kam es, dass sie nach einem kräftigen Frühstück zunächst wie jeden Sonnabend mit dem Fahrrad zum Findorffer Wochenmarkt fuhr – diesmal klugerweise mit Stirnband, Schal und Handschuhen ausgestattet, die sich schon am Vorabend auf dem Freimarkt bewährt hatten. Danach radelte sie in das große

Findorffer Kleingartengebiet. Dort wollte sie erste Eindrücke sammeln und nach Möglichkeit ein Gespräch mit dem Kleingartenvorstand führen.

Kapitel 3

Friedrich Sengstake und Leonore Kreutzfeldt saßen an diesem Vormittag im Hinterzimmer des Landheims »Erntedank e. V.«, um die Jahreshauptversammlung vorzubereiten, die am Abend im Schankraum des Landheims angesetzt war. Friedrich Sengstake, von seinen Freunden auch Fritz genannt, bekleidete seit vielen Jahren das Amt des ersten Vorsitzenden. Er war ein gemütlich wirkender Mittfünfziger mit väterlicher Ausstrahlung, konnte aber zu Fragen des Regelwerks über das Kleingartenwesen eine geradezu preußische Genauigkeit an den Tag legen. Diese Mischung aus väterlichem Habitus und preußischem Regelwächter hatte ihn seit über fünfzehn Jahren alle Stürme im Vorstand dieses Kleingartenvereins überstehen lassen.

Leonore Kreutzfeldt war gut zwanzig Jahre jünger und in gewisser Weise sein Pendant: Sie sah die Bestimmungen der Kleingartenordnung entspannter und war ökologisch orientiert, ohne dabei in Dogmatik zu verfallen. Sie ließ sich mehr von ihrem gesunden Menschenverstand leiten, und der tickte nun mal zwanzig Jahre jünger als der von Fritz. Trotz aller Widersprüchlichkeit hatten sie einander schätzen gelernt und als Rechtsanwalts- und Notargehilfin hielt Leonore dem »alten Fritz«, wie sie ihn nannte, in allen bürokratischen und juristischen Fragen den Rücken frei, während er als Polier einer großen Baufirma der Praktiker war. Niemand machte ihnen die Vereinsposten streitig, denn diese Ehrenämter waren mit einer Menge Arbeit und Ärger verbunden – die meisten Kleingärtner zogen es vor, sich auf die Rolle als Kritiker zu beschränken.

Auch heute Abend war nicht mit besonderen Aufregungen zu rechnen. Wahlen standen nicht an, wenn man von der Nachwahl eines Beisitzers absah, der seinen Garten aufgegeben hatte und nun nicht mehr zur Verfügung stand. Misstrauensanträge waren nicht zu erwarten und so würde es bei dem üblichen Gequake bleiben, wie es Fritz gern nannte. Eine wie immer leidenschaftlich geführte Debatte zur Frage eines eigenen Wasseranschlusses versandete wie jedes Mal an der Kostenfrage, ebenso der gemeinschaftliche Ärger über das Verhalten der Eigenlandbesitzer, die sich an keine Regeln hielten. Zwei Wege des Kleingartenvereins »Erntedank e. V.« gehörten nämlich nicht zum Landesverband der Kleingärtner, sondern befanden sich seit grauer Vorzeit in privatem Besitz. Dort fühlte man sich nicht an die Regeln der Gemeinschaft gebunden. Dieser Umstand bildete auf jeder Jahreshauptversammlung einen verlässlichen gemeinsamen Nenner, der eine willkommene Plattform bot, um sich »über die Privaten« zu erregen und damit alle anderen Ärgernisse zu überlagern.

Einzig unwägbar, darin waren sich Fritz und Leonore einig, blieb der alte Sonderling Kuddl Stratmann aus dem Himbeerweg. Ihn hatte das Leben an irgendeiner Stelle aus der Kurve getragen. Wann und warum, wusste keiner genau zu sagen, und er selbst sprach nicht darüber. Kuddl, der schon über siebzig Jahre zählte, galt als nachbarschaftsunverträglich, stand häufig unter Alkohol, schien aber aus gutbürgerlichen Verhältnissen zu stammen und wirtschaftlich abgesichert zu sein. Trotzdem trat er in abgerissener Kleidung auf, vermittelte oft den Eindruck geistiger Verwirrung, um im nächsten Moment aber mit listigem Blick erstaunliche Cleverness zu beweisen. Vor allem war er klug genug, sich bei der Bearbeitung seiner Parzelle nichts zu Schulden kommen zu lassen, so dass es keinen ernsthaften Grund gab, ihm das Pachtverhältnis zu kündigen.

Nun tönte er seit Tagen jeden Abend am Tresen des Landheims, dessen ständiger Gast er war, dass man sich in der Jahreshauptversammlung noch wundern werde. »Da werde ich auspacken und ich sage jetzt schon mal, dann werden sich einige wundern. Einen eigenen Tagesordnungspunkt werde ich dafür beantragen!«

Diese Botschaft gab er täglich mit leichten Variationen zum Besten, war aber nicht bereit, sich von neugierig Nachfragenden vorab in die Karten gucken zu lassen. Fritz und Leonore hielten den angekündigten Auftritt von Kuddl Stratmann jedoch für beherrschbar.

Fritz bestellte beim Pächter des Landheims, Rudi Klingebiel, noch einen Kaffee. Leonore einen Cappuccino. »Ham wir nich«, schnaufte Rudi, der mit seinem Bauch, der davor gespannten Schürze und dem lockigen Haarkranz wie der Prototyp eines Eckkneipenwirtes aussah. Seine Frau Simone, geborene von Lausitz, verkörperte das krasse Gegenteil. Schlank und offenbar einem Modejournal entsprungen, dazu ständig missgelaunt, bewegte sie sich in der Gaststube in High Heels und vergraulte regelmäßig die Gäste.

Leonore hakte nach. »Sag mal Rudi, Cappuccino und Latte macchiato sind doch mittlerweile längst Standard!«

»Bei mir nich«, brummte Rudi gemütlich und wischte den Tisch mit einem Geschirrhandtuch ab. »Bei mir gibt's Kaffee, mit und ohne Koffein, mehr brauchen Kleingärtner nich. Außerdem trinken richtige Kleingärtner sowieso lieber Bier und Korn!«

Leonore seufzte. Sie wusste, dass in Wirklichkeit Rudis Frau Simone die Erweiterung des gastronomischen Angebots torpedierte. »Sollen wir mal mit Simone sprechen?«, bot sie Rudi an.

In diesem Moment öffnete sich die Tür zum Hinterzimmer und Rudis Frau steckte ihre Nase als Vorbote ihres missmutigen Gesichts mit den ewig abwärts zeigenden Mundwinkeln in das Hinterzimmer. »Da ist eine Frau Morgenstern, die möchte euch sprechen«, verkündete sie mit gelangweilter Stimme. Ihre Stimmung bewegte sich irgendwo zwischen teilnahmslos und gereizt.

Fritz und Leonore schauten sich fragend an.

»Die kommt vom Planungsamt oder so ähnlich«, verkündete Simone.

Fritz' Blick bekam einen wachsamen Ausdruck, und Leonore runzelte die Stirn.

»Die will eine Parzelle pachten«, rundete Simone ihre Botschaft ab. »Was ist nun? Seid ihr zu sprechen?«

»Ja«, entschied Fritz. »Immer herein!«

Simone gab den Eingang frei. Eine junge Frau mit roter Haarmähne und Stirnband trat ein. Fritz musterte den unangemeldeten Gast mit gespannter Neugier. Er stand auf. »Fritz Sengstake«, stellte er sich mit leutseliger Stimme vor und reichte ihr die Hand. »Ich bin hier der erste Vorsitzende!« Mit dem Kopf wies er auf die zweite Vorsitzende. »Das ist Leonore Kreutzfeldt, meine Stellvertreterin und große Stütze«, erläuterte er.

»Morgenstern«, stellte sich Franziska vor. »Franziska Morgenstern«. Sie tauschte auch mit Leonore einen festen Händedruck.

»Setzen Sie sich zu uns.« Fritz Sengstake wurde gemütlich. »Rudi, bring uns noch einen Kaffee. Ich glaube, Frau Morgenstern muss sich erst mal aufwärmen.«

Franziska dachte, dass sie die Öffnung eines Fensters bevorzugen würde, denn die Luft des Hinterzimmers hätte einer Räucherkammer alle Ehre gemacht. Ein gut gefüllter Aschenbecher machte deutlich, dass sie sich in der Raucherzone des Landheimes befand. Sie nahm Platz und lehnte eine von Leonore Kreutzfeldt angebotene Zigarette freundlich, aber bestimmt ab.

»Wir hörten eben, dass Sie vom Planungsamt kommen. Was können wir denn für Sie tun?«, eröffnete Fritz das Gespräch.

»Oh, mein Besuch hat nichts mit meinem Beruf zu tun. Ich bin tatsächlich Stadtplanerin, aber mein Anliegen ist privat.«

Fritz Haltung entspannte sich. »Da bin ich ja erleichtert«, meinte er. »Ich dachte schon, wir hätten uns irgendwas zu

Schulden kommen lassen.« Er lachte herzlich und Leonore, die von der Abneigung des ersten Vorsitzenden gegen alle Behörden und Dienststellen wusste, stimmte in das Gelächter ein.

»Es ist so, dass ich eine Parzelle pachten möchte. Ich lebe hier im Stadtteil, bin auf einem Kleingarten groß geworden und möchte meine Freizeit in die Bewirtschaftung eines Kleingartens stecken«, erläuterte Franziska in artigen Worten ihr Vorhaben.

»Das ist ja erfreulich«, meinte Fritz, »obwohl die Jahreszeit dafür ungewöhnlich ist.«

Leonore assistierte ihm. »Ja, wirklich. Es ist gut für uns, wenn auch jüngere Interessenten wieder verstärkt den Weg zum Kleingarten finden.«

Rudi Klingebiel brachte den Kaffee. Er hatte den letzten Satz von Leonore gehört. »Sie wollen eine Parzelle übernehmen? Da wird der Vorstand sich freuen, was?« Er blinzelte Fritz zu.

»Nu lass uns mal allein«, komplimentierte Fritz den Wirt freundlich, aber bestimmt hinaus.

»Schon gut, ich will nich stören«, trat Rudi den Rückzug an, warf noch einen Blick auf Franziska und schloss dann die Tür von außen.

Fritz wandte sich wieder an Franziska. »Sie sagen, dass Sie auf einer Parzelle groß geworden sind. Dann wissen Sie ja, worauf Sie sich einlassen. Einen Kleingarten bewirtschaften heißt, sich auf verbindliche Freizeitgestaltung einzulassen und bestimmte Spielregeln zu beachten. Da geht es nicht nur um Grillfeten und gelegentliches Rasenmähen. Und bevor geerntet werden kann, muss angebaut werden.« Fritz hatte sich warm geredet. Er befand sich mit seinem Vortrag eindeutig in vertrautem Fahrwasser – kein Zweifel, diese Ansprache gehörte zu seinem Standardrepertoire.

Leonore versuchte, dem Vortrag eine wärmere Note zu verleihen. »Natürlich steht bei uns die gute Nachbarschaft im Vordergrund – da ist selbstredend auch Platz für ein

Lampionfest oder mal einen kleinen Umtrunk«, versuchte sie die zwischenmenschlichen Aspekte des Lebens »auf Parzelle« zu betonen.

»Sicher«, fiel Fritz ein, »aber das alles funktioniert nur, wenn man sich auch die Regeln zueigen macht, die sich nun mal aus der Landeskleingartenordnung ergeben.«

»Ich weiß, eine Gartenlaube darf maximal eine Fläche von zwanzig Quadratmetern haben, plus vier Quadratmeter Terrasse, und das ständige Wohnen ist nicht erlaubt.«

»Ich sehe, Sie stehen schon gut im Thema«, strahlte Fritz. »Aber es gibt natürlich noch mehr Regeln: die Hecken nicht zu hoch, mindestens zwei Drittel Anbaufläche, Bäume müssen einen Mindestabstand zur Nachbargrenze haben, Nadelbäume sind nicht gestattet und was Lärm angeht, nehmen wir natürlich Rücksicht auf unsere Nachbarn – Mittagszeiten und der Sonntag sind uns heilig, da gibt's kein Rasenmähen oder Heckenschneiden. Und dann wäre da noch der Gemeinschaftsdienst«, umriss Fritz die Grundfesten des bremischen Kleingartenwesens.

Leonore Kreutzfeldt unterbrach ihn. »Das ist natürlich alles richtig und wichtig«, bestätigte sie, »aber es gibt selbstverständlich Spielräume.«

»Nein, Leonore«, unterbrach Fritz sie mit väterlicher Strenge, »es ist schon wichtig, diese Richtlinien zu haben und auch einzuhalten. Und für das Einhalten sind wir als Vorstand zuständig, wir und unsere Wegewarte!«

Leonore zwinkerte Franziska zu, die während des Vortrags von Fritz Sengstake zunehmend nachdenklich geworden war. »Fritz hat natürlich Recht – ohne Regeln geht es nicht. Aber wir sind auch nicht päpstlicher als der Papst und eine Parzelle soll ja auch der Ort für eine individuelle Lebensform sein, da muss Luft zum Atmen bleiben.«

Franziska bekam den Eindruck, dass die beiden Vereinsvorsitzenden sehr unterschiedliche Kleingartenphilosophien verkörperten. Dabei blieben beide auf ihre Art sympathisch

– der regelgläubige Fritz, gleichzeitig ein väterlicher Typ, dem man wohl vertrauen konnte, und die zwanzig Jahre jüngere Leonore, die offenbar mit beiden Beinen im Leben stand und mit ihren dunklen, in alle Richtungen strebenden Locken das Motto »Leben und leben lassen« darstellte. Dennoch oder vielleicht gerade deshalb zeigte sie Loyalität zu ihrem ersten Vorsitzenden:

»Was Fritz sagen will«, erläuterte sie, »ist die Tatsache, dass natürlich nicht jeder machen kann, was er will. Deshalb sind solche Orientierungspunkte, wie er sie eben beschrieben hat, schon wichtig. Aber lassen Sie sich dadurch nicht abschrecken – ich fände es schön, wenn Sie sich entschließen könnten, einen Garten aus unserem Leerstand zu übernehmen.«

»Ja«, erklärte Franziska, »ich bin auf dem Weg hierher durch ein paar Wege gefahren, um mir einen Eindruck vom Kleingartenverein ›Erntedank‹ zu verschaffen. Da hab ich ein paar recht vernachlässigte Gärten gesehen, vor allem im Stachelbeerweg. Es wäre eine schöne Aufgabe, einen solchen Garten wieder auf Vordermann zu bringen.«

»Stachelbeerweg«, murrte Fritz, »gerade der ist unser Ärgernis. Der ist nämlich zusammen mit dem Brombeerweg in der Hand von Eigentümern. Eigenland, verstehen Sie? Hat mal in grauen Vorzeiten der Kirche gehört, die haben das Land dann aufgeteilt und vertickert. Die heutigen Eigentümer kriegen wir nicht dazu, sich an unsere Regeln zu halten. Da wird in der Mittagszeit Rasen gemäht, da werden Gartenabfälle verbrannt, Müll aufgetürmt, und einige Gärten sind völlig vernachlässigt. Sie haben's ja eben beschrieben.«

»Tja, unser ständiges Ärgernis«, lächelte Leonore Kreutzfeldt, »aber auch unser gemeinsames Feindbild, das uns zusammenschweißt.«

Fritz Sengstake blickte auf seine Armbanduhr und dann auf Franziska Morgenstern: »Wie wollen wir denn nun verbleiben?«

Bevor Franziska antworten konnte, meldete sich nochmals die zweite Vorsitzende zu Wort: »Wie wäre es, wenn Frau Morgenstern heute Abend als Gast an unserer Jahreshauptversammlung teilnimmt? Dann kann sie einen Eindruck von unserem Vereinsleben gewinnen und überlegen, ob sie sich auf die Welt der Kleingärten einlassen will.«

Franziska überlegte kurz. Ihr erster Sonnabend als Single – den konnte sie abends schlechter verbringen als unter Kleingärtnern.

Fritz Sengstake nahm ihr die Antwort ab. »Eine prima Idee. Und dann können Sie gleich, wenn es bei Ihnen so etwas gibt, Ihren Lebensgefährten mitbringen.«

»Nein, gibt es nicht«, antwortete Franziska und ärgerte sich sofort über diese zu schnell gegebene Antwort. Da hatte der alte Fuchs ihr doch mal eben im Vorbeigehen ihren Beziehungsstatus entlockt.

»Naja, geht mich ja auch nichts an«, strahlte Fritz Sengstake. »Muss jeder für sich selber regeln, oder?«

»Richtig«, bestätigte Franziska mit trotziger Miene und stand auf. »Ich muss los, noch ein paar Dinge regeln. Und heute Abend bin ich gern dabei. Hier im Vereinsheim?«

»Hier im Vereinsheim um 19.00 Uhr«, bestätigte Fritz Sengstake und reichte ihr die Hand.

»Ich freu mich«, schloss sich Leonore Kreutzfeldt an. »Bis heute Abend.«

»Genau, bis heute Abend.« Franziska griff sich Tasche, Schal und Handschuhe. »Mal gucken, ob mein Rad noch da ist«, lächelte sie, verließ das Hinterzimmer des Vereinsheims, nickte dem Wirt Rudi zu, der hinter dem Tresen Gläser polierte, und ignorierte den giftigen Blick seiner Frau Simone, die ihm gerade einige unfreundliche Vorhaltungen machte. Sie fühlte sich bei der Textgestaltung offenbar durch Franziska gestört.

An der Theke klemmten drei Kleingärtner, die mit ihrem Frühschoppen beschäftigt waren und nach Franziskas

Eindruck zur festen Einrichtung der rustikal eingerichteten Gaststube zählten. Am anderen Ende der Theke saß ein einzelner älterer Mann in einem fleckigen Mantel unbestimmter Farbe – er und sein Besitzer schienen beide schon bessere Zeiten erlebt zu haben. Er drehte sich auf seinem Hocker zu Franziska um und fixierte sie aus kleinen, stechenden Augen. Das weiße Haar war rückwärts gekämmt und schob sich in fettigen Strähnen über den Mantelkragen. Tiefe Falten durchzogen sein Gesicht, dessen gelb-gräulicher Teint von ungesundem Lebenswandel zeugte.

»Rudi sagt, dass Sie eine Parzelle suchen«, ließ er sich vernehmen. Er verfügte über eine erstaunlich kultivierte Stimme, die nicht zu seiner Gesamterscheinung passte. »Eine löbliche Absicht, alles was Recht ist. Ich würde Ihnen aber zu einem anderen Kleingartenverein raten, denn hier stinkt es«, setzte er seine Ausführungen in wohlgesetzten Worten fort.

»Jau«, brummte Rudi, »aber immer nur dann, wenn du deinen Kartoffelacker düngst. Dann können deine Nachbarn nämlich getrost drei Tage zu Hause bleiben.«

Der Alte, den Franziska auf über siebzig schätzte, machte eine wegwerfende Handbewegung. »Ich spreche hier nicht von biologisch begründbarer, zudem temporärer Geruchsentwicklung«, dozierte er. »Ich spreche davon, dass es in unserer Kleingartengemeinschaft stinkt. Aber ich werde heute Abend auspacken – da werden Köpfe rollen!« Für einen Moment drohte er, das Gleichgewicht zu verlieren, konnte aber seine instabile Position auf dem Barhocker im letzten Moment ausbalancieren. Er prostete Franziska zu. »Sind Sie heute Abend auch dabei? Je mehr Zuhörer anwesend sind, umso besser.«

Franziska nickte.

»Sehr schön, junge Frau, sehr schön. Ich heiße übrigens Stratmann, Kurt Stratmann. Aber alle sagen Kuddl zu mir.« Er schwenkte sein halbvolles Bierglas. »Wir sehen uns.«

Damit drehte er sich wieder zur Theke um und bestellte ein weiteres Bier.

Rudi seufzte und legte sein Poliertuch beiseite. »Wenn du so weiter trinkst, wirst du heute Abend der einzige sein, der ins Rollen kommt«, erklärte er und schob ein Glas unter den Zapfhahn.

Franziska trat in die kühle Oktoberluft hinaus. Armer Kerl, dachte sie. Muss mal bessere Zeiten gesehen haben und ist dann irgendwann aus der Weiche gesprungen. Nachdenklich löste sie das Bügelschloss an ihrem Fahrrad und schwang sich in den Sattel.

Sie ahnte nicht, wie sehr dieser Besuch im Landheim »Erntedank« ihr Leben verändern sollte.

Kapitel 4

Schon lange vor Sitzungsbeginn war das Landheim gut gefüllt. Rudi bediente den Zapfhahn, zahlreiche Gespräche an den einzelnen Tischen sorgten für einen enormen Geräuschpegel.

Franziska traf um 18.40 Uhr ein und bekam noch einen Platz am äußeren Ende der Theke. Neben ihr stand Leonore Kreutzfeldt mit einer Cola in der Hand.

»Oh, hallo«, begrüßte sie Franziska. »Schön, dass Sie kommen konnten. Volles Haus, wie Sie sehen. Man könnte sagen: ausverkauft.«

Franziskas Blick wanderte durch die Gaststube. »Die scheinen ja bester Stimmung zu sein«, befand sie.

»Ja, ein munteres Völkchen, trotz des Rauchverbotes hier im Hauptraum«, räumte Leonore amüsiert ein. »Das Bier trägt natürlich seinen Teil dazu bei.«

»Und Sie trinken Cola?«, wunderte sich Franziska, die von Rudi gerade ein kleines Bier über die Theke geschoben bekam.

»Ja, ich gönn' mir erst nach der Sitzung ein Bier. Vielleicht auch zwei. Im übrigen heiße ich Leonore – wir dürften ja ziemlich im gleichen Alter sein.« Sie stießen an.

»Ich heiße Franziska.«

»Prima. Und bist du immer noch entschlossen, Parzellistin zu werden? Aber sonst wärst du ja kaum hier, oder?«

»Genau. Aber sag mal, kennst du alle Anwesenden persönlich?«

»Doch, die allermeisten kenne ich«, erklärte Leonore. »Und Fritz kennt sie auf jeden Fall. Da drüben, das ist Kuddl Stratmann, der sorgt immer für Unruhe. Da vorne, das sind die Markgrafs. Die haben vier Kinder und leben in Dauerstreit mit dem älteren Herrn an dem Tisch an der Tür. Das ist Hermann Schilling mit seinem Dackel. Das Tier ist leider unberechenbar – mal lammfromm, mal eine wandelnde Tretmine«, gab Leonore eine kleine Auswahl ihrer Personenkenntnis zum Besten. »Das Ehepaar am gleichen Tisch, das sind Norbert und Elvira Hagedorn. Die verkaufen auf ihrer Parzelle ein paar Grundnahrungsmittel und Getränke. Das ist natürlich unserem Wirt Rudi Klingebiel ein Dorn im Auge. Er hat den beiden auch schon mal Lokalverbot erteilt, aber das ist inzwischen wieder aufgehoben. Frau Hagedorn ist übrigens die Schwester unseres ersten Vorsitzenden.«

»Aha«, machte Franziska. Sie wirkte beeindruckt. »Und wer ist der Typ dort am anderen Ende der Theke?«

Dort saß etwas abgesetzt von den anderen Gästen ein Mann, der jünger als der Gaststubendurchschnitt zu sein schien. Ein Mittdreißiger, dunkle Haare und Vollbart, sportliches Aussehen, verschlossener Blick, in sich gekehrt und mit seinem Bier beschäftigt, als säße er alleine hier.

»Oh, das ist Andreas Klapphorn. Musiklehrer und im Übrigen unser einsamer Wolf«, wusste Leonore Kreutzfeldt zu berichten.

»Einsamer Wolf?« Franziska fasste das Objekt ihrer Neugier genauer ins Auge.

»Ja. In seiner Ehe muss irgendetwas gewaltig schiefgegangen sein. Seine Ex ist mit den beiden Kindern nach Rumänien und hat dort wieder geheiratet, er hat sich auf seinen Kleingarten zurückgezogen, spricht kaum mit jemandem und vergräbt sich in seiner Laube. Manchmal hört man ihn Gitarre spielen.«

Franziska fragte sich, wie detailliert das Wissen der zweiten Vorsitzenden um die Einzelschicksale der Vereinsmitglieder ausgeprägt war – und ihre Bereitschaft, diese auf Nachfrage öffentlich zu machen. Sie hakte nach: »Und was macht ein einsamer Wolf auf solch einer trubeligen Jahreshauptversammlung?«

»Ja, das passt nicht ganz zusammen. Aber er hat sich schon ein paar Mal als Regulator erwiesen. Ich meine, wenn es unterschiedliche Meinungen gab, dann hatte er immer gute Lösungsvorschläge. Ein Pädagoge eben«, lachte Leonore. »Jetzt muss ich aber zu Fritz, es geht gleich los. Lass uns nachher noch ein Bier nehmen.«

Sie begab sich zu einem kleinen Podium, das von den übrigen Tischen und Stühlen abgesetzt war. Leonore nahm neben Fritz Platz, der sich jetzt erhob. »Liebe Gartenfreunde«, ließ er sich mit tragendem Bass vernehmen und sofort erstarben die zahlreichen Gespräche an den Tischen, »liebe Gartenfreunde, ich eröffne die Jahreshauptversammlung des Kleingartenvereins ›Erntedank‹ und begrüße euch sehr herzlich. Es wurde ordnungsgemäß eingeladen. Die Tagesordnung liegt auf den Tischen aus. Wird eine Ergänzung gewünscht?«

Kuddl Stratmann rief quer durch den Saal: »Aber ja, aber ja. Natürlich gibt es einen weiteren Tagesordnungspunkt!« Er hatte offenbar den ganzen Nachmittag bei Rudi an der Theke verbracht.

»Und wie soll der heißen?«, erkundigte sich Fritz Sengstake. In seiner Stimme paarten sich Geduld und Nachsicht. Es schien, als ob ein verständnisvoller Vater mit seinem minder begabten Sohn über eine versemmelte Klassenarbeit sprach.

»Ich will auspacken und dann werden Köpfe rollen«, erklärte Kuddl Stratmann mit verwaschener Stimme, die bei weitem nicht mehr so kultiviert klang wie am Vormittag.

»Ja, das erzählst du nun schon seit Wochen«, entgegnete Fritz Sengstake. »Aber nun mal Butter bei die Fische: Worum geht es?«

An einigen Tischen wurden Zwischenrufe laut. »Spendiert ihm noch ein Bier, damit er Ruhe gibt und wir vorankommen!«

»Nun lasst doch mal«, wehrte Fritz ab. »Kuddl, nun sag schon, was du auf dem Herzen hast!«

»Auf der Leber«, tönte ein Kleingärtner dazwischen. Der Saal lachte. »Jawoll, Prost, bis später unterm Tisch«, amüsierte sich ein anderer Gartenfreund.

»Ruhe jetzt mal!«, polterte Fritz und begann, Führungsqualitäten zu zeigen. »Kuddl, was ist jetzt, sag an!«

»Der Tagesordnungspunkt soll heißen ›Ehrliches Kleingartenwesen in Bremen – Anspruch und Wirklichkeit‹.« Kuddl las diesen anspruchsvollen Satz von einem Bierdeckel ab – dort hatte er ihn schon vor zwei Stunden notiert, wohl ahnend, dass er ihn in der Sitzung nicht mehr freihändig über die Lippen brächte.

»Naja, nun sind wir aber alle schlauer«, brummte Fritz. »Aber du sollst deinen Willen haben. Wir fügen den neuen Punkt am Ende der Sitzung ein.« Es regte sich kein Widerspruch.

»Dann lasst uns fortfahren. Ich bitte euch zunächst, dass ihr euch zum Gedenken der in diesem Jahr verstorbenen Vereinsmitglieder erhebt.« Die Anwesenden folgten Fritz, Stuhlbeine scharrten über den Holzfußboden.

»Wir gedenken Heinrich Klopstock, Karl Stuckwinkel und Gisela Abendroth.«

Es setzte eine Schweigeminute ein, die Fritz schließlich mit »Ich danke euch« beendete. Allgemeines Hinsetzen, die ersten Gartenfreunde signalisierten durch Winken zur Theke weitergehenden Bierbedarf. Rudi, der diese Rituale seit vielen Jahren kannte, hatte schon vorgezapft und drückte seiner Frau Simone ein Tablett mit etlichen gefüllten Biergläsern in die Hand. Sie machte sich mit verdrossenem Gesichtsausdruck auf den Weg durch die Gaststube und verteilte die Getränke. »Entschuldige, dass wir stören«, kommentierte ein Kleingärtner Simones ewig auf Halbmast befindliche Mundwinkel. Gelächter an den umliegenden Tischen, ein Gartenfreund klatschte sogar Beifall.

Fritz Sengstake ignorierte dieses kleine Rahmenprogramm und rief die Genehmigung des Protokolls der letzten Sitzung auf. Wahrscheinlich keiner der Anwesenden hatte dieses von der Schriftführerin Erna Petermann verfasste Werk, das zusammen mit der Einladung in drei öffentlichen

Schaukästen des Vereins aushing und auf jedem Tisch ausgelegt worden war, gelesen. Daher regte sich kein Widerspruch. Die erste Hürde, dachte Fritz bei sich, war genommen. Nun kam der erste Aufreger: mangelnde Beteiligung an der Gemeinschaftsarbeit.

»Gartenfreunde«, hob Fritz an, »die Teilnahme am Gemeinschaftsdienst hat einen neuen Tiefpunkt erreicht. So kann es nicht weitergehen – wir werden die Pflege der Gemeinschaftsanlagen auf Dauer nicht in den Griff kriegen.«

An dieser Stelle rülpste Kuddl Stratmann, der auf seinem Barhocker festgeschraubt schien, laut und vernehmlich.

»Das haben wir gehört, Kuddl«, unterbrach Fritz seinen Gedankengang und blickte strafend über die auf seiner Nasenspitze thronende Goldrandbrille. »Reiß dich mal zusammen!« Dann knüpfte er wieder an das Thema Gemeinschaftsdienst an und hielt den ersten Grundsatzvortrag des Abends. Leonore, die neben ihm saß, seufzte leise. Der Abend würde nicht so schnell zu Ende gehen.

An Fritz' Ausführungen schloss sich eine hitzige Debatte an, die von einem Kleingärtner aus dem Johannisbeerweg losgetreten worden war. Er hatte eine Verdopplung des Betrages gefordert, mit der man sich vom Gemeinschaftsdienst freikaufen konnte. Leidenschaftlich wurden Thesen und Antithesen gestapelt, begründet und verworfen.

»Eure Probleme möchte ich haben«, krakeelte Kuddl dazwischen. »Hier laufen doch ganz andere Schweinereien! Wartet nur ab, bis ich dran bin!« Er nahm einen weiteren Korn zu sich und drohte dabei rückwärts vom Barhocker zu kippen.

»Junge, Junge«, meinte Leonore leise zu den übrigen Vorstandsmitgliedern, »wenn das man gut geht. Kuddl sitzt doch schon seit dem Frühschoppen hier!«

Fritz nickte. Laut sagte er: »Kuddl, nu lass mal gut sein. Wenn du krakeelen willst, mach das auf deiner Parzelle, aber nicht hier auf der Jahreshauptversammlung.«

Der Abend schritt voran, und die Tagesordnung wurde zäh Punkt für Punkt abgearbeitet. Zu jeder Meinung gab es eine Gegenmeinung. Gegen 21 Uhr, als das Thema »Wasserzapfstelle, Abrechnungen und Verlegung einer eigenen Wasserleitung« abgeschlossen war (Vertagung auf nächstes Jahr und Einsatz eines dreiköpfigen Sonder- und Prüfungsausschusses zur Kosten- und Risikoermittlung) und Rudi vergeblich versucht hatte, gegen das lebensmittel- und getränkeverkaufende Ehepaar Hagedorn zu stänkern, verkündete der erste Vorsitzende eine Pinkel- und Raucherpause. Franziska atmete tief durch. Kuddl, der inzwischen fast jeden Satz kommentierte, kritisierte die Sitzungsunterbrechung.

»Du willst ja nur meinen Punkt totmachen!«, krähte er und zeigte mit ausgestrecktem Arm auf Fritz. Leider befand sich in der zum Arm gehörenden Hand ein ziemlich volles Bierglas, dem die ruckartige Vorwärtsbewegung nicht bekam. Große Teile des Inhalts ergossen sich auf einen vor ihm sitzenden Parzellisten, der empört aufsprang. Ein anderer, in der Nähe zur Tür sitzender Gartenfreund hatte die Szenerie verfolgt. »Sei doch froh über die Klo-Pause, Kuddl«, rief er feixend herüber, »in deinem Alter sind sowieso alle inkontinent! In der Blase und im Kopf.«

»Blöder Pisser!«, kreischte Kuddl mit überschnappender Stimme und warf ein Schnapsglas nach dem Spötter. Der duckte sich blitzartig und das Schnapsglas durchschlug eine der Butzenscheiben in der Eingangstür.

»So, Kuddl, das war's!«, dröhnte Fritz. »Raus!«

Der von Kuddl zuvor mit Bier übergossene Kleingärtner und einer seiner Tischnachbarn griffen den Störenfried an je einem Arm, zerrten ihn vom Barhocker und beförderten ihn unter Gejohle der Anwesenden vor die Tür. An dieser Stelle wollte Franziska zunächst eingreifen, sah dann aber, dass Andreas Klapphorn seine Rolle als einsamer Wolf ablegte und zügig dem Ausgang zustrebte. Er mischte sich dort beschwichtigend in den kleinen Tumult ein und versuchte offenbar, die Gemüter zu beruhigen. Er half dem gestrauchelten Kuddl auf die Beine, so viel konnte Franziska noch sehen. Dann verstellten ihr etliche Sitzungsteilnehmer die Blickachse.

Sie hielt vergeblich nach Leonore Ausschau, um mit ihr über diesen Zwischenfall zu sprechen. Stattdessen schob sich der erste Vorsitzende neben ihr an die Theke. »Rudi, schnell ein kleines Bier zum Kehledurchspülen«, orderte er und wandte sich an Franziska. »Na, Frau Morgenstern, immer noch interessiert an der rustikalen Welt des Kleingartenwesens?« Er blinzelte sie vergnügt an. »Wissen Sie, man darf das alles nicht zu ernst nehmen. Hier herrscht eine direkte Sprache – rau, aber herzlich. Und wenn's darauf ankommt, hilft jeder jedem. Auch Kuddl ist kein verkehrter Mensch. Wenn er bloß den Alkohol besser dosieren würde.«

»Ach, ich glaub, ich komm mit diesem Menschenschlag klar«, beruhigte Franziska ihren Thekennachbarn. »Außerdem bin ich selbst kein Freund von Traurigkeit.« Sie dachte an den gestrigen Rauswurf ihres Ex-Lebensgefährten. »Ich bleib dabei, ich will ins Parzellenleben einsteigen!«

Fritz Sengstake strahlte: »Das freut mich wirklich«, versicherte er und prostete ihr zu. »Ich heiße übrigens Fritz.«

»Franziska«, erwiderte sie. Die rasche Verbrüderung unter Kleingärtnern schien zum Aufnahmeritual zu gehören. Franziska, die es gern unkompliziert hatte, fand das völlig in Ordnung. Sie stießen mit ihren Biergläsern an und sprachen noch kurz über den bisherigen Verlauf des Abends.

»So, jetzt geht's weiter«, meinte Fritz schließlich mit einem Blick auf die Armbanduhr. »Der Rest der Sitzung sollte eigentlich schnell gehen.« Er begab sich an seinen Podiumsplatz.

Die Gaststube hatte sich wieder gefüllt. Die Beisitzer des Vorstandes hatten an der Seite von Fritz Platz genommen. Andreas Klapphorn erschien ebenfalls, kurz nachdem Fritz den Faden aufgenommen hatte. Schließlich kam auch Leonore und schimpfte leise und etwas atemlos über die lange

Schlange vor dem Damen-WC. »Wird Zeit, dass die Sanitäranlagen aus dem Anbau in das Haupthaus kommen«, quengelte sie.

Fritz sollte Recht behalten: Der Rest der Tagesordnung konnte einigermaßen zügig abgehandelt werden. Es gab ein allgemeines Schimpfen auf die Eigenlandbesitzer, die sich an keine Regeln hielten, und dieses gemeinsame Feindbild überdeckte schließlich alle Differenzen des Abends.

Um 21.30 Uhr konnte Fritz die Sitzung beenden. Das Landheim leerte sich rasch bis auf einen kleinen, harten Kern, der offenbar den Sitzungsverlauf noch an der Theke nachbereiten wollte. Fritz hatte Franziska mit herangewinkt, aber sie hatte den Kopf geschüttelt. Nach zwei verkaterten Vormittagen wollte sie erst mal auf die Bremse treten. So verabschiedete sie sich von Fritz und Leonore mit dem Versprechen, zur nächsten Sprechstunde des Vorstands zu kommen, um die Anpachtung einer Parzelle zu regeln.

Draußen empfing sie kalte Oktoberluft. Nebel hing über den spärlich beleuchteten Parzellenwegen. Sie bändigte ihre Haarpracht mit einem Stirnband, knüpfte ihre Jacke zu, zog ihre Handschuhe über und schloss das Rad auf.

Bis zu ihrer Wohnung war es nur eine Viertelstunde zu fahren. Allerdings standen die wirklich sparsame Beleuchtung am Wegesrand und der zunehmend dichter werdende Nebel einem zügigen Fahrtempo entgegen. Die funzeligen Straßenlaternen sorgten nur alle dreißig Meter für ein bisschen Helligkeit. Kurz vor dem kleinen Tunnel, der den Weg zwischen Wohn- und Kleingartengebiet überspannte, war eine Straßenlaterne ausgefallen. Ein Güterzug donnerte mit ohrenbetäubendem Lärm oberhalb der Unterführung über den Bahndamm. Dann war wieder Ruhe.

Wenn hier irgendwas im Weg liegen sollte, dachte Franziska, dann gibt es einen netten kleinen Fahrradsturz, zumal das Licht ihres Fahrrades vom Nebel verschluckt wurde.

Im nächsten Moment geriet sie mit ihrem Rad ins Straucheln und kam gerade noch aus dem Sattel. Sie war direkt vor dem Tunneleingang gegen ein Hindernis gefahren, das größer zu sein schien. Es hatte bei der Kollision etwas nachgegeben, ohne seine Position grundsätzlich zu verändern.

»Noch mal Glück gehabt«, murmelte sie und versuchte, sich in der Dunkelheit von dem sperrigen Gegenstand ein konkreteres Bild zu machen. Zu diesem Zweck holte sie aus der Gepäcktasche ihres umgekippten Rades eine kleine Taschenlampe. Einen Augenblick später wusste sie, dass es sich bei dem Hindernis um Kuddl Stratmann handelte.

Kapitel 5

Das Blaulicht des am Wegesrand abgestellten Rettungswagens flackerte gespenstisch durch den Nebel. Ein Notarzt und zwei Sanitäter in orangefarbenen Jacken bemühten sich um Kuddl Stratmann. Kleine Gruppen von Kleingärtnern komplettierten die Szene. Man diskutierte in gedämpfter Lautstärke oder verfolgte schweigend die Bemühungen der Rettungskräfte. Franziska stand mit Fritz Sengstake, Leonore Kreutzfeldt und Andreas Klapphorn zusammen. Sie hielt sich die Jacke am Kragen zu, als könne sie damit das Frösteln wirksam abstellen, das ihren gesamten Körper befallen hatte.

Kuddl Stratmann, das hatte sie gleich erkannt, war tot. Seine Augen waren mit leerem Blick himmelwärts gerichtet. Aus einer Wunde am Hinterkopf war Blut ausgetreten. Im gleichen Moment, als Franziska sich über den Toten gebeugt hatte, war aus den Nebelschwaden Andreas Klapphorn aufgetaucht. Franziska hatte erschrocken zwei Schritte rückwärts gemacht. Dann erkannte sie ihn.

Beide waren schnell zu der Erkenntnis gekommen, dass dem Kuddl Stratmann nicht mehr zu helfen war. Franziskas Handy lag zu Hause und Andreas Klapphorn hatte seines seit Wochen nicht mehr aufgeladen.

»Ich bleibe jetzt mal hier und Sie fahren zurück zum Landheim und sagen dort Bescheid«, hatte der Musiklehrer vorgeschlagen. Franziska war einverstanden gewesen und hatte in der Gaststube des Landheims den harten Kern der Versammlungsteilnehmer angetroffen. Ihre Nachricht beendete den gemütlichen Dämmerschoppen schlagartig. Rudi verständigte einen Rettungswagen, die übrigen Anwesenden einschließlich des kompletten Vorstandes machten sich mit Franziska an der Spitze zu Fuß auf den Weg zum Ort des Geschehens. Dort stießen sie auf Andreas Klapphorn, der die gerade eintreffenden Sanitäter und den Notarzt einwies.

»Das musste ja irgendwann passieren«, ließ sich einer der Gartenfreunde vernehmen. »Bei der Menge von Alkohol, die er regelmäßig intus hatte.«

»Mit solchen schlauen Sprüchen hilfst du ihm auch nicht«, meinte ein neben ihm stehender Kleingärtner. Zustimmendes Gemurmel aus der Runde.

»Scheint gestürzt zu sein und ist dann mit dem Kopf gegen den Markierungsstein geprasselt«, vermutete ein Dritter. In der Tat befand sich neben Kuddl Stratmanns Kopf ein kürbisgroßer, weißgetünchter Findling, der die Grenze zwischen Fußweg und Fahrbahn am Tunneleingang markierte.

»Muss er denn auch ausgerechnet an dieser Stelle umfallen? Einen Meter davor oder dahinter und ihm wär' vermutlich nichts passiert«, orakelte Fritz. Er hatte seinen Arm väterlich um Franziska gelegt, die nur mit Mühe die Fassung bewahrte. Sie konnte es nicht begreifen, dass dieser alte Sonderling, der noch vor einer Stunde die Jahreshauptversammlung des Kleingartenvereins durcheinander gebracht hatte, tot vor ihnen lag.

Der Notarzt erhob sich. »Exitus, da ist nichts zu machen. Er war schon tot, als wir eintrafen. Wir benachrichtigen die Polizei.«

»Polizei?«, fragte Fritz Sengstake.

»Ja, bei unklaren Todesfällen ist das Vorschrift.«

»Naja.« Fritz zuckte mit den Schultern. »Da fällt jemand nach Genuss von reichlich Alkohol auf dem Heimweg über seine eigenen Füße und stürzt unglücklich mit dem Kopf gegen einen Stein. Was soll daran unklar sein?«

Der Notarzt ließ ihn ohne Antwort stehen, ging zu seinem Wagen und aktivierte das darin installierte Funksprechgerät. Dann ging er zurück zu Fritz Sengstake. »So einfach, wie Sie es schildern, ist es mit Sicherheit nicht. Die Verletzung am Kopf scheint mir nicht mit dem Stein dort zusammenzupassen. Außerdem: Sehen sie Blut an diesem Findling?«

Fritz Sengstake runzelte die Stirn. »Wollen Sie andeuten, da hätte jemand nachgeholfen?«

»Das soll die Polizei beantworten. Ich habe jedenfalls auch die Kripo benachrichtigt.«

Zehn Minuten später traf ein Streifenwagen ein, weitere fünf Minuten später ein ziviles Fahrzeug, dem eine schlanke, sportlich wirkende Mittdreißigerin und ein noch jüngerer Mann entstiegen.

Die Kriminalbeamtin stellte sich dem Notarzt vor. »Konstanze Kannengießer. Das ist mein Kollege, Kommissar Knispel.« Sie zeigte auf ihren jungen Begleiter. »Was haben wir hier?«

»Todesfall nach Sturz unter Alkoholeinfluss«, meinte der Notarzt. »Zumindest ist das der erste Eindruck, den man gewinnen könnte. Aber für mein Empfinden passt da was nicht zusammen.«

»Und das wäre?«

»Die Wunde passt nicht zu dem Stein, weder von der Ausformung noch vom möglichen Aufschlagwinkel. Und am Stein ist kein Blut zu sehen.«

»Sie sollten in unser Team kommen«, meinte Konstanze Kannengießer, die sich mittlerweile neben dem Notarzt hingekniet hatte, um sich ein genaueres Bild zu machen.

»Sehen Sie, was ich meine?«, erklärte der Notarzt und fuhr mit kreisender Bewegung seines rechten Zeigefingers um die Wunde. »Die Verletzung sieht mehr nach einem Schlag aus. Ein Sturz auf den Stein hätte, wenn überhaupt, ganz andere Spuren hinterlassen. Ich bin zwar kein Gerichtsmediziner, aber der Kollege wird mich bestätigen, da bin ich mir sicher!«

Konstanze Kannengießer wendete sich an Kommissar Knispel. »Olaf, das volle Programm. Spusi, Gerichtsmedizin und der Chef muss auch informiert werden.«

»Na, der wird sich freuen«, meinte der junge Kollege. »Aber sag mal, was soll die Spusi denn bei der Dunkelheit und dem Nebel sehen? Außerdem haben die Kleingartenfritzen doch schon alle verwertbaren Spuren zertrampelt!«

»Die Kleingartenfritzen werden dir gleich den Marsch blasen«, meldete sich Fritz Sengstake zu Wort.

Konstanze Kannengießer ließ sich nicht beirren. »Die Spusi soll große Scheinwerfer mitbringen. Und die Kollegen vom Revier sollen bitte mal weiträumig absperren!«

»Spusi? Was ist das schon wieder? Die Tippse vom Polizeipräsidenten?« Fritz befand sich eindeutig auf ihm nicht vertrautem Terrain.

»Spusi heißt Spurensicherung!«, klärte Leonore ihn auf. »Kennst du doch aus Krimis. Die laufen immer in weißen Ganzkörper-Anzügen durch die Landschaft. Und dann kommt ein griesgrämiger Gerichtsmediziner und erklärt, dass er Genaueres erst nach der Obduktion sagen kann!«

Leonore befand sich wie alle anderen in einem gefühlsmäßigen Ausnahmezustand. Jetzt zeigte sie offenbar einen Anflug von Galgenhumor, um das grauenhafte Geschehen zu kompensieren. Franziska hatte inzwischen ihren Tiefpunkt überschritten. Sie löste sich aus dem Arm von Fritz Sengstake, in dessen linken Ärmel sie eben noch einige Tränen abgeladen hatte. Dennoch blieb ein dicker Kloß in ihrem Hals.

Konstanze Kannengießer hob die Stimme. »Meine Damen und Herren, hier gibt es nichts mehr zu sehen. Aber wir haben einige Fragen an Sie. Gehen Sie bitte jetzt alle ins Landheim. Ich höre gerade vom ersten Vorsitzenden, dass es noch offen ist. Dort stehen Sie uns bitte für eine erste Befragung zur Verfügung.«

Konstanze hatte zwar »bitte« gesagt, aber die Ansage war unmissverständlich eine amtliche Anordnung. Das hatte jeder trotz des Nebels mitgekriegt. Leises Grummeln hier und da, aber die Karawane zog ins Landheim. Kommissar Knispel bewegte sich wie ein Hütehund neben der kleinen Kolonne und achtete auf etwaige Fluchtversuche. Konstanze

Kannengießer schüttelte leicht ihren Kopf. Mit dem jungen Kollegen hatte sie einen Mitstreiter, der zwar eifrig, aber noch sehr unbedarft war und zudem einen unmöglichen Namen besaß.

Rudi war in der Gaststube zurückgeblieben und wartete hinter seiner Theke auf Neuigkeiten. Als jetzt die Tür des Landheims aufging und rund zwanzig Personen in die Gaststube eintraten, war er für einen Moment sprachlos. Dann witterte er unerwarteten weiteren Umsatz. Der Abend entwickelte sich zu einer Goldgrube – zumindest aus gastronomischer Sicht. Seine Frau Simone, die nur noch da geblieben war, weil sie hören wollte, ob der alte Widerling, wie sie Kuddl Stratmann stets nannte, tatsächlich tot war, gab sich gewohnt arrogant.

»Die Mischpoke kannst du allein versorgen«, sagte sie mit schneidender Stimme und trat den Rückzug an.

Rudis immer freundliche Gesichtszüge entgleisten für einen Moment. »Du bleibst hier«, sagte er leise und bestimmt. »Wir verdienen heute an einem Abend mehr als in den letzten vier Wochen.«

Konstanze Kannengießer war inzwischen bis an die Theke vorgerückt. »Sie bleiben bitte auch zu unserer Verfügung«, sagte sie mit strengem Blick auf die Wirtin. »Gibt es hier einen kleinen Nebenraum, in dem wir unsere Befragungen durchführen können?«

»Ach, wir werden jetzt alle verhört?«, giftete Simone Klingebiel, geborene von Lausitz.

»In diesem Stadium sprechen wir noch von Befragung«, gab die Kriminalbeamtin trocken zurück.

Rudi schloss das Hinterzimmer auf, in dem sich am Vormittag der Vorstand auf die Jahreshauptversammlung vorbereitet hatte.

»Ausgezeichnet«, stellte Konstanze Kannengießer fest und rückte einige Stühle zurecht.

In diesem Moment öffnete sich die Gaststubentür mit der fehlenden Butzenscheibe, die auf das Konto von Kuddl

Stratmann ging. Ein grauhaariger Herr in Trenchcoat-Mantel und Hut trat ein. In seinem Mund steckte eine Pfeife, aus der kleine Wölkchen emporstiegen. Franziska, die sich gerade aus ihrer Jacke gepellt hatte, glaubte für einen Moment, eine Parodie des legendären Kommissars Maigret zu erleben.

»'n Abend«, grüßte der Neuankömmling mit tragendem Bass in die Runde. »Karl-Eberhard Strelitz, Kriminalpolizei«, stellte er sich vor.

»Guten Abend, Chef«, freute sich Konstanze Kannengießer.

»Guten Abend, Herr Kriminalrat«, schloss sich Olaf Knispel artig an.

»Na, Konstanze, haben Sie alles im Griff?« Er drückte ihr die Hand. »Und Sie, Knispel? Einen anständigen Schusswechsel erlebt heute Abend?« Er tätschelte ihm wohlwollend die Schulter.

Konstanze Kannengießer setzte den Chef kurz ins Bild. Olaf Knispel orderte derweil eine Kanne Kaffee. Simone Klingebiel hatte Mühe, an sich zu halten. »Vielleicht noch eine Schwarzwälder Kirschtorte dazu?«, schnappte sie. Rudi blickte sie böse an und widmete sich der Kaffeemaschine.

»Na, dann wollen wir mal«, meinte der Kriminalrat gemütlich, als würde er eine Teeverkostungs-Zeremonie mit Gebäck und musikalischem Rahmenprogramm eröffnen.

Kapitel 6

Es war schon nach Mitternacht, als die Befragung aller Anwesenden endlich abgearbeitet war. An der Theke waren Fritz Sengstake, Leonore Kreutzfeldt, Franziska Morgenstern und Andreas Klapphorn zurückgeblieben.

»Auf Kuddl!« Rudi hatte eine Runde Jubiläums-Aquavit auf Kosten des Hauses auf den Schanktisch gestellt. Seine Frau Simone hatte inzwischen den Rückzug in die Wohn- und Schlafräume im Obergeschoss angetreten. Das Landheim verfügte nämlich, wie Fritz Sengstake es gerne nannte, über eine Dienstwohnung für den jeweiligen Pächter.

»Da dürfte dir der Spaß am Kleingartenwesen aber gehörig vergangen sein, oder?«, mutmaßte Leonore.

Franziska hatte ihre Fassung zurückgewonnen. »Das war zwar ein furchtbares Erlebnis, aber das eine hat ja mit dem anderen nichts zu tun. Ich werde bleiben, vorausgesetzt, ihr habt eine passende Parzelle für mich.«

Über Fritz' Gesicht ging ein Strahlen. »Ja, wir haben einen Garten. Natürlich! Du bekommst den von Kuddl Stratmann!«

»Ach, Fritz, hör auf, das kannst du doch nicht ernst meinen!« Leonore schüttelte den Kopf. »Also wirklich, Kuddl ist noch nicht mal kalt und du bietest schon seinen Garten an.«

Rudi hatte beim Polieren seiner Gläser innegehalten. »Ist ja 'n bisschen zügig, aber das Leben muss doch weitergehen. Vielleicht ist Fritz' Idee gar nicht so verkehrt«, meinte er mit einem nachdenklichen Blick in die Weite.

Franziska schlug mit der flachen Hand auf die Theke. »Genauso machen wir es«, sagte sie. »Ich habe ihn gefunden und das verpflichtet mich, seine Arbeit auf seinem Garten fortzusetzen. Wann kann ich mir den Garten ansehen?«

»Am besten gleich Morgen«, ermunterte sie der erste Vorsitzende. »Gute Ideen soll man zeitnah umsetzen. Du kannst ganz einfach über die Gartenpforte steigen, die ist nur einen Meter hoch.«

»Aber gibt es denn keine Rechtsansprüche, Erben oder so?« Franziska wurde zögerlich.

»Nein, Kuddl war völlig allein. Keine Geschwister, keine Kinder. So etwas gibt es«, informierte Fritz und bot an, die Gartenbegehung zu begleiten.

»Nein, danke«, wehrte Franziska ab. »Den ersten Eindruck möchte ich mir selbst verschaffen. Und jetzt ist es wirklich spät geworden. Ich muss nach Hause.«

Andreas Klapphorn, der bis dahin geschwiegen hatte, meldete sich zu Wort. »Ich kann Sie bis zum Tunnel begleiten«, bot er an.

»Nein, ich glaube, mein Alkoholpegel spricht gegen eine Radfahrt«, sagte Franziska, »aber vielen Dank für Ihr Angebot.« In Wirklichkeit legte sie nach dem Erlebnis mit Torsten keinen Wert auf männliche Eskortierung. »Ich nehme mir jetzt ein Taxi, obwohl der Fahrer über die Kurzstrecke nicht erfreut sein wird.«

Andreas Klapphorn wirkte erleichtert. Rudi orderte per Telefon ein Taxi und Fritz meinte mit Blick auf Franziska Morgenstern und Andreas Klapphorn: »Ihr könntet euch ruhig duzen. Schließlich schweißt so etwas wie das gemeinsame Auffinden einer Leiche doch zusammen.«

Die zurückhaltende Reaktion bei den Angesprochenen vermittelte den Eindruck, als würden sie sich ihre Duzfreundschaften eigentlich gerne selbst aussuchen. Andererseits hatte Fritz sie mit seiner Offensive in eine Ecke manövriert, aus der sie kaum mit Anstand wieder herauskommen konnten.

Der Wirt Rudi rettete die Situation. Er stellte eine weitere Runde Aquavit auf den Tisch und erklärte dazu: »Auf euch.« Die Anwesenden griffen nach den Gläsern.

»Franziska«, sagte sie und hob das Glas andeutungsweise in seine Richtung.

»Andreas«, antwortete er und stürzte die gelbliche Flüssigkeit hinunter.

Kapitel 7

Am Sonntagmorgen saßen Karl-Eberhard Strelitz und sein Team im Dienstgebäude der »Direktion Kriminalpolizei«, um eine erste Bilanz zu ziehen. Um elf Uhr war eine kleine Presserunde vorgesehen. Die späte Uhrzeit der Ereignisse des Vorabends und das Wochenende selbst hatten sie vor einem größeren Medienansturm geschützt. Außerdem war nicht anzunehmen, dass die Geschichte allzu großes Aufsehen erregen würde. Ein unklarer Todesfall und ein alter, abgerissener Sonderling als Opfer – dafür verließ die Journaille das Bett nicht vor dem Frühstück, schon gar nicht an einem Sonntag. Auf dem Sideboard, direkt neben einem Aquarium, röchelte eine Kaffeemaschine. Strelitz hatte sie »Rudolf« getauft, denn sie konnte röhren wie ein Rentier.

»So, Kinder, lasst uns mal eine erste Bilanz ziehen.« Strelitz räkelte sich behaglich in seinen Bürosessel und stopfte umständlich die Pfeife. Das Telefon läutete. Strelitz hob ab, meldete sich und lauschte aufmerksam in den Hörer. Er unterbrach den Monolog des Anrufers nur durch ein gelegentliches »So« oder »Aha«.

Nach fünf Minuten war offenbar das Ende der Durchsage erreicht. »Habe verstanden«, bestätigte Strelitz, »vielen Dank für die rasche Arbeit.« Er legte nachdenklich auf. Sein kleines Team schaute ihn gespannt an. »Das war eben der Pathologe. Der Notarzt lag gestern Abend richtig. Das Opfer wurde von hinten mit einem massiven Gegenstand erschlagen. Der obere Teil der Tatwaffe war ein vierkantiges Metallstück. Die Verletzung der Schädeldecke und die Spuren an den Wundrändern zeigen dies eindeutig. Außerdem kann der Täter oder die Täterin wahrscheinlich nicht größer als Herr Stratmann gewesen sein. Der Schlag wurde mit großer Wucht durchgeführt«, führte Karl-Eberhard Strelitz aus. »Die Tatzeit grenzt der Doc auf 21 bis 22.30 Uhr ein. Der erste Vorsitzende konnte dazu bereits gestern genaue Angaben machen, weil er an dem Abend mehrfach auf die Uhr geschaut hat. Um 21 Uhr war Sitzungspause und Kurt Stratmann erlebte seinen Rauswurf, weil er im Rahmen eines Stimmungstiefs ein Schnapsglas durch die Gaststube geworfen hatte, das einen der Anwesenden treffen sollte, aber stattdessen eine Scheibe der Eingangstür durchschlagen hat.«

»Sachbeschädigung in Tateinheit mit versuchter Körperverletzung«, warf Knispel ein, verstummte aber sofort, als Kriminalrat Strelitz ihn strafend ansah.

Der nahm den Faden wieder auf: »Bei dem Rauswurf kam Stratmann vor der Eingangstür zu Fall, wurde aber von einem Herrn Klapphorn wieder auf die Füße gestellt. Dann, so Klapphorn, sei Stratmann in Richtung Bahndamm im Nebel verschwunden. Klapphorn hatte sich darüber noch gewundert, denn das war nicht der Weg zu Stratmanns Parzelle. Die liegt nämlich im Himbeerweg. Aber wenn man durch den Tunnel geht, kommt man in die Buchenstraße. Ihr wisst schon, dieses kleine, etwas heruntergekommene Wohnquartier. Und da gibt es noch zwei oder drei Eckkneipen, in die er möglicherweise einkehren wollte.«

»Dieser Klapphorn hat die Leiche doch auch entdeckt«, sinnierte Konstanze Kannengießer.

»Klapphorn, wirklich ein verrückter Name«, bemerkte Olaf Knispel.

Seine beiden Vorgesetzten sahen ihn an, sagten aber nichts. Strelitz antwortete auf die Feststellung seiner Mitarbeiterin: »Nicht ganz – diese Frau Morgenstern ist in den Leichnam reingefahren und dabei fast vom Rad gefallen. Einen Moment später tauchte Herr Klapphorn auf. So haben es zumindest beide übereinstimmend zu Protokoll gegeben.«

»Und was macht Herr Klapphorn um diese Uhrzeit und in diesem Nebel draußen am Bahndamm?«

»Nach eigenem Bekunden wollte er sich die Füße vertreten. Deswegen nahm er nicht den direkten Weg zu seiner Parzelle. Solche Spaziergänge macht er angeblich häufiger. Der Wirt und die beiden Vorstandsvorsitzenden haben das bestätigt«, erklärte Strelitz. »Um 21.30 Uhr war die Sitzung zu Ende und ein großer Teil der Anwesenden brach auf. Frau Morgenstern machte sich gegen 21.40 Uhr auf den Weg und fand fünf Minuten später die Leiche.«

»Da kämen also eine Menge Leute in Verdacht, die Gelegenheit gehabt hätten. Quasi alle Teilnehmer der Jahreshauptversammlung, – entweder in der Sitzungspause oder direkt nach Schluss der Veranstaltung«, überlegte Konstanze Kannengießer und spielte mit einem Kugelschreiber. Dessen obere Hälfte war dieser Belastung nicht mehr gewachsen, löste sich und flog dank der Feder im Kopf des Schreibgerätes knapp an der Nase des Kriminalrates vorbei. »Oh, Entschuldigung, Chef«, stammelte seine Mitarbeiterin konsterniert.

Strelitz tat, als sei nichts passiert. Er stand auf, hob die Trümmer des Kugelschreibers auf und begann, im Zimmer auf- und abzuwandern. »Naja, es geht noch über diesen Personenkreis hinaus«, überlegte er, riss ein Blatt des Wandkalenders ab und warf es mit dem Kugelschreiber zusammen in seinen Papierkorb. »Stratmann kann auch auf Leute gestoßen sein, die einen Parzellenaufbruch beabsichtigten. Im Verein ›Erntedank‹ ereignen sich jedes Jahr zwischen Oktober und April eine hohe Anzahl von Einbrüchen.« Er sog an seiner Pfeife, griff mit der anderen Hand eine kleine Gießkanne, mit der er einen Gummibaum neben seinem PC bewässerte, und streute etwas Futter in das Aquarium.

Konstanze Kannengießer, die gerade vor ein paar Wochen zur Oberkommissarin befördert worden war, fuhr sich nachdenklich durch das schulterlange, honigfarbene Haar. »Ganz viele mögliche Täter, aber kein Motiv, wenn wir mal von der Einbruchtheorie absehen. Wo sollen wir denn da ansetzen, Chef?«

»Wir sind heute Nachmittag wieder vor Ort«, entschied der Kriminalrat. »Konstanze, Sie hören sich noch mal im Landheim um. Da dürfte heute ordentlich Betrieb sein. Und erfahrungsgemäß kommen bei manchen die Erinnerungen erst später zurück, wenn sich die Gedanken und Eindrücke wieder ordnen lassen. Vielleicht treffen wir auch auf Leute, die wir gestern Abend verfehlt haben. Knispel, Sie gucken sich die Parzelle von Herrn Stratmann im Himbeerweg an. Und ich werfe noch mal einen Blick auf den Tatort. Anschließend Treffpunkt im Landheim, sagen wir, so gegen 17 Uhr.«

Kapitel 8

Franziska wurde an diesem Morgen auf ihrer Couch um kurz vor zehn Uhr wach. Das Sonntagsgeläut der Findorffer Martin-Luther-Kirche hatte sich in ihr Unterbewusstsein geschoben und sie aus dem Labyrinth wirrer Traumlandschaften zurückgeholt.

Die zerknautschte Wolldecke, die auf den weichen Wohnzimmerteppich gerutscht war, zeugte von einer unruhigen Nacht. Sie setzte sich auf und zog die Beine an. Missmutig wanderte ihr Blick durch den Wohnbereich und blieb an einigen Grünpflanzen hängen, die während ihres Fortbildungsurlaubs ganz offensichtlich nicht ausreichend bewässert worden waren. Das war Torstens Aufgabe gewesen, aber er hatte ganz offensichtlich andere Arbeitsschwerpunkte gehabt.

Die beiden letzten Tage gehörten wahrlich nicht zu den Top-Ten ihres bisherigen Lebens, überlegte Franziska. Lebensgefährte und beste Freundin verloren, Leiche gefunden. Schwierige Lage für eine Stadtplanerin, die gerade ihr Leben in festere Formen gießen möchte.

Andererseits hatte sie neue Menschen kennen gelernt, von denen sich allerdings einer gleich wieder verabschiedet hatte: Kuddl Stratmann. War es richtig gewesen, spontan »Ja« zu Fritz Sengstakes Vorschlag zu sagen, den Stratmannschen Kleingarten zu übernehmen?

»Ja«, sagte sie halblaut, »es war richtig!« Meine Güte, dachte sie, einen Tag allein und schon fange ich an, Selbstgespräche zu führen. Sie dachte über die Menschen nach, mit denen sie gestern ihre Stunden verbracht hatte. Der väterliche Fritz, die kumpelhafte, mitteilsame Leonore, der schweigsame Andreas Klapphorn, das seltsame Wirtspaar und nicht zuletzt Kuddl Stratmann, der inzwischen vielleicht schon da oben im Himmel angekommen war und gerade seine Wolke zugeteilt bekam.

Ihr Blick fiel über die ausgetrockneten Grünpflanzen im Wohnzimmerfenster hinaus in einen wolkenlosen, stahlblauen Oktoberhimmel. Missmutig schlurfte sie in das Badezimmer und begann mit den persönlichen Restaurierungsarbeiten. Eine halbe Stunde später war sie wieder gesellschaftsfähig. Sie nahm eine Schale Müsli zu sich, gönnte sich noch eine Scheibe Toast mit Marmelade und genoss dann einen Latte macchiato. Der Versuch, ihre Schwester anzurufen und sie über das Geschehene zu informieren, schlug fehl. So legte sie zur Mittagszeit die Beine hoch und verfiel in einen wohligen Dämmerzustand. Erst um kurz nach 15 Uhr wurde sie wieder wach. Innerhalb einer halben Stunde verwandelte sie eine Thunfisch-Pizza aus dem Tiefkühlfach mit Hilfe ihres Backofens in eine genussfähige Mahlzeit und stärkte sich für ihren Ausflug zu Kuddl Stratmanns Garten. Die genaue Adresse hatte Fritz ihr auf einen Bierdeckel geschrieben.

Sie brach in Richtung Kleingartengebiet auf. Ein flotter Fußmarsch und sie würde Kurt Stratmanns Parzelle noch bei ausreichendem Tageslicht inspizieren können. Ihr Rad war ja am Abend zuvor im Landheim verblieben und Rudi war so nett gewesen, es in einen angebauten Schuppen zu schieben, um es vor unbefugten Zugriffen zu schützen.

Apropos Anbau – ihrem geschulten Stadtplanerinnen-Blick war schon bei der ersten Fahrt durch das Kleingartengelände nicht entgangen, dass es jenseits der zulässigen 20 Quadratmeter umbauten Raum zahlreiche bauliche Ergänzungen gab, die gemäß Kleingartenordnung ganz sicher nicht zulässig waren. Sie sah Carports, Kaninchenställe, Schuppen und Materialverschläge – und eines war klar: Es waren samt und sonders Schwarzbauten. Natürlich denunzierte hier niemand die Nachbarn, denn fast alle hatten unzulässige bauliche Aktivitäten entfaltet.

Behördlicherseits wurden diese bauordnungsrechtlichen Verfehlungen ebenfalls mit großer Zurückhaltung verfolgt. Der Senat wusste um die Sensibilität dieses Themas und vermied es, das Wahlvolk mit Abrissanordnungen unnötig zu verärgern. Die Verwaltungsgerichtsbarkeit war auf diesem Gebiet jedoch wesentlich humorloser. Als unabhängige dritte Gewalt unterlag sie nicht politischen Opportunitätserwägungen, sondern war ausschließlich an rechtstaatlichen Grundsätzen orientiert. Dies hatte in der jüngeren Vergangenheit vor allem im Bereich des Auswohnrechts zu erheblichem Verdruss geführt – ein spezielles Thema in der Hansestadt, das auf einen Erlass des früheren Bürgermeisters Wilhelm Kaisen direkt nach dem Zweiten Weltkrieg zurückging. Er hatte damals angesichts der dramatischen Wohnungsnot das Wohnen in Kleingartengebieten, oder »auf Parzelle«, wie man in Bremen sagt, zugelassen. Allerdings war diese Verordnung bereits Mitte der 1950er-Jahre wieder aufgehoben worden. Ungeachtet dessen gab es noch immer die sogenannten Kaisen-Auswohner, manche von ihnen rechtlich abgesichert, aber einige befanden sich formalrechtlich in einem illegalen Wohnverhältnis.

Dieses spannende Kapitel Bremer Nachkriegsbaugeschichte ging der Stadtplanerin während ihres Fußmarsches durch die klare, kalte Oktoberluft durch den Kopf. In den Kleingärten herrschte weitgehend Ruhe. Die Anbauflächen waren umgegraben, hier und da blühten noch Dahlien, Herbstastern und vereinzelt sogar Sonnenblumen. In einigen Gärten wartete der Grünkohl auf den ersten Frost. Die Parzellen waren überwiegend bereits winterfest gemacht worden. Schließlich erreichte Franziska den Himbeerweg und stand vor der Nummer 8, die am gestrigen Abend plötzlich und unerwartet herrenlos geworden war. Die Nachbarn links und rechts waren abwesend.

Sie betrachtete den Kleingarten zunächst vom Weg aus. Eine kleine Brücke über den vor den Grundstücken liegenden Graben, eine Buchenhainhecke von vielleicht 1,20 Metern Höhe, die noch einen Winterschnitt vertragen würde, ein gewundener Pfad, mit Steinplatten ausgelegt. Er führte jenseits der Pforte in die Tiefe des Gartens und endete bei einer Gartenlaube, die im Blockhaus-Stil gehalten war und offenbar exakt über die vorgeschriebenen Außenmaße verfügte. Drei Obstbäume bildeten die entscheidenden Akzente dieser Parzelle. Franziska meinte erkennen zu können, dass es sich um Apfel, Birne und Kirsche handeln müsse. Sie stieg nach einem kurzen, schuldbewussten Blick nach links und rechts über die Pforte. Obwohl ihr diese Besichtigung vom Vorstand ausdrücklich gestattet worden war, fühlte sie sich wie ein unrechtmäßiger Eindringling. In ihrer Fantasie erwartete sie jeden Moment, dass Kurt Stratmann hinter einem Baum hervorspringen würde, um sie wüst zu beschimpfen. Doch der bisherige Besitzer dieser Parzelle war definitiv verhindert.

Sie ging bis zur Gartenlaube vor und spähte durch das Fenster. Drinnen war es aber bereits zu dunkel, um noch irgendetwas erkennen zu können. So ging sie um das kleine Gebäude herum und traf – wie hätte es anders sein können – auf einen Anbau, der offenbar den Sanitärbereich dieses Kleingartens beherbergte. Direkt am Zaun zum rückwärtigen Nachbarn befand sich ein großer Komposthaufen, der in drei Kammern unterteilt war: aktueller Baum-, Rasen- und Heckenschnitt zum einen, verrottendes Material aus dem Vorjahr zum zweiten und fertiger Kompost zum dritten. Alle Achtung, dachte Franziska, so viel methodische Ordnung hatte sie von Kurt Stratmann gar nicht erwartet.

Sie ging um die Laube herum, sah mit Wohlgefallen verschiedene Johannisbeer- und Stachelbeerbüsche, dann fiel ihr Blick auf die Tür des Gebäudes. Sie war eindeutig nicht verschlossen. Franziska berührte die Klinke, die Tür ging mit leisem Knarren nach innen auf. Franziska zögerte für einen Moment, dann trat sie ein. Ihre Augen gewöhnten sich rasch an das Halbdunkel. Auf dem Tisch stand eine Petroleumlampe. Mit einem danebenliegenden Feuerzeug entzündete sie diese parzellentypische Lichtquelle.

Im nächsten Moment wurde ihr klar, dass bereits vor ihr jemand hier gewesen sein musste. Die Schubladen aus einem alten Sideboard waren herausgerissen und ihr Inhalt über den Boden verstreut. Mehrere Bücher, die zuvor in einem kleinen Regal Platz hatten, lagen ebenfalls am Boden. Die Türen eines Geschirrschrankes standen weit offen. Mehr Mobiliar, das hätte durchwühlt werden können, gab es nicht.

Franziska kniete nieder, um eines der Bücher aufzuheben.

»Langsam aufstehen und Hände über den Kopf«, herrschte sie eine helle Stimme an.

Zu Tode erschrocken fuhr Franziska herum und erhob sich. »Meine Güte, Sie sind es, Herr Knispel«, entfuhr es Franziska. »Sie haben mich jetzt aber erschreckt!« Sie hatte den jungen Beamten von der Befragung am gestrigen Abend wiedererkannt.

»Umdrehen, Gesicht zur Wand und Hände hoch!«

»Herr Knispel, jetzt lassen Sie mich erklären.«

»Wird's bald!«, herrschte er sie an. Seine Stimme klang allerdings nicht sonderlich fest. Franziska atmete tief durch und gehorchte. Dieser Idiot hatte doch tatsächlich seine Dienstwaffe auf sie gerichtet. »Hören Sie, ich kann das erklären. Ich …«

»Das können Sie alles auf dem Kommissariat erzählen«, unterbrach sie der junge Kommissar und tastete mit der linken Hand ihre Jackentaschen ab. »Sie sind vorläufig festgenommen. Und jetzt die Hände auf den Rücken!«

»Was soll das denn werden«, verwahrte sich Franziska.

»Tun Sie endlich, was ich Ihnen sage!«

»Aber das ist doch albern …«

In diesem Moment gab Olaf Knispel einen Warnschuss in die Decke der Gartenlaube ab. Holzstaub rieselte herab und

Franziskas Befinden pendelte zwischen Hörsturz und Herzinfarkt. Vor Schreck wäre sie fast in die Knie gegangen. Sie sah ein, dass es wenig Sinn hatte, sich dem offenbar nicht besonders nervenstarken Kriminalbeamten zu widersetzen; als Nächstes würde er ihr noch ins Bein schießen.

Andererseits musste sie zugeben, dass die Situation erst einmal gegen sie sprach. Darum versuchte sie es noch einmal. »Der Vorstand hat mir gestattet, mich hier umzusehen. Ich soll den Garten von Herrn Stratmann übernehmen.«

Knispel hatte aus seiner Manteltasche ein Paar Handschellen hervorgezogen und begann, sie Franziska anzulegen. »Und vor der Gartenübernahme brechen Sie noch schnell in die Laube ein und durchwühlen das Mobiliar. Für wie dumm halten Sie mich eigentlich?«

»Für dumm genug, dass Sie sich gerade ihre Personalakte ruinieren«, giftete Franziska zurück und versuchte, mit ihm über ihre Schulter Blickkontakt herzustellen. »Sie verhaften nämlich gerade eine Stadtplanerin der Stadtgemeinde.«

»Ich verhafte eine Einbrecherin«, korrigierte Knispel, der jetzt abgeklärter wirkte. Er ließ die Handschellen einrasten.

»Au!«, reagierte Franziska. »Sagen Sie mal, muss das denn wirklich sein?«

»Ich habe sie auf frischer Tat bei einem Einbruch ertappt, ausgerechnet in das Haus eines Kleingärtners, der gestern Abend erschlagen wurde. Und rein zufällig waren Sie es, die den Toten gefunden hat. Das sieht doch nicht gut aus, oder?«

Franziska schluckte. »Erschlagen, sagen Sie? Dann ist Kurt Stratmann also ermordet worden?«

»Volltreffer. Und Sie zählen ab sofort zum Kreis der dringend Tatverdächtigen.«

»Sie haben doch nicht alle Nadeln an der Tanne«, protestierte Franziska prompt.

»Erst einmal bringe ich Sie jetzt in das Landheim. Da sitzt nämlich unser Team und wartet schon auf uns.«

»Sie wollen mich in Handschellen ins Landheim bringen? Sagen Sie mal, geht's noch? Ich bin doch keine Verbrecherin!«, empörte sich Franziska. Allein die Tatsache, dass ihre Hände hinter ihrem Rücken zusammengeschlossen waren, bewahrte Olaf Knispel vor einer saftigen Ohrfeige – und Franziska hatte bis dahin noch nie jemanden geschlagen.

»Kommen Sie jetzt«, meinte er und packte ihren rechten Arm, »man wartet bereits auf uns.«

»Ich kann alleine gehen«, fauchte Franziska.

Draußen dämmerte es schon. Nach einem kleinen Fußmarsch durch menschenleere Wege betraten sie die Gaststube des Landheims »Erntedank«.

»Na endlich, Knispel, wir waren schon in Sorge«, rief Karl-Eberhard Strelitz, der mit Konstanze Kannengießer, dem Vereinsvorstand und noch einigen Landheimgästen an der Theke stand und sich ein kleines Bier genehmigt hatte. Dann stutzte er. »Was haben Sie denn mit Frau Morgenstern gemacht?«

Knispel schob seine Gefangene weiter in die Gaststube. Franziska war die Situation unendlich peinlich. Sie wusste nicht, wohin sie gucken sollte. Dann platzte sie. »Können Sie ihrem Praktikanten mal ansagen, dass er mich wieder frei lässt? Ich war mit Genehmigung des Vereinsvorstands auf der Parzelle von Herrn Stratmann und ich hatte gerade entdeckt, dass jemand in die Laube eingebrochen sein muss. Und dann kommt ihr Klappskalli und zieht diese Wild-West-Nummer ab!«, beschwerte sie sich bei Kriminalrat Strelitz. Der schob seinen Hut in den Nacken und wandte sich an Fritz Sengstake und Leonore Kreutzfeldt.

»Stimmt das? War Frau Morgenstern berechtigt, den Kleingarten zu betreten?«

»Aber ja«, antwortete der für einen Moment sprachlos gewesene erste Vorsitzende bestürzt. »Sie soll den Garten ja übernehmen.«

Strelitz drehte sich wieder zu Olaf Knispel um. »Aufschließen«, sagte er nur. »Sofort!«

»Aber Chef, die Tür der Laube war aufgebrochen, alles war durchwühlt und mitten in dem Chaos kniete Frau Morgenstern!«

»Knispel, nun machen Sie schon«, wiederholte der Kriminalrat seine Anweisung. An Franziska gewandt, bat er um Entschuldigung für das übereifrige Vorgehen seines Mitarbeiters und warb um Verständnis: »Es ist seine erste Verhaftung.«

»Na, die hat er jedenfalls mit Glanz in die Rabatten geschaukelt. Er hat sogar in die Decke der Gartenlaube geschossen!«, meinte Franziska verbittert.

»Sie haben was?«, wandte sich Strelitz wieder an den jungen Kommissar. Der suchte nach Erklärungen. »Ich hab … weil sie hatte doch … und da musste ich …«

»Jetzt noch mal im ganzen Satz«, unterbrach ihn der Kriminalrat bissig. »Und dann entschuldigen Sie sich bei der Dame und schließen endlich die Handschellen auf!«

»Das geht leider nicht«, antwortete Olaf Knispel, der die ganze Zeit seine Jackentaschen durchwühlt hatte, zerknirscht. »Ich hab die Schlüssel offenbar in der Dienststelle liegen lassen.«

Der Kriminalrat widerstand seinem ersten Reflex, die Hände um den Hals des Nachwuchsbeamten zu legen und ihn ein wenig zu würgen. Stattdessen sagte er: »Konstanze, können Sie helfen? Ich hab mein Equipment nicht dabei.«

»Ich auch nicht«, bedauerte die Kriminal-Oberkommissarin.

»Dann fahren Sie jetzt bitte mit Frau Morgenstern ins Kommissariat und helfen ihr aus dieser misslichen Lage. Ich komme gleich nach, ich habe nämlich noch ein paar Fragen an Frau Morgenstern. Und Sie, Knispel, besorgen ein paar Leute, um Fingerabdrücke in der Laube zu sichern.«

»Zwecklos, Chef«, meinte der arg gebeutelte Assistent. »Frau Morgenstern trägt Handschuhe.«

»Wir suchen ja auch nicht nach den Fingerabdrücken von Frau Morgenstern«, stöhnte Strelitz.

Zwanzig Minuten später saß er mit Konstanze Kannengießer und Franziska Morgenstern bei einem Kaffee in seinem Zimmer. Die Atmosphäre hatte sich entspannt, zumal Olaf Knispel an diesem Nachbereitungsgespräch, wie Strelitz es nannte, nicht teilnahm.

Strelitz hatte nochmals um Nachsicht für seinen hyperaktiven Assistenten gebeten, und Franziska hatte sich versöhnlich gezeigt. »Ich hätte gern auf diese Erfahrung verzichtet«, räumte sie ein, »aber andererseits ist das ja eine Geschichte, die man noch den Enkeln erzählen kann. Schlimm nur, dass das Ganze einen solch tragischen Hintergrund hat.«

»Ja«, nickte der Kriminalrat, »und da wären wir beim Thema. Wir haben einen großen Personenkreis, der Gelegenheit gehabt hätte, Herrn Stratmann ins Jenseits zu befördern. Aber wir sehen kein Motiv. Unsere Leute untersuchen jetzt gerade die Laube, aber ich glaube kaum, dass wir dadurch schlauer werden. Dieser Einbruch belegt allerdings, dass es sich hier um einen handfesten kriminellen Hintergrund handeln muss. Der Tod von Kurt Stratmann war geplant, denn der Täter muss den Gegenstand, mit dem Stratmann getötet wurde, bewusst mit sich geführt haben. Und nach allem, was wir bisher wissen, gehört diese Tatwaffe nicht zu den Gegenständen, die man gewöhnlicherweise mit sich führt. Entweder war Stratmanns Tod von vornherein beabsichtigt gewesen, oder eine Gesprächsituation ist eskaliert. Aber auch dann hätte der Täter die Option Totschlag oder sogar Mord von vornherein mit einkalkuliert und somit billigend in Kauf genommen.«

Franziska dachte nach. »Herr Stratmann hatte ja mehrfach angekündigt, irgendetwas preisgeben zu wollen, das von großer Bedeutung sei. Er sprach davon, dass es sich um eine große Schweinerei handele und Köpfe rollen werden.«

»Tja«, grübelte Strelitz, »und nun hat es ihn möglicherweise selbst den Kopf gekostet. Der Vorstand hat uns auch über die Enthüllungsabsichten von Herrn Stratmann ins Bild gesetzt. Aber keiner weiß, worum es sich handelt. Andererseits ist das unser einziger Ansatzpunkt. Andere gibt es nicht, denn ein Privatleben außerhalb des Vereins hatte er nicht. Er hat keine Angehörigen und war nur selten in seiner Einzimmerwohnung. Meistens schlief er in seiner Gartenlaube.«

»Ich fürchte, ich kann Ihnen nicht weiterhelfen«, bedauerte Franziska. »Ich bin ja noch ganz neu in diesem Mikrokosmos.«

Strelitz erhob sich und gab ihr die Hand. »Nochmals nichts für ungut«, sagte er. »Und wenn Sie es in Erwägung ziehen sollten, am Himbeerweg sesshaft zu werden, dann wäre ich Ihnen dankbar, wenn sie Augen und Ohren offen halten würden.«

»Dann bin ich jetzt also freie Mitarbeiterin der Kripo? Oder nennt man das Informantin? Dann hätte ich ja irgendwann die Chance, ins Zeugenschutzprogramm zu kommen, oder?«

Strelitz und Kannengießer wirkten amüsiert. »Sie sehen zu viele Krimis«, meinte der Kriminalrat zum Abschied.

Am nächsten Tag erwachte sie endlich wieder ohne Kater und wurde von ihrem Dienstalltag eingeholt. Sie hatte ihren Kolleginnen und Kollegen viel zu berichten, ließ aber ihre vorübergehende Verhaftung unerwähnt. Im Laufe der Woche regelte sie alles Notwendige zur Übernahme der Parzelle von Kuddl Stratmann. Außer ein paar Büchern und alten Möbeln befanden sich keine persönlichen Habseligkeiten in der Gartenlaube. Die Spurensicherung war bei der Suche nach Fingerabdrücken erfolglos geblieben. Immerhin wurde bei einer großflächig angesetzten Suche die Tatwaffe gefunden. Es handelte sich um den Schwengel einer alten Wasserpumpe. Er lag mit vielen anderen großen und kleinen Gegenständen des Kleingartenalltags neben dem kleinen Anbau, in dem die sanitären Anlagen des Landheims untergebracht waren.

Aber auch dieser Erfolg führte nicht weiter – der Fundort war frei zugänglich, und jeder, der während der Sitzungspause oder nach Ende der Jahreshauptversammlung vor Ort gewesen war, konnte dieses keulenartige Instrument an sich genommen und nach vollbrachter Tat irgendwann wieder zurückgelegt haben. Immerhin war es Olaf Knispel gewesen, dem die Blutflecken am Metallende des Pumpenschwengels aufgefallen waren. Damit konnte er sich für seine bisherigen Fehlleistungen ein gutes Stück rehabilitieren. Strelitz hatte ihm sogar auf die Schulter geklopft: »Sehen Sie, Knispel, geht doch! Jetzt müssen Sie sich nur noch einen anderen Namen zulegen.«

Konstanze Kannengießer hätte sich beinahe an ihrem Kaffee verschluckt.

Kapitel 9

Der Herbst wurde – wie es sich gehört – schließlich vom Winter abgelöst. Das Kleingartengebiet lag still unter einer Schneedecke und wartete auf die neue Saison. Franziska richtete ihr Leben als Single ein und entwarf an langen Abenden Pläne für die Umgestaltung ihres Gartens, der einmal Kuddl Stratmann gehört hatte.

Die Akte Stratmann wurde beim Team von Kriminalrat Strelitz weiter bearbeitet, aber schon bald von neuen Straftaten überlagert. Die chronisch unterbesetzte Kripo, die zudem eine gewaltige Bugwelle von Überstunden vor sich herschob, musste neue Prioritäten setzen, und da der »Fall Stratmann« von Anbeginn kaum Interesse in der Öffentlichkeit erzeugt hatte, geriet dieses Tötungsdelikt zunehmend aus dem Wahrnehmungsbereich der Ermittler.

Franziska ließ den Kontakt zum Kleingartenverein auch über die Wintermonate nie ganz abreißen. Sie schaute in regelmäßigen Abständen im Landheim »Erntedank« vorbei und traf dort auf Rudi und seine ewig griesgrämige Frau, auf Fritz Sengstake und Leonore Kreutzfeldt, auf ihren Nachbarn Hermann Schilling mit seinem neurotischen Dackel und auf Andreas Klapphorn, der meistens etwas abseits saß und dialogfrei sein Bier verkostete.

Ein Teil der Gespräche zwischen Wirt, Vereinsvorstand, Franziska und den wechselnden Besuchern des Landheims drehten sich noch immer um den Tod von Kuddl Stratmann, aber mit fortschreitender Zeit rückten wieder andere Themen in den Vordergrund. Da konnte man vortrefflich über die Vorzüge und Nachteile einer vereinseigenen Wasserleitung diskutieren, sich über das unmögliche Verhalten der Eigenlandbesitzer erregen oder über das Zerwürfnis der beiden Parzellisten links und rechts von Franziska amüsieren.

Hermann Schilling und sein Rauhaardackel lebten nämlich in einer Dauerfehde mit Familie Markgraf. Deren drei Jungs und ein Mädchen sprengten jede Ruhezeit; Hermanns Dackel musste sich wiederum anlasten lassen, bereits drei der vier Kinder gebissen zu haben.

Der Wirt Rudi Klingebiel verstand es außerdem, das Gespräch immer wieder auf Familie Hagedorn zu lenken. Der von den Hagedorns praktizierte Vertrieb von Lebensmitteln und Getränken war ihm ein Dorn im Auge, denn das Geschäft hätte er gern selbst gemacht. Die Hagedorns waren im Verein »Erntedank e. V.« nicht unbedingt Sympathieträger, aber man schätzte die Möglichkeit, bei ihnen einzukaufen, wenn plötzlich Besuch kam und das Bier nicht reichte. Auch die frischen Frühstücks-Brötchen wurden gern genommen. Norbert Hagedorn war ein hagerer, hochgewachsener Endfünfziger mit lauerndem Blick und runden Schultern. Seine Gattin Elvira war das völlige Gegenteil: fast zwei Köpfe kleiner, dafür korpulent und mit mütterlichem Habitus. Beide zeichnete eine gewisse Bauernschläue aus, mit der sie andere Defizite ausglichen. Rudi vertrat die Auffassung, dass die Hagedorns einen Kolonialwarenladen, aber sicherlich keine Parzelle betrieben. Franziska verzichtet darauf, dieses Problem zu kommentieren, denn Frau Hagedorn war eine geborene Sengstake und sie wollte Fritz nicht gegen sich aufbringen, indem sie Elvira das Leben schwer machte. Und es wäre ein Leichtes gewesen, genau das zu tun, denn was die Hagedorns auf ihrem Kleingarten trieben, war planungsrechtlich nicht zulässig.

Rudi wiederum konnte diesen Konflikt nicht bis zum Äußersten treiben, denn durch das Verhalten seiner Frau Simone, die so wenig in die Gaststube dieses Landheims passte wie eine Kuh in die Empfangshalle von Neuschwanstein, war auch er angreifbar. Und als Pächter des Landheims war er wiederum dem Vereinsvorstand verpflichtet, dessen erster Vorsitzender der Bruder von Elvira Hagedorn war.

So ging der Winter mit manch kleinem Geplänkel ins Land. Ein Frühschoppen im Landheim am Heiligen Abend hätte Franziska beinahe das gesamte Weihnachtsfest verpatzt. Immerhin ergab sich erstmals ein tiefgehendes Gespräch mit Andreas Klapphorn, der an diesem Tag besonders verschlossen wirkte.

Franziska hatte ihn etwas ungelenk angesprochen. »Na Andreas, Single-Weihnachten haben keinen besonderen Unterhaltungswert, oder? Also, ich hoffe, dass diese Tage schnell vorbeigehen. Dann noch mal Silvester irgendwie abhaken und schon kann das neue Jahr seine Flügel ausbreiten. Was wirst du denn in diesen Tagen tun?«

Andreas schwieg lange auf diese sehr direkte Frage. Als Franziska sich schon abwenden wollte, weil sie keine Antwort bekam, sagte er leise und verbissen: »An meine Kinder denken.«

»Du hast Kinder? Wie viele?«

»Zwei. Johannes und Julia. Sie sind jetzt zehn und zwölf Jahre alt.«

»Schöne Namen«, konstatierte Franziska. »Siehst du die beiden an den Feiertagen?«

»Nein. Dieses Weihnachtsfest genauso wenig wie im letzten Jahr und im Jahr zuvor. Sie leben irgendwo in Rumänien – ich weiß nicht mal, wo.«

»Oh, das tut mir leid, dass wusste ich nicht.« So ganz stimmte das nicht, denn Leonore hatte das familiäre Desaster, unter dem Andreas litt, ja schon auf der Jahreshauptversammlung angedeutet. »Magst du erzählen, wie das gekommen ist?«

Andreas wischte sich die Augen. Mit fester Stimme antwortete er: »Da gibt es nicht viel zu erzählen. Eines Freitags kam ich nach Hause und es lag ein Zettel auf dem Küchentisch. ›Wir leben jetzt woanders‹ hat darauf gestanden.«

»Einfach so? Da muss doch vorher was gewesen sein?«

»Nichts, was eine solche Trennung gerechtfertigt hätte.

Aber das ist halt die Crux: Frauen können sich alles erlauben, wir Männer haben die A…karte.«

»Naja«, meinte Franziska, »da habe ich andere Erfahrungen gemacht.«

»Doch«, beharrte Andreas verbittert. »Früher gab es ein Familienrecht, das die Frauen zugegebenermaßen ziemlich benachteiligt hat. Das hat die Politik einfach gelöst, indem sie den umgekehrten Fall geschaffen hat. Wenn eine Frau keine Lust mehr auf ihren Mann hat, schickt sie ihn vor die Tür, oder sie zieht selbst aus. Und dann kannst du die Dauerüberweisung für den Unterhalt klarmachen und um jeden Besuch der Kinder betteln. Gleichzeitig stürzt du wirtschaftlich ab und kannst dir eine neue Partnerschaft nicht erlauben.«

»Das ist aber eine sehr vereinfachte Sichtweise. Wir sollten nicht vergessen, dass viele Frauen unter ihren Männern leiden. Die saufen und prügeln und die Frauen können sich nicht von ihnen lösen oder trauen sich nicht.«

»Das ist aber doch genauso klischeehaft – der Mann als potenzieller Gewalttäter, der sich pausenlos an Frauen und Kindern vergeht«, winkte Andreas ab.

»Oder lügt und betrügt und mit der besten Freundin der Frau ins Bett steigt.«

Die übrigen Anwesenden, die dem immer heftiger werdenden Dialog bislang kommentarlos zugehört hatten, blickten sich vielsagend an. Das war also der Grund, warum Franziska in das Single-Fahrwasser geraten war.

»Naja, vielleicht hat er Gründe dafür gehabt«, meinte Andreas bissig.

»Hat er nicht«, fauchte Franziska und hielt inne. Sie erkannte, dass hier gerade zwei Seelen aneinandergerieten, die beide auf übelste Art verletzt worden waren. Beschwichtigend meinte sie, dass sowohl Andreas als auch sie selbst offenbar gute Gründe für eine große persönliche Verbitterung hätten. Das sei kein guter Boden für eine vernünftige Unterhaltung. »Wenn du magst, komm doch heute mit zu mir. Meine Schwester kommt mit ihren beiden Jungs, dann sind wir von unseren Problemen abgelenkt und finden auch andere Gesprächsthemen.«

»Danke, aber das hilft mir kaum weiter«, wehrte Andreas ab.

»Und was ist dein Plan B?«, fragte Franziska.

»Mein Plan B ist mein Plan A. Ich setze mich in meine Gartenlaube, mache den Ofen an, schaue in alte Fotoalben und höre irische Volksmusik. Kennst du die Dubliners?«

»Ja, kenne ich. Habe ich sogar schon mal auf einem Konzert erlebt. Und dazu kippst du dir dann eine Flasche Aquavit in den Hals, richtig? Wirklich tolle Weihnachten. Deine Kinder wären stolz auf dich.«

Andreas stand wortlos auf, griff seine Jacke, warf einen Geldschein auf die Theke und ging hinaus.

Franziska wollte hinterher, aber Rudi hielt sie zurück. »Lass gut sein, da kannst du nichts machen. Das sitzt alles sehr tief bei ihm. Aber keine Angst, er trinkt nur Bier. Keine hochprozentigen Sachen.«

Kapitel 10

Anfang Februar fuhr Franziska auf einem Freitag wieder einmal zum Himbeerweg 8, um nach ihrem Garten zu schauen. Temperaturen im Frostbereich und eine geschlossene Schneedecke machten diese Radfahrt zu einem sportlichen Unternehmen. Sie fand die Parzelle und die Gartenlaube in unversehrtem Zustand vor und beschloss, noch auf ein kleines Pils im Landheim vorbeizuschauen.

Dort hatte es sich ein harter Kern gemütlich gemacht, der offenbar seit Jahren aufeinander eingespielt war. Der erste Vorsitzende und seine Stellvertreterin, die Hagedorns und Andreas Klapphorn saßen an einem Tisch am Fenster zusammen. Draußen wurde es bereits dunkel. Rudi Klingebiel hatte auf der Theke eine Tageszeitung ausgebreitet und studierte die Sportberichte. Simone saß an einem anderen Tisch und informierte sich in einem Modemagazin über die Trends des kommenden Frühjahrs.

»Guten Abend«, grüßte Franziska und war damit der Tageszeit ein klein wenig voraus. »Darf ich mich dazusetzen?«

»Aber ja«, scholl es ihr entgegen und man rutschte etwas zusammen, um für die Stadtplanerin Platz zu schaffen. Allein Andreas hatte kaum zurückgegrüßt. Franziska entschied sich für einen Frontalangriff. »Hallo Andreas, ich hoffe, du bist gut ins neue Jahr gekommen? Und du bist mir hoffentlich nicht mehr böse wegen Heiligabend? Du hattest ja Recht – ich hab mich in deine Angelegenheiten eingemischt, das war nicht in Ordnung. Dafür bitte ich um Entschuldigung!«

Andreas machte eine abwehrende Handbewegung, die man unterschiedlich deuten konnte: zwischen »keine Ursache, schon vergessen« und »lass mich einfach in Ruhe!« waren fast alle Variationen denkbar. Fritz Sengstake leitete schnell zu einem anderen Thema über.

»Setz dich, Franziska. Wir sprachen gerade mal wieder über Kuddl Stratmann. Man kommt ja von der Geschichte auch nicht los.«

»Geht mir auch so«, erklärte Franziska und machte Rudi ein Zeichen. Der griff ein Bierglas und betätigte den Zapfhahn.

»Wir haben gerade überlegt, was Kuddl wohl an dem Abend zum Besten geben wollte«, fuhr Fritz fort. »Aber ich kann es mir beim besten Willen nicht vorstellen.«

»Da war nichts«, mischte sich Norbert Hagedorn mit hoher krächzender Stimme ein. »Der wollte sich nur wichtig machen.« Alles, was Norbert Hagedorn sagte, klang nach unumstößlicher Wahrheit. Er lieferte auch gleich den Beleg für seine These: »Das hat man ja häufig bei Leuten, die entweder nie was zu sagen hatten oder plötzlich nichts mehr zu sagen haben.«

»Was war er denn früher von Beruf?«, erkundigte sich Franziska. »Ich habe ihn ja nur kurz erleben dürfen und hatte den Eindruck, dass er mal bessere Zeiten gesehen haben muss.«

»Das kann man wohl sagen«, meinte Leonore. »Er hatte ein Kapitänspatent und fuhr auf großen Frachtschiffen rund um den Globus. Dann ist irgendetwas schiefgegangen. Man entzog ihm die Berechtigung, Schiffe zu führen. Ein Jahr später ist seine Frau verstorben, ein weiteres Jahr später hat er seinen Sohn bei einem Autounfall verloren.«

»Das ist ein bisschen viel auf einmal, oder?«, zeigte sich Franziska betroffen. »Da kann es einen schon aus der Kurve tragen.«

»Alles Charakterschwäche«, wiegelte Norbert Hagedorn mit einer wegwerfenden Handbewegung ab. Franziska fand diese Art der Überheblichkeit unerträglich und wollte gerade zu einem entsprechenden Plädoyer ausholen, als Andreas Klapphorn aus der Reserve kam:

»Das ist eine gefährliche Selbstgerechtigkeit. Ich habe mir die Mühe gemacht, mich mit Kuddl häufiger und länger zu unterhalten. Wenn man dazu bereit war, konnte man feststellen, dass Kuddl ein sehr intelligenter und differenziert denkender Mensch war. Kritisch wurde es bei ihm, wenn er ein bestimmtes Maß an Alkohol getrunken hatte.«

»Intelligent?«, lachte Hagedorn heiser. »Und dann pöbelte er und schmiss mit Schnapsgläsern?«

»Ich sagte ja, wenn er nüchtern war. Sobald er ein gewisses Maß an Alkohol trank, wurde er unberechenbar und erzählte krauses Zeug. Manch andere benötigen dazu keinen Alkohol«, bemerkte der Musiklehrer trocken.

Franziska hätte applaudieren mögen, doch Hagedorn zeigte keine Wirkung. Offenbar hatte er Andreas Beitrag nicht verstanden oder zumindest nicht auf sich bezogen. Rudi schaute angestrengt in seine Tageszeitung und grinste dabei zufrieden.

»Weiß man denn, warum er seine Kapitänslizenz verloren hat?«, erkundigte sich Elvira Hagedorn. Klein und figürlich mollig, unterschied sie sich äußerlich deutlich von ihrem Ehemann. Hinsichtlich der geistigen Befindlichkeit rangierte sie jedoch mit ihm auf gleichem Niveau.

»Kannst sicher sein, dass da auch Alkohol im Spiel war«, antwortete Norbert Hagedorn mit wissendem Blick, der allen deutlich vor Augen führen sollte, dass man ihm nichts vormachen könne.

»Ja«, schlug Elvira in die gleiche Kerbe und erklärte, an die anderen gewandt: »Norbert sagt immer, es kommt darauf an, was man aus seinem Leben macht.«

»Ja, zum Beispiel einen illegalen Krämerladen führen«, ließ Rudi sich von der Theke her vernehmen.

»Da ist nichts illegal«, verteidigte Hagedorn seinen Broterwerb. »Ich werde im Frühjahr mein Sortiment erweitern. Und bei gutem Wetter stelle ich ein paar Stühle und Tische nach draußen, im Haus hänge ich vielleicht noch einen Spielautomaten an die Wand.«

Franziska hielt sich mit einer planungsrechtlichen Bewertung zurück. Schließlich wollte sie nicht zum Paragrafenreiter werden. Sie war hier als Parzellistin aktiv, nicht als Stadtplanerin.

Aber Andreas äußerte sich dazu. Er hatte seinen Kleingarten direkt neben den Hagedorns und kündigte von seiner Seite Widerstand an. Rudi reagierte ebenfalls heftig auf die Hagedornschen Expansionspläne. »Das ist doch überhaupt nicht zulässig. Frau Morgenstern, sagen Sie doch auch mal was!«

»Ich hab bisher noch nicht darüber nachgedacht«, wich Franziska aus. »Ist aber auch nicht so ganz mein Fach«, schwindelte sie. Andreas sah sie an und für einen Moment schien es, als hätte er einen Anflug von Lächeln im Gesicht.

»Ich kann mir jedenfalls nicht vorstellen, dass uns der Vorstand Probleme machen wird«, verkündete Elvira mit einem konspirativ-dümmlichen Gesichtsausdruck in Richtung ihres Bruders Fritz Sengstake. Zu Rudi gewandt sagte sie spitz: »Ich kann mir gut vorstellen, dass dir das alles nicht passt. Aber wir haben freie Marktwirtschaft, weißt du? Und wenn deine Kunden wegbleiben, musst du aufpassen, dass du noch die Pacht zahlen kannst!«

»Und du musst aufpassen, dass dir nicht jemand deinen Laden anzündet«, schnappte Rudi zurück. Er hatte jetzt eindeutig einen dicken Hals.

»Nun ist's gut, Freunde«, mahnte Fritz. »Der Tod von Kuddl ist schon schlimm genug.«

»Ja, in der Tat«, fiel Franziska ein. »Ich habe mich oft gefragt, wo er an dem Abend noch hinwollte. Sein Garten lag ja in der entgegengesetzten Richtung.«

»Die Kripo geht davon aus, dass er zu einer der Kneipen auf der anderen Seite des Bahndamms wollte. Das sind ja keine zehn Minuten Wegstrecke«, ließ sich Norbert Hagedorn vernehmen. »Er hatte den Hals immer noch nicht voll.«

»Tja, und irgendwer ist ihm mit dem Pumpenschwengel in der Hand nachgestiegen«, schauderte sich Rudi. »Ich frage mich, ob er seinen Mörder noch gesehen hat!«

»Vermutlich nicht«, sinnierte Andreas mehr für sich als für die große Runde. »Es war sehr neblig und der Schlag wurde von hinten ausgeführt. Sagt zumindest die Polizei.«

»Für mich ist die Sache klar«, hob Hagedorn zum Schlussplädoyer an. »Kuddl ist mit ein paar Jugendlichen aneinandergeraten, hat gepöbelt und dann ist die Situation eskaliert. Wahrscheinlich waren das ausländische Jungs. Die sind ja immer schnell in ihrer Ehre verletzt, man kennt das ja.«

Norbert Hagedorn war lange Jahre Schulhausmeister an einem Bremer Schulzentrum gewesen und nach einem leichten Herzinfarkt in die Frührente entlassen worden. Seine Frau hatte an der selben Schule einen kleinen Kiosk betrieben. Nach der Verrentung war ihnen die Dienstwohnung in der Schule gekündigt worden und sie hatten sich in das Wohnhaus auf ihrem Kleingarten zurückgezogen. Es handelte sich um eines jener Kaisen-Häuser, die deutlich größer waren als die 20-Quadratmeter-Gartenlauben. Norbert Hagedorn behauptete stets, ein legaler Kaisen-Auswohner zu sein. Fritz hatte dies auf Grund seiner familiären Bindung zu den Hagedorns nie hinterfragt. Franziska war jedoch sofort klar, dass hier ein klassischer Fall von Vetternwirtschaft vorlag. Dennoch war sie entschlossen, sich in diese Angelegenheiten nicht einzumischen.

»Lasst uns über angenehmere Themen reden«, bat Leonore, »es reicht schon, dass es draußen so kalt und dunkel ist. Habt ihr schon Pläne für den Sommerurlaub?«

Und so verlor man für den Rest des Abends Kuddl Stratmann aus den Augen.

Simone Klingebiel, die bis hierhin kein einziges Wort beigesteuert hatte, erhob sich und verschwand grußlos in den oberen Wohnräumen. Ihr Gesicht ließ erkennen, dass sie die Unterhaltung für eine Zumutung gehalten hatte, deren Themen und Teilnehmer weit unter ihrem Niveau angesiedelt waren.

Kapitel 11

Das neue Jahr nahm Fahrt auf. Um Ostern herum kam Bewegung in die Laubenkolonie. Sämtliche Gartenfreunde schienen mit einem Schlag aus dem Winterschlaf erwacht zu sein. Auf jeder Parzelle wurde gesät, gepflanzt und gedüngt, gehämmert, gesägt und gestrichen. Forsythien und Ginstersträucher, Osterglocken, Tulpen und Narzissen sorgten für erste farbliche Akzente und das Grün an Bäumen und Büschen schien nur noch auf sein Stichwort zu warten.

Franziska begann, ihre an langen Winterabenden skizzierten Ideen in die Tat umzusetzen. Sie war zwar von Haus aus Stadt- und nicht Landschaftsplanerin, aber sie fühlte sich dieser Aufgabe durchaus gewachsen. Als Störfaktor erwies sich Nachbar Hermann Schilling. Er erteilte aus dem reichen Erfahrungsschatz seines über 70-jährigen Lebens gern ungefragt Ratschläge. Dabei bewegte er sich vorzugsweise auf dem praktisch-technischen Arbeitsfeld (»Na, Mädel, zieht die Pumpe Luft? Musst mal Wasser ins Fallrohr kippen!«), zeigte sich aber auch dem psychologisch ausgerichteten Denken gewachsen (»Die Markgrafs haben nur so viele Kinder, damit sie nicht über ihre eigentlichen Probleme reden müssen«).

Häufig suchte er bei Franziska das Gespräch, wenn diese gerade mit Spaten oder Harke in ihrem Garten vollendete Tatsachen schaffen wollte. Seit zehn Jahren verwitwet, war er für jeden zwischenmenschlichen Kontakt dankbar, wie am Karfreitag, an dem Franziska eigentlich einen größeren Arbeitseinsatz für den Folgetag vorbereiten wollte.

»Ich sach immer zu meinem Dackel Friedhelm, Friedhelm, sach ich, leben und leben lassen – hier muss noch Platz sein für Freidenker, wo denn sonst, wenn nicht hier …«, salbaderte er.

»Zweifellos«, stimmte Franziska ihm zu und überlegte für sich, wie sie den alten Schwätzer auf Abstand bekommen könnte. Allein sein bedenkenloses Übersteigen des Jägerzauns – der war zwischen ihrer und Hermanns Parzelle nur einen halben Meter hoch und genoss eher einen symbolischen Wert – erfüllte sie mit Missmut.

Als Sättigungsbeilage diente schließlich Hermanns Dackel Friedhelm. Sobald sich Franziska dem Zaun auf weniger als einen Meter näherte, kam das Tier aus dem Nichts heran und explodierte fast auf der Hermannschen Zaunseite. Friedhelm stellte zu diesem Zweck die Vorderfüße auf die Zaunoberkante und vollführte ein Getöse, das mit ›lang anhaltendem Gebell‹ nur unzureichend beschrieben werden könnte.

Als Friedhelm bei der neuen Nachbarin wieder einmal für eine drastische Erhöhung der Pulsfrequenz gesorgt hatte, beendete sie seinen Auftritt mit einem Wasserguss aus einem alten Plastikeimer. Friedhelm war sprachlos, schüttelte sich die Tropfen aus dem Fell, drehte sich beleidigt um, warf noch ein letztes »Waff« über die Schulter und verkrümelte sich.

Was der Dackel auf der einen Seite war, waren die Kinder der Familie Markgraf auf der anderen Seite. Hier half auch kein Eimer mit Wasser. Regelmäßig liefen die Vier aus dem Ruder und die Toleranzschwelle ihrer Erziehungsberechtigten war hoch. Im vergangenen Sommer, so hatte Franziska von Leonore Kreutzfeldt gehört, habe Hermann einen Apfel aus eigener Ernte auf die Störenfriede geworfen und dabei den unvermittelt aus der Gartenlaube tretenden Vater Markgraf am Kopf getroffen. Dieser sei dabei seiner Brille verlustig gegangen mit dem Ergebnis, dass er im nächsten Moment mit einem Fuß in seinem Gartenteich stand. Darauf habe er den Apfel mit gleicher Kraft zurückgeworfen und Ludwig getroffen. Ludwig wiederum sei Hermanns Lieblings-Gartenzwerg gewesen, den es bei dieser Attacke glatt aus seiner kleinen Schaukel gehauen habe. Dieser Gewaltakt zum Nachteil des Zwergs Ludwig hatte Hermann derart erbost, dass er über den kleinen Jägerzaun gestiegen war, um über Kuddl Stratmanns Kleingarten zur maschendrahtgeschützten Parzelle der Markgrafs vorzurücken. In diesem Moment sei Kuddl aus seinem Häuschen herausgekommen, was die Gefechtslage nicht gerade übersichtlicher gemacht habe. Schlussendlich, so Leonore, sei sie zusammen mit Fritz Sengstake aufgetreten, um wieder Ruhe und Ordnung herzustellen.

Für Ostersonnabend hatte sich Franziska Verstärkung bestellt – ihre Schwester Johanna und vier Freundinnen hatten ihr Kommen zugesagt, um mit Franziska die Parzelle neu zu gestalten. Die Arbeiten begannen sie schon um neun Uhr. Zur Mittagsstunde hatte Franziska Bockwürste und Käsebrötchen vorgesehen, die sie bereits um acht Uhr bei Hagedorns illegalem Warenvertrieb erstanden hatte. Damit unterstrich sie als neues Mitglied der Kleingartengemeinschaft ihre Bereitschaft, sich auf die Gegebenheiten vor Ort einzulassen.

Ein Zweierteam hatte Franziska für Ordnungsarbeiten innerhalb der Laube eingeteilt. Zu viert wurde man wiederum im Außenbereich tätig. Verlegung des Weges und Anlage von Blumenbeeten sowie die Einteilung von Gemüsepflanzflächen standen auf dem Programm. Erbsen und Bohnen sollten gelegt werden, Karotten und Radieschen warteten ebenfalls auf ihre Aussaat.

Franziska und ihre Freundinnen hatten sich gerade warm gearbeitet, als eine gewaltige Detonation den Frieden der Laubenkolonie abrupt beendete. »Was ist das denn?«, rief Johanna und zeigte auf einen riesigen Rauchpilz, der nicht weit von ihnen entfernt in den Himmel stieg. »Da brennt es!«, sagte eine der Freundinnen erschrocken. Im nächsten Moment waren zwei weitere Detonationen zu hören und noch mehr Rauch wurde sichtbar.

Franziska ließ die Harke fallen. »Meine Güte, das muss bei Andreas sein«, rief sie, sprang über ihre Gartenpforte und begann zu laufen. Ihre Schwester und die Freundinnen folgten ihr. Unterwegs schlossen sich weitere Gartenfreunde an, die ihre Parzelle verließen und zum Brandort strebten.

Als Franziska in den Weg einbog, in dem sie den Brandherd vermutete, sah sie Andreas, der mit weit ausgebreiteten Armen alle herbeieilenden Kleingärtner zurückhielt. Der Brand war nicht auf seiner Parzelle ausgebrochen, sondern direkt nebenan. Dort stand ein Wohnhaus in Flammen. Die Rauchentwicklung war erheblich.

»Um Himmels Willen, das ist ja bei den Hagedorns«, erschrak Franziska.

»Bleibt bitte zurück, zurückbleiben«, rief Andreas Klapphorn. »Da sind Propangasflaschen gelagert. Und ich weiß nicht, ob schon alle hoch gegangen sind.« Wie zur Bestätigung gab es einen weiteren gewaltigen Knall. Ein Teil des bereits lichterloh brennenden Dachstuhls gab nach, und die Flammen griffen jetzt auf einen riesigen Birnbaum über.

Die Menge wich zurück. Einige hatten sich bei der neuerlichen Explosion auf den Boden geworfen. »Wir können nichts machen«, rief Andreas Klapphorn, »wir müssen auf den Löschzug warten.«

»Aber die Hagedorns«, drängte Franziska, »die müssen wir da doch rausholen!«

»Die sind nicht da. Die wollten über Ostern zu seinem Bruder verreisen. Und man könnte jetzt auch nicht rein. Das Feuer ist viel zu weit vorgedrungen und keiner weiß, wie viele Gasflaschen im Haus gelagert sind.«

In diesem Moment hörte man in der Ferne die Feuerwehr, die fünf Minuten später eintraf. Die zwei im Einsatz befindlichen Löschmannschaften arbeiteten schnell und effektiv. Aus sicherem Abstand wurde das Wasser eingesetzt und ein Übergreifen der Flammen auf benachbarte Häuser, die gerade hier sehr eng beieinander standen, verhindert.

Das Hagedornsche Haus aber war nicht mehr zu retten gewesen.

Der Brandmeister fragte nach möglichen Personen, die sich im Gebäude aufhalten könnten. Andreas und auch andere Nachbarn erklärten, dass die Bewohner über Ostern verreisen wollten. Fritz Sengstake, der als Vereinsvorsitzender zusammen mit Leonore Kreutzfeldt einer der ersten Kleingärtner vor Ort gewesen war, bestätigte die Reisepläne. »Meine Schwester und mein Schwager wollten nach Hamburg, um seinen Bruder zu besuchen«, erklärte er dem Brandmeister.

Drei Feuerwehrmänner waren unterdessen in die Ruine des Wohnhauses eingedrungen, um Glutnester abzulöschen. Derweil machten erste Vermutungen über die Brandursache die Runde. »Technischer Defekt und dann die Gasflaschen – das musste ja rumsen«, meinte einer der selbsternannten Sachverständigen. Ein anderer Schaulustiger wollte das Thema »Brandstiftung« nicht vernachlässigt wissen. »Wer weiß, welche Rechnungen da noch offen waren?«

»Rudi Klingebiel wird sich jedenfalls freuen«, stellte ein Dritter fest. In diesem Moment entstand im Hintergrund Unruhe. Einer der mit dem Ablöschen der Glutnester befassten Feuerwehrmänner winkte den Brandmeister heran. »Was ist da los?«, fragte Franziska beklommen.

»Das sieht nicht gut aus«, antwortete Andreas leise. »Sie haben etwas gefunden.«

Kapitel 12

Und dann saßen alle auf dem Kommissariat und warteten darauf, von Kriminalrat Strelitz und seinen Mitarbeitern befragt zu werden. Konstanze Kannengießer wollte ursprünglich wieder in das Hinterzimmer des Landheims, aber Strelitz wollte dieses Mal ein Heimspiel. Bedrückte Gesichter bei allen Anwesenden. Kein Wort fiel, die Betroffenheit und das Entsetzen waren greifbar.

Die Feuerwehr hatte im Inneren des ausgebrannten Hauses die Leichen von Norbert und Elvira Hagedorn gefunden. Als sie in zwei Zinksärgen abtransportiert wurden, suchte Franziska Halt bei Andreas, mit dem sie seit dem unerfreulichen Dialog am Heiligabend kaum ein Wort gewechselt hatte. Er nahm sie etwas widerstrebend in den Arm. Leonore Kreutzfeld musste sich um Fritz Sengstake kümmern, der ebenfalls um Fassung rang.

Am Ende der Befragung hatte Strelitz alle Gartenfreunde mit Dank und Trost nach Hause entlassen. Es blieb nur Franziska Morgenstern zurück und wartete im Vorzimmer. Strelitz fasste gerade das vorläufige Ergebnis zusammen.

»Der Brand wurde zuerst von Herrn Klapphorn bemerkt. Er war von den direkten Nachbarn der einzige, der da war. Herr Klapphorn hat dann die Feuerwehr per Handy informiert und auch im Anschluss große Umsicht bewiesen, als er die herbeieilenden Kleingärtner wegen der Propangasflaschen auf Distanz gehalten hat.«

»So«, ließ sich Olaf Knispel vernehmen, »diesmal hat sein Handy also funktioniert. Und woher wusste er von den Gasflaschen?«

»Warum so boshaft, Knispel?«, fragte Strelitz und zog an seiner Pfeife. »Es war allgemein bekannt, dass die Hagedorns neben den Gütern des täglichen Bedarfs auch ein kleingartenorientiertes Sortiment hatten. Dazu zählten auch Propangasflaschen. Fünf Stück hatte man auf Vorrat in einem hinteren Zimmer stehen. Alle sind laut Brandmeister hochgegangen. Ob sie die Brandursache waren oder nur im Zuge der Brandentwicklung zur Vergrößerung der Katastrophe beigetragen haben, werden die Sachverständigen noch herausfinden müssen.«

Konstanze Kannengießer meldete sich zu Wort. »Frau Morgenstern hat ausgesagt, dass es erst eine Detonation gegeben haben soll. Gleich danach hätte sie den Rauchpilz gesehen.«

»Wenn Frau Morgensterns Aussage zutreffend ist, wird es eine Bestätigung durch die Fachleute geben«, stellte der Kriminalrat mit unerschütterlicher Ruhe fest.

»Und wie kommt Herr Klapphorn zu der Behauptung, dass die beiden Opfer verreist seien?«, insistierte nun Olaf Knispel.

»Mensch, Knispel, den haben Sie aber auf Sicht«, meinte Strelitz amüsiert. »Nur bringt uns das nicht weiter. Die Geschichte von der geplanten Reise ist uns nämlich von mehreren berichtet worden, unter anderem auch vom ersten Vorsitzenden. Für den ist das Ganze übrigens auch ein persönlicher Schlag: Frau Hagedorn war seine Schwester.«

»Aha«, machte Knispel und unterstrich einen bestimmten Satz in seinen Notizen.

»Außerdem«, fuhr der Kriminalrat fort, »übersehen Sie einen anderen Tatverdächtigen – wenn denn tatsächlich Brandstiftung vorliegt. Das Wirtsehepaar hätte ein Motiv. Die beiden dürften ziemlich froh sein, den einzigen Konkurrenten für den Vertrieb von Nahrungsmitteln und Getränken verloren zu haben. Jetzt können sie das Geschäft nämlich selbst machen!«

»Aber doch nicht Frau Klingebiel«, verwahrte sich Olaf Knispel. »Gut, der Wirt vielleicht, das ist ja auch ein ziemlicher Prolet, aber seine Frau hat doch ein ganz anderes Format. Das sieht man doch gleich an ihrem Äußeren!«

»Die Dame hat's Ihnen angetan, Knispel, das hab ich schon bei der ersten Befragung im Herbst gespürt. Aber ich fürchte, mit ihrer positiven Bewertung stehen Sie ziemlich allein da. Die Gäste und auch der Vorstand würden sie gerne auf den Mond schießen.«

Knispel bekam rote Ohren. »Aber Herr Kriminalrat, nur weil jemand von einer Gruppe von Kleingärtnern schlecht gemacht wird, sollten wir uns nicht den Blick verstellen lassen.«

Strelitz klopfte ihm auf die Schulter. »Lassen Sie es gut sein, Knispel, Frau Klingebiel ist zwar erheblich jünger als ihr Mann, aber vermutlich gute fünf Jahre älter als Sie. Und keine Angst, bei mir wird niemand tatverdächtig, nur weil die Leute schlecht reden.«

»Chef, können Sie sich vorstellen, dass zwischen dem Tod von Herrn Stratmann und dem Brand ein Zusammenhang besteht?«, fragte Konstanze Kannengießer.

Strelitz Stirn umwölkte sich. Der »Fall Stratmann« schmorte noch immer auf seinem Schreibtisch. Ungelöst, weil es zu viele Tatverdächtige und kein Motiv gab. »Man darf einen solchen Zusammenhang nicht ausschließen, das wäre fahrlässig. Ich sehe aber überhaupt noch nicht, wie das alles zusammenpassen könnte.«

»Ein alter Sonderling stößt Drohungen aus und wird umgebracht. Ein älteres Ehepaar verkauft illegal etwas zu essen und trinken, und meinetwegen auch noch ein bisschen mehr, und bekommt sein Haus angesteckt. Also, irgendwie ergibt das keinen Sinn«, überlegte der Kriminalrat halblaut.

»Vielleicht muss man das Ganze aus einer anderen Perspektive sehen, Chef«, überlegte Konstanze Kannengießer.

»Lassen Sie hören«, ermunterte Strelitz seine Kollegin.

»Stratmann weiß etwas oder meint, etwas zu wissen, und muss sterben. Hagedorns wissen vielleicht dasselbe und gehen den gleichen Weg.«

»Tja, eine von vielen Möglichkeiten«, räumte Strelitz ein. »Aber wir wissen nicht, ob es sich um Brandstiftung in

Tateinheit mit Mord, genauer gesagt: Doppelmord, handelt, oder ob die beiden Toten als Kollateralschaden betrachtet werden müssen.«

Knispel starrte verunsichert auf seinen Chef.

»Achje«, brummte der. »Konstanze, erklären Sie ihm den Ausdruck Kollateralschaden.«

»Ein Kollateralschaden ist der weitergehende Schaden, der bei einer Handlung oder Tat nicht beabsichtigt war, sondern sozusagen als Zugabe entsteht«, dozierte Konstanze Kannengießer.

»Ein Beispiel, Knispel: Wenn ich Ihnen jetzt kräftig vor das Schienenbein trete, haben Sie dort einen blauen Fleck und können zwei Tage nicht laufen. Wenn Sie aber wegen des Trittes Ihren Kaffee auf den Teppich verschütten, können der vergossene Kaffee und der ruinierte Teppich als Kollateralschaden bezeichnet werden«, vertiefte Strelitz das Thema und schaute dabei wohlwollend auf das rechte Bein seines Assistenten. Dann fuhr er mit einem Blick auf das ratlos wirkende Gesicht seines Assistenten fort: »Und wenn Ihnen bei der ganzen Aktion eine Möwe auf den Kopf scheißt, dann nennt man das Hohlraumversiegelung!«

Knispel schaute kreuzunglücklich von seinem Chef zu Konstanze Kannengießer.

Strelitz stand auf und reckte sich. »So, jetzt gehen wir Frau Klingebiel verhaften. Knispel, haben Sie Ihre Handschellen mit?«

»Aber Herr Kriminalrat, ich meine, Sie können doch nicht …«

»Das war ein Scherz, Knispel, kommen Sie wieder runter! Stattdessen werden wir mal forschen, warum die Hagedorns entgegen ihrer Absicht doch nicht verreist sind. Eine Person weiß da vielleicht mehr, die hat nämlich nach eigenem Bekunden um acht Uhr heute morgen noch bei Hagedorns eingekauft.«

»Und wer wäre das?«

»Frau Morgenstern. Aber dieses Mal, Knispel, bitte die Dame nur verhaften, wenn sie ein Geständnis ablegt. Und es wird auch nicht geschossen.« Er zwinkerte seiner Kollegin Kannengießer zu und bat Franziska, noch mal in sein Zimmer zu kommen.

Franziska nahm Platz und mied den direkten Blickkontakt mit dem Kriminalassistenten. Ihr letztes Zusammentreffen hatte unter keinem günstigen Stern gestanden, und noch immer besaßen beide eine sehr unterschiedliche Auffassung über die Ereignisse des unseligen Herbstsonntages. So schaute Franziska angestrengt an ihm vorbei auf Karl-Eberhard Strelitz – ähnlich einer Musterschülerin, die mit hoher Aufmerksamkeit an den Lippen ihres Lieblingslehrers hängt.

Knispel wiederum starrte trotzig auf seinen Notizblock.

»Liebe Frau Morgenstern«, eröffnete Strelitz die Befragung, »ich hoffe, Sie fühlen sich in der Lage, noch ein paar Fragen zu beantworten.« Ihm war nicht entgangen, dass der Stadtplanerin die Geschehnisse der letzten Stunden ordentlich zugesetzt hatten.

Franziska schluckte und nickte. »Es ist ja auch ein bisschen reichlich. Kaum werde ich Mitglied im ›Erntedank e. V.‹, schon ist die Welt hier nicht mehr in Ordnung.«

»Sie denken also auch, dass die Vorkommnisse in einem Zusammenhang stehen?«, erkundigte sich Strelitz interessiert.

»Ich halte das für möglich, ja. Aber ich habe keine Vorstellung, warum ein alter Mann erschlagen wird, ein Haus abbrennt und dieser Brand zu zwei weiteren Todesfällen führt.« Sie zog ihre Strickjacke noch etwas enger um sich und schauderte.

Konstanze Kannengießer blickte ihren Chef an. Der schenkte ihr ein aufmunterndes Nicken. Darauf übernahm sie die Gesprächsführung:

»Frau Morgenstern, wir versuchen herauszufinden, warum die Hagedorns in ihrem Haus waren, obwohl sie vorher verbreitet hatten, über die Ostertage verreisen zu wollen. Nun geht es uns darum, diejenigen zu finden, die wussten, weshalb die beiden hiergeblieben sind. Vielleicht finden wir sogar den- oder diejenige, die Herrn und Frau Hagedorn als Letzte gesprochen haben.«

»Und dann hätten Sie wieder jemanden, den Sie als dringend tatverdächtig verhaften können, oder?« Franziska blickte böse auf Olaf Knispel. Der wiederum mied den direkten Blickkontakt und machte sich mit hochkonzentriertem Blick ein paar Notizen.

»Nein, nicht doch«, beschwichtigte Konstanze Kannengießer. »Was wir gern wissen möchten, ist Folgendes: Sie haben heute Morgen bei den Hagedorns eingekauft.«

»Ja, es war gerade acht Uhr durch. Ich habe für meine Freundinnen und mich Brötchen und Auflage besorgt. Und eine Kiste Bier, 24 Flaschen Becks. Wir wollten zu sechst den Garten von Kuddl Stratmann … also meinen Garten neu gestalten.«

»Dann haben Sie also vier Flaschen pro Person kalkuliert?«, wollte Knispel wissen.

Der Kriminalrat und seine Mitarbeiterin sahen ihn an. »Warum besorgen Sie uns nicht ein paar Erdnüsse und Chips aus der Kantine?«, wandten sie sich an den Nachwuchsbeamten. Knispel bekam rote Ohren, legte seinen Block beiseite und verließ das Zimmer. »Und vermeiden Sie dabei bitte möglichst irgendwelche Schusswechsel«, rief Strelitz ihm nach.

Konstanze Kannengießer nahm sich vor, ein ernstes Wort mit ihrem Chef zu sprechen. Der Kriminalrat hatte, wie sie fand, im Umgang mit Olaf Knispel keine glückliche Hand. Vor allem in Gegenwart Dritter sollte es eine gegenseitige Loyalität geben – auch wenn Knispel sich manchmal ziemlich neben der Spur benahm. Aber im Moment galt ihr Hauptinteresse der Befragung, die sie im stillen Einverständnis mit dem Kriminalrat an sich gezogen hatte.

»Haben die Hagedorns irgendetwas über ihre Reisepläne geäußert?«

Franziska dachte nach.

»Also, Frau Hagedorn war mit einem Hamburger Stadtplan beschäftigt und er guckte zweimal auf die Uhr. Ich hatte den Eindruck, dass sie kurz vor der Abreise standen. Allerdings haben sie mir nicht erzählt, wen sie besuchen wollten und wann es losgehen sollte. Ich bin ja … ich meine, ich war ja für die beiden noch eine Fremde.«

»Schade. Wir hatten gehofft, dass Sie ein bisschen mehr Licht ins Dunkel bringen können«, bedauerte Strelitz und stand auf, um Franziska zu verabschieden.

Kapitel 13

In diesem Moment erschien Olaf Knispel mit Simone Klingebiel an seiner Seite. Franziska verließ das Dienstzimmer des Kriminalrates, ohne sich von denen beiden Hinzugekommenen zu verabschieden. Knispel schloss hinter ihr die Tür.

»Herr Kriminalrat, hier ist Frau Klingebiel-von Lausitz.«

»Von wem?«

»Von Lausitz«, antwortete Simone kühl.

»… und möchte eine Aussage machen!«, ergänzte Olaf Knispel.

»Genau, eine Aussage«, echote Simone. Sie nahm unaufgefordert auf dem von Franziska geräumten Stuhl Platz und setzte sich in ihrem schicken hellgrünen Frühjahrskostüm in Positur. »Ja, wo soll ich beginnen«, überlegte die Landheim-Wirtin, die sich gegen diese Bezeichnung sicher verwahrt hätte. »Es ist nicht ganz einfach und fällt mir auch ausgesprochen schwer, das dürfen Sie mir glauben. Es geht um meinen Mann. Und es geht um diesen schrecklichen Brand.« Simone versuchte, Ordnung in ihre Gedanken zu bringen. »Also, ich kann vielleicht etwas zur Aufklärung dieser furchtbaren Angelegenheit beisteuern. Mein Mann, der Rudi, hat heute Morgen sehr früh unsere Wohnung verlassen. Wir wohnen ja im Landheim im Obergeschoss.« Simones Stimme klang deutlich angeekelt. Es war klar, dass sie diese Dienstwohnung als absolute Zumutung empfand – zumindest für eine von Lausitz.

»Wie spät war es dann?«, erkundigte sich Karl-Eberhard Strelitz.

»Nun ja, ich denke, kurz nach acht, würde ich meinen.«

»Meinen Sie, oder wissen Sie?«

»Ich weiß es. Ich hab auf die Uhr geguckt und gefragt, wo er hin wolle.«

»Und was hat er geantwortet?«

»Nichts. Er hat auf meine Frage nicht reagiert.«

»Und wo ist er nun hingegangen?«

»Zu den Hagedorns.«

»Woher wissen Sie das so genau?«

»Ich bin ihm in sicherem Abstand gefolgt.«

»Und das hat er nicht bemerkt?«

»Nein, er hat überhaupt nichts wahrgenommen. Er ist nur mit sehr entschlossenem Schritt durch die Wege gegangen.«

»Wie lange haben Sie ihn im Auge behalten?«

»Bis er die Parzelle der Hagedorns betreten hat. Ich bin dann bis zur Pforte der Hagedorns vorgerückt. Und dann habe ich gehört, wie mein Mann sich mit den Hagedorns unterhalten hat. Erst zwei oder drei normale Sätze, dann wurde es laut und es entwickelte sich ein heftiger Streit. Darauf habe ich mich sofort auf den Rückweg begeben, denn mir war klar, dass das Gespräch schnell zu Ende sein würde.«

»Und dann?«

»Bin ich nach Hause gegangen. Also das, was mein Mann unser Zuhause nennt. Das Landheim.«

»Und konnten Sie hören, worum der Streit ging?«

»Nein, leider nicht.« Simone Klingebiel-von Lausitz wirkte jetzt etwas erschöpft.

»Und wie ging es danach weiter? Ihr Mann kam nach Hause und dann? Hat er was über seinen Besuch bei den Hagedorns erzählt?«

»Er kam zunächst nicht nach Hause. Als er auftauchte, war es nach zehn. Ich weiß das so genau, weil ich morgens immer die Wiederholung dieser Soap-Sendung ansehe. Und die dauert bis zehn Uhr. Als Rudi kam, war die Sendung bereits zu Ende.«

Karl-Eberhard Strelitz holte tief Luft. »Frau Klingebiel …«

»… von Lausitz«, ergänzten Olaf Knispel und Simone gleichzeitig.

Strelitz atmete nochmals tief durch. »Ja, sicher. So viel Zeit muss sein. Also, Frau Klingebiel-von Lausitz, Sie wissen, dass Sie gegen ihren Mann nicht aussagen müssen?«

»Ja, ich weiß, aber hier geht es doch um Brandstiftung und Doppelmord. Und mein Mann konnte die Hagedorns nicht ausstehen und war kurz vor dem Feuer bei ihnen. Und neulich hatte er gedroht, ihr Haus anzuzünden!«

»Wie bitte?«

»Ja, bei uns im Landheim. Hagedorns hatten erzählt, dass sie ihr Sortiment erweitern wollten. Da wurde Rudi sauer und hat gedroht, Feuer zu legen. Das können Herr Sengstake und Frau Kreutzfeldt bezeugen. Und Frau Morgenstern und Herr Klapphorn waren auch da.«

»Frau Klingebiel … von Lausitz« – Simone lächelte – »in welchem Zustand befindet sich Ihre eheliche Beziehung?«

Simone lächelte nicht mehr. »Entschuldigen Sie, was spielt denn das jetzt für eine Rolle?«

Nun lächelte Strelitz. »Schauen Sie, ich möchte gern die Beweggründe für Ihre Aussage einschätzen können. Es ist ungewöhnlich, dass eine Ehefrau ihren Mann einfach so beschuldigt. Darf ich annehmen, das Ihre Ehe … nun, sagen wir mal, den leidenschaftlichen Abschnitt hinter sich gelassen hat?«

»Das können Sie getrost so formulieren«, platzte es aus Simone heraus. »Zu Beginn unserer Ehe hatte Rudi Pläne. Er wollte mit mir nach Berlin, ein Feinschmeckerlokal auf dem Kudamm eröffnen. Und jetzt sagen Sie selbst: Liegt das Landheim ›Erntedank‹ am Kudamm? Und ist es ein Feinschmeckerrestaurant? Ich habe es satt, mit einem Eckkneipen-Wirt zu leben, der fast zwanzig Jahre älter ist als ich und den ganzen Tag über Gläser poliert!« Sie hatte sich in Rage geredet und brach jetzt in Tränen aus.

Olaf Knispel sah bestürzt aus und wollte Taschentücher reichen. Strelitz winkte ab. »Frau Klingebiel, Ihr Mann war auch schon bei der Heirat zwanzig Jahre älter als Sie!«

»… von Lausitz!«, schluchzte sie und fahndete in ihrer Handtasche nach Taschentüchern.

»Kann es sein, dass Sie der Ehe überdrüssig sind, weil Ihr Mann und die wirtschaftlichen Verhältnisse hinter Ihren Erwartungen zurückgeblieben sind, und Sie nun eine Chance sehen, den Gatten auf schlanke Art loszuwerden?«

Simone stand auf, schaute empört in die Runde und stieß ein tränenersticktes »Ich habe nur helfen wollen, Herr Kommissar!« hervor.

»Kriminalrat. So viel Zeit muss sein«, meinte Strelitz.

Simone drehte sich auf den Hacken um und verließ fast im Stechschritt das Kommissariat. Die Tatsache, dass der Hacken ihres linken Schuhs auf der Türschwelle abbrach, ruinierte allerdings die dramatische Note dieses Abgangs.

Jenseits der krachend ins Schloss fallenden Tür gab es ein Geräusch, als sei jemand auf dem Fußboden gelandet. Olaf Knispel wollte aufspringen, aber Strelitz legte ihm die Hand auf seine Schulter.

»Hiergeblieben, Knispel. Frau Fallersleben kann die Dame aufsammeln!« Frau Fallersleben war die Sekretärin des Kriminalrates.

»Und nun, Chef?«, fragte Konstanze Kannengießer, »was machen wir jetzt mit dieser Aussage?

»Wir müssen sie ernst nehmen, das hilft nichts. Aber ich muss sagen, so etwas habe ich in all meinen Dienstjahren selten oder gar nicht erlebt. Die Ehe der beiden verdient offenbar die Bezeichnung ›zerrüttet‹.« Er überlegte kurz. »Knispel, bringen Sie die Aussage zu Papier. Und Konstanze, Sie holen uns Rudi Klingebiel her. Anschließend versuchen Sie, Kontakt zu Hagedorns Bruder in Hamburg zu bekommen. Wir müssen klären, warum die Reise nicht stattgefunden hat.«

Kapitel 14

Simone vermied es, direkt ins Landheim zurückzufahren. Sie vermutete, dass sich dort möglicherweise unerfreuliche Szenen abspielen würden. Darauf konnte sie gut verzichten. Also ließ sie sich von Frau Fallersleben ein Taxi bestellen und fuhr in die Bremer Innenstadt. In einem Schuhhaus investierte sie in ein paar neue High Heels und begab sich dann auf eine Shopping-Tour, in deren Verlauf sie das Dispo-Limit des Klingebielschen Gemeinschaftskontos deutlich überschritt.

Die eheliche Gemeinschaft mit Rudi Klingebiel, so kalkulierte sie, durfte nach dem eben abgelieferten Auftritt bei der Kripo als beendet gelten. Wenn alles gut ging, würde man Rudi jetzt abholen und mindestens 48 Stunden dabehalten. Auf jeden Fall hatte sie heute Abend Zeit genug, ihre Sachen zu packen und ihre neue Adresse anzusteuern. Trotz gewisser Naivität hatte sie diesen Ortswechsel von langer Hand eingefädelt. Dazu hatte auch der Aufbau eines Nachfolgers für Rudi gehört. Und der würde sie gerne bei sich aufnehmen. Und sie würde gerne bleiben – zumindest so lange, bis sie sich über ihr weiteres Leben im Klaren war. Was sie nicht vorher hatte planen können, waren die Ereignisse des heutigen Vormittags, die ihr förmlich in die Hand gespielt hatten.

Und Simones Rechnung ging auf.

Konstanze Kannengießer hatte Rudi Klingebiel im Landheim angetroffen und ihn gebeten, sie aufs Kommissariat zu begleiten. Rudi war ohne aufzubegehren ins Auto gestiegen und so saß er wenig später in einem der Verhörräume, deren gediegene Möblierung zur entspannten Gesprächsatmosphäre beitrug. Diese entlud sich gerade jetzt in einem Wutausbruch des Landheim-Wirtes, der unschöne Worte für seine

Noch-Ehefrau fand und seine Unschuld beteuerte. Kriminalrat Strelitz hatte die Rolle des »Bad Cop« übernommen, während Konstanze Kannengießer den verständnisvollen Part spielte.

»Es stimmt also, dass Sie um kurz nach acht Uhr bei den Hagedorns waren?«, wollte Strelitz wissen.

»Das könnte hinkommen, ja.« Klingebiel wischte sich die Stirn ab.

»Ihre Frau hat das zumindest zu Protokoll gegeben.«

»Warum fragen Sie denn, wenn Sie's sowieso schon wissen?«

»Weil wir das von Ihnen hören wollen, verstehen Sie? Von Ihnen – nicht von Ihrer Frau!«

»Die ist die längste Zeit meine Frau gewesen, da können Sie sicher sein!«

»Das sollten Sie mit Ihrem Scheidungsanwalt erörtern. Bleiben wir bei heute Morgen. Sie sind kurz nach acht Uhr bei Hagedorns eingetroffen. Haben Sie auch Frau Morgenstern gesehen?«

»Ja, die verschwand gerade um die Ecke des nächsten Weges. Sie hatte wohl bei den beiden etwas eingekauft.«

»Hat sie Sie gesehen?«

»Nein, ich kam ja aus der anderen Richtung.«

»Und dann sind Sie zu den Hagedorns rein. Lassen Sie mich raten: Hagedorns waren über den zweiten Besuch an diesem Morgen nicht froh, weil sie abreisen wollten. Und Sie als Besucher galten vermutlich ohnehin als suboptimal. Dann gab ein Wort das nächste, Sie haben die beiden eingesperrt, vielleicht auch vorher niedergeschlagen, dann haben Sie Feuer gelegt und mit Hilfe der Propangas-Flaschen den ganzen Laden hochgehen lassen!«

Rudi war im Grunde eine Seele von Mensch. Aber dieses Verhör lag jenseits seiner Toleranzschwelle. Er brüllte Strelitz an, dass er noch nie jemandem etwas zuleide getan habe und nicht bereit sei, sich einen solchen hirnverbrannten Dünnpfiff anzuhören. Dabei waren seine Adern am Hals beunruhigend angeschwollen. Er beendete seinen Ausbruch mit einem: »Sie verdammtes Arschloch!«

»Käffchen, Herr Klingebiel?«, schaltete sich Konstanze Kannengießer mit einem gewinnenden Lächeln ein. »Und nehmen Sie doch bitte wieder Platz.«

Sie schob Rudi Klingebiel eine Tasse Kaffee zu, die er widerwillig und etwas schwer atmend annahm. Strelitz zog sich in eine Ecke des Raumes außerhalb des Lichtkegels zurück.

»Sehen Sie«, begann die Kriminalkommissarin mit sanfter Stimme, »wir reden hier ja nicht über ein verregnetes Lampionfest. Hier ist ein Haus in Flammen aufgegangen, zwei Menschen haben das nicht überlebt. Und im Hintergrund gibt es noch einen ungeklärten Mordfall, der jetzt ein halbes Jahr zurückliegt. Deshalb müssen Sie schon verstehen, dass wir dem Ernst der Lage angemessen nachfragen.«

»Wollen Sie mir jetzt den Kuddl Stratmann auch noch anhängen? Da hab ich 'n Alibi, alle haben gesehen, dass ich den ganzen Abend an der Theke war«, schnaufte er.

»Fast niemand hat ein Alibi für den Abend«, gab Konstanze Kannengießer zurück. »Nach unseren Feststellungen herrschten sowohl während der gesamten Sitzungspause als auch zum Ende der Sitzung Turbulenz und Aufbruchstimmung. Da hat keiner auf den anderen geachtet. Frau Morgenstern und Herr Sengstake gehören zu den wenigen, von denen wir wissen, dass sie zumindest während der Pause das Landheim nicht verlassen haben. Aber jetzt schildern Sie bitte noch mal, wie sich der Besuch aus Ihrer Sicht abgespielt hat.

»Meine Güte, da war nichts Besonderes. Ich hab die beiden gefragt, ob sie immer noch ihr Sortiment erweitern wollten.«

»Und wollten sie?«

»Ja, sie wollten sogar Tische und Stühle rausstellen. So, wie sie das schon mal angekündigt hatten. Ich hab ihnen angeboten, dass wir vielleicht gemeinsam ins Geschäft kommen könnten. Ich beziehe doch die Getränke von der Brauerei und vom Großhandel. Das ergibt Preisvorteile. Aber mit den beiden war nicht zu reden. Die haben nur gelacht, dauernd auf die Uhr geguckt und hatten offenbar ihren Spaß daran, mich zappeln zu lassen. Da bin ich einfach gegangen.«

»Wann war das ungefähr?«

Das Gespräch hat nicht lange gedauert. Zehn Minuten vielleicht. Also spätestens um halb neun war ich wieder draußen.«

»Ihre Frau hat ausgesagt, dass sie erst nach zehn Uhr wieder im Landheim angekommen sind. Wo waren Sie zwischendurch, Herr Klingebiel?«

»Ich bin zum Landheim zurück und dort auf mein Rad gestiegen, ohne noch mal reinzugehen. Dann hab ich einmal die Blockland-Tour gefahren. Das sind rund 25 Kilometer.«

Konstanze Kannengießer kannte diese Strecke, die ganz in der Nähe verlief und zu Bremens beliebtesten Radstrecken gehört – sehr zum Verdruss der dort wohnenden und arbeitenden Landwirte.

»In welche Richtung sind Sie gefahren? Kuhsiel-Dammsiel oder umgekehrt?«

»Umgekehrt, Dammsiel-Kuhsiel. Der Wind war dafür heute Morgen günstiger.«

»Hat Sie jemand gesehen, sind Sie irgendwo eingekehrt?«

»Sicher haben mich Leute gesehen. Aber niemand, den ich kenne. Und eingekehrt bin ich nicht.«

»Wir würden Ihnen gern glauben, aber Sie müssen uns auch die Chance dazu geben«, sagte Konstanze Kannengießer und lehnte sich zurück – ein Zeichen für Strelitz, sich wieder einzuschalten.

»Sie haben den Hagedorns angedroht, deren Haus anzuzünden, wenn sie ihr Sortiment erweitern sollten. So sagt es

Ihre Frau und sie sagt auch, dass Sie diese Drohung in Gegenwart weiterer Gäste ausgesprochen haben sollen. Stimmt das?«, bohrte Strelitz.

»Ja nun, ich fürchte, ja, das war wohl so. Da sind mir halt die Gäule durchgegangen. Was man eben so sagt, wenn man sauer ist.«

»Herr Klingebiel, der Satz, den Sie jetzt runterspielen wollen, ist für uns einer der Kernpunkte und trägt entscheidend dazu bei, dass wir Sie als Tatverdächtigen behandeln. Als einzigen Tatverdächtigen, wohlgemerkt.«

Konstanze Kannengießer mischte sich nochmals ein. »Bitte, damit wir es verstehen: Was wäre denn so schlimm, wenn die Hagedorns tatsächlich ihr Sortiment erweitern würden?«

Rudi Klingebiel beugte sich vor. »Das Geschäft im Landheim läuft schon jetzt nicht besonders gut. Die meisten Kleingärtner bringen sich ihr Bier selber mit und müssen nicht zu mir kommen, und gefeiert wird nur selten im Landheim, sondern auf den Parzellen. Auch beim Lampionfest ist das so. Eine Zeit lang habe ich belegte Brötchen und Bockwürste angeboten. Das lief aber auch nicht. Dasselbe war mit Mittagstisch und im Winter mit Kohlfahrten. Dafür musste ich einen Koch anstellen, das war ein Minusgeschäft. Kaffee und Kuchen im Sommer gehen so leidlich. Dazu kommen die Hygienevorschriften – was meinen Sie, wie viele Auflagen ich erfüllen muss, wenn ich Frikadellen anbieten will? Sehen Sie, das alles hat mich bewogen, andere Güter des täglichen Bedarfs anzubieten. Von Zucker, Salz und Kaffee bis hin zum Klopapier. Alles Artikel, die bei den Kleingärtnern, vor allem bei denen, die hier auch übernachten, plötzlich mal alle sein können. Und dann müssen die Gartenfreunde nicht mit dem Auto nach Hause, sondern kommen zu mir. Und wenn ich Glück habe, bleibt man dann noch zu einem kleinen Schnack bei Bier und Korn. Aber zwei Anbieter dieser Geschäftsidee verträgt diese Gegend nicht.«

»Herr Klingebiel, sind Sie nicht auf die Idee gekommen, dass Sie den Hagedorns über den Behördenweg hätten Ärger bereiten können? Die haben eine Parzelle und keinen Kolonialwarenladen! Das wäre planungsrechtlich überhaupt nicht verhandelbar gewesen!«

Rudi Klingebiel winkte ab. »Frau Hagedorn ist … war die Schwester des ersten Vorsitzenden. Wenn ich gegen die vorgegangen wäre, wäre das mein Ende als Pächter des Landheims gewesen! Und dann dürfen Sie nicht den Druck vergessen, den meine Frau auf mich ausgeübt hat. Für die war ich nur noch ein in die Jahre gekommener Versager!«

»Also eine wirtschaftliche und menschliche Existenzfrage?«, hakte Strelitz nach.

»Eine verdammt existenzielle Frage!«, bestätigte Rudi Klingebiel.

»Und damit ein verdammt gutes Motiv«, stellte Karl-Eberhard Strelitz fest. »Herr Klingebiel, Sie hatten Grund und Gelegenheit zu der Tat, Sie haben kein Alibi und Sie haben die Tat angekündigt. Herr Klingebiel, ich muss Sie verhaften. Sie stehen unter dem dringenden Tatverdacht, das Haus der Hagedorns angezündet und damit deren Tod herbeigeführt zu haben.«

Kapitel 15

Somit verpasste Rudi Klingebiel einen größeren Umsatz. Denn zahlreiche Gartenfreunde hatten sich vor dem Landheim versammelt, um sich bei Bier und Korn über das schreckliche Geschehen zu unterhalten. Die auf dem Kommissariat befragten Personen waren wieder in den Schoß des Kleingartenvereins »Erntedank« zurückgekehrt und sollten natürlich die weniger Beteiligten über den neuesten Stand der Dinge informieren. Andreas Klapphorn spähte durch die Scheiben in die Gaststube des Vereinsheims. Nichts rührte sich. In der Tür, deren Butzenscheiben nach Kuddl Stratmanns Schnapsglasattacke auf Kosten der Vereinskasse wieder komplettiert worden war, hing kein Geschlossen-Schild. Keine Spur von Rudi und Simone. Franziska konnte immerhin berichten, dass sie Simone noch bei Kriminalrat Strelitz begegnet war. Es habe ausgesehen, als hätte sie eine Aussage machen wollen.

Diese Botschaft erzeugte ein Murmeln und Raunen unter den gut dreißig vor dem Landheim versammelten Kleingärtnern. Fritz Sengstake, den die jüngsten Ereignisse deutlich gezeichnet hatten, klopfte vernehmlich an die Landheim-Tür.

»Rudi«, rief er, und noch mal: »Rudi?«

Es blieb still im Inneren der Gaststube. Leonore Kreutzfeldt, die ebenfalls viel von ihrer Frohnatur eingebüßt hatte, zeigte deutliche Zeichen von Sorgen und Erschöpfung. »Was denn noch alles?«, stöhnte sie und wendete sich an Fritz Sengstake. »Wo mögen die beiden sein?«

Es war offensichtlich: Die beiden obersten Verantwortungsträger des Vereins hatten ihre Gelassenheit eingebüßt. Hier ging es nicht mehr um Ruhestörung oder Baumschnittseminare. Zwischen Tulpenzwiebeln und Gartenzwergen, Magnolien und Osterglocken hatte etwas Einzug gehalten, das sich nicht fassen ließ; etwas, das Angst machte und sich einer sachlichen Betrachtung entzog. Inmitten der vertrauten Gemeinschaft, so eckig und sperrig sie mitunter auch gewesen sein mochte, hatten sich innerhalb eines halben Jahres drei Todesfälle ereignet und dazu hatte es einen Brand gegeben, dessen Übergreifen auf benachbarte Gebäude gerade noch hatte verhindert werden können.

Und nun war noch das Pächter-Ehepaar des Landheims verschwunden. Die Gartenfreunde standen in kleinen Gruppen zusammen und tauschten Vermutungen, Gerüchte und Halbwahrheiten aus.

In diesem Moment stieß Hermann Schilling zu der Gesellschaft, die vor dem Landheim stand und Einlass begehrte. Sein angeleinter Dackel stand sofort auf den Hinterbeinen. Er drohte, sich in die Menge zu stürzen, um sich dort als Wadenbeißer zu etablieren. Sein Kläffen lag weit jenseits jeder tolerierbaren Dezibel-Grenze.

»Meine Güte, für diesen Dackel braucht man unbedingt eine Lärmschutzwand«, seufzte Andreas, der durch seine Tätigkeit als Musiklehrer für eine vierte Klasse eigentlich als lärmerprobt und nervenfest gelten konnte. »Hermann, sag mal, wann kriegst du das Tier endlich in die Pfanne?«

»An dem Tag, an dem er unseren Briefträger apportiert«, gab Hermann ungewohnt schlagfertig zurück. Normalerweise funktionierten seine kleinen grauen Zellen eher etwas umständlich. Wenn man ihn bat, ein bestimmtes Werkzeug anzureichen, konnte man nicht sicher sein, ob diese Bitte auf dem Weg zwischen Ohr und Gehirn, spätestens aber zwischen Kleinhirn und Extremitäten ankam. Für seinen Schutzbefohlenen, den Dackel, zeigte er aber gern und jederzeit das notwendige Maß an Loyalität.

»Wenn ihr auf Rudi wartet, der ist vorhin von so ’ner jungen Frau abgeholt worden«, schaffte Hermann mit einem Satz den Sprung in den Mittelpunkt der Gesellschaft.

»War die so Mitte dreißig, blonde Haare ungefähr bis zu den Schultern?«, fragte Fritz Sengstake nach.

»Ja, das kommt wohl hin«, bestätigte Hermann und befahl seinem Dackel Friedhelm, endlich Ruhe zu geben. Die dabei verwendete Wortwahl hätte in jeder Hafenkneipe Ehre gemacht. Man musste allerdings zu Hermanns Ehrenrettung sagen, dass sein Rauhaardackel kaum ein geeigneter Partner für eine gediegene Konversation war. Herrchen unterstrich seine Ansage an den Vierbeiner durch ein abruptes Reißen an der Leine mit dem Ergebnis, dass Friedhelm den Halt verlor und sein Kläffen etwas gequetschter klang. Dann verstummte er tatsächlich.

»Abgeholt, sagst du?« Leonore Kreutzfeldt war sprachlos.

»Und war seine Frau dabei?«, hakte Fritz Sengstake nach.

»Simone, die alte Rohrdommel?« Hermann lief zur Hochform auf. »Nein, die war schon vorher weggegangen.«

»Ich sag doch, die war nach mir auf dem Kommissariat und ist bei Strelitz geblieben«, erinnerte Franziska Morgenstern.

Neue Vermutungen wurden laut, und man war sich allgemein sicher, dass da etwas nicht mit rechten Dingen zuging.

»Das will ich jetzt wissen«, sagte Franziska zu Andreas Klapphorn, der neben ihr stand. Sie zog ihr Handy aus der Jackentasche und entnahm ihrem Portmonee eine Visitenkarte, die ihr Konstanze Kannengießer gegeben hatte, für den Fall, dass ihr noch etwas einfiel.

Sie bekam sofort Anschluss. »Hallo, Frau Kannengießer«, meldete sich Franziska in beinahe dienstlichem Ton, als wolle sie mit der Kriminalpolizei einen planungsrechtlichen Problemfall erörtern. »Wir vermissen Herrn Klingebiel. Können Sie uns etwas über seinen Verbleib sagen?«

Sie lauschte der Antwort von Frau Kannengießer, während die übrigen vor dem Landheim versammelten Gartenfreunde an ihren Lippen hingen.

»Was?«, reagierte Franziska erschrocken auf die Ausführungen der Kriminalbeamtin. »Und was ist mit Frau Klingebiel? Bitte? … Klingebiel-von Lausitz, richtig, so viel Zeit muss sein.«

Franziska lauschte der erneuten Antwort, bedankte sich und klappte ihr Handy zu. Dann wandte sie sich an die erwartungsvoll wartende Menge.

»Was ist denn nun?«, fragte Leonore.

»Rudi ist verhaftet worden«, sagte Franziska. »Vorläufig festgenommen, wie es in der Amtssprache heißt. Seine Frau hat ihn erheblich belastet.«

Einen Moment lang herrschte fassungsloses Schweigen. Dann wurde es laut, alle redeten gleichzeitig. Überwiegend hörte man heftige Kritik am polizeilichen Eingreifen. Derbe Sprüche machten die Runde. Dazwischen gab es zwei oder drei Neunmalkluge, die mit wissendem Blick verkündeten, dass sie Rudi Klingebiel von Anbeginn unter Verdacht gehabt hätten.

»Quatschköppe«, erregte sich Fritz Sengstake. Dann nahm er in seiner Eigenschaft als erster Vorsitzender das Heft in die Hand. »Ihr geht jetzt wieder in eure Gärten, ich halte euch auf dem Laufenden«, verkündete er. Zu seiner zweiten Vorsitzenden: »Komm, wir müssen reden.« Es roch nach Sondersitzung und Vertrauensfrage.

Kapitel 16

»Mein Arbeitsteam ist geplatzt«, sagte Franziska zu Andreas. »Meine Schwester und meine Freundinnen sind gegangen, weil ich so lange auf dem Kommissariat gesessen habe. Wir wären aber jetzt auch nicht in der Stimmung gewesen, noch weiter zu arbeiten und zu feiern. Ich muss jetzt erst einmal Abstand gewinnen. Mir ist nach einer Radtour durch das Blockland. Magst du mitkommen?«

Einen Moment hatte es den Anschein, als wolle Andreas seine Zugbrücken hochziehen. Doch dann besann er sich und willigte ein.

Eine Viertelstunde später hatten sie das Kleingartengelände hinter sich gelassen, den Hochschulring überquert, waren am Tierheim vorbeigefahren und befanden sich hinter der Mülldeponie auf dem Weg zum Blocklander Deich. Den erreichten sie nach weiteren zwanzig Minuten in Höhe der Gaststätte Dammsiel. Sie bogen nach rechts ab und genossen den freien weiten Blick über Wiesen, Äcker und Felder, die von Wasserläufen durchzogen waren. Verstreut lagen Gehöfte an beiden Seiten des Deiches. Der Wind war hier deutlicher zu spüren und trotz einer ambitionierten Frühjahrssonne war es auf dem Rad noch empfindlich kühl. Die beiden Radfahrer hielten nach etwa der Hälfte der Strecke an einer Sitzbank, die den Blick auf die Skyline der Stadt freigab.

Franziska holte aus der Fahrradtasche eine vorsorglich mitgenommene Thermoskanne mit Kaffee. Sie reichte Andreas einen Becher und goss ihn randvoll. Dann versorgte sie sich selbst und suchte eine entspannte Sitzposition auf der Bank. Sie strich sich die Haare, die sich dank des Fahrtwindes trotz Stirnband selbständig gemacht hatten, aus dem Gesicht. »Andreas, wer macht so etwas? Wer erschlägt

Kuddl Stratmann und steckt das Haus der Hagedorns an? Zugegeben, alle drei schienen Menschen zu sein, die man nicht unbedingt mögen muss, aber deswegen bringt man sie doch nicht um!«

»Glaubst du denn, dass das alles einen Zusammenhang hat?«, fragte er zurück und nippte am Kaffee. »Bislang ist ja nichts erwiesen. Kuddl könnte einfach zum falschen Zeitpunkt am falschen Ort gewesen sein, und die Katastrophe von heute Morgen kann noch immer einen technischen Defekt als Ursache haben. Ein Funken sprühendes Kabel, ein unglücklicher Kontakt mit dem Propangas, wer weiß?«

»Und was glaubst du?«

Andreas dachte nach. Dann meinte er mit einem Blick auf die Silhouette der Stadt, die weit entfernt zu sein schien: »Ich befürchte, dass das alles kein Zufall ist.«

»Warum?«

»Ich glaube schon länger nicht mehr an das Gute im Menschen. Genauer gesagt, seit drei Jahren nicht mehr. Und außerdem darfst du den Einbruch in dein Parzellenhäuschen nicht vergessen. Kuddl hat irgendetwas gewusst, in diesem Zusammenhang hat sich jemand Zutritt zur Gartenlaube verschafft und alles durchwühlt. Und interessant ist vermutlich auch die Frage, warum Hagedorns nicht, wie beabsichtigt, nach Hamburg gefahren sind. Ich kann es nicht beweisen, aber es könnte ja sein, dass der Brandstifter von der Abwesenheit der beiden ausgegangen war und lediglich das Haus anstecken wollte. Soweit man da von ›lediglich‹ sprechen kann.«

Franziska schwieg einen Moment. Dann wagte sie einen behutsamen Vorstoß: »Die drei Jahre, die du erwähnt hast – so lange bist du allein, richtig?«

»Ja«, sagte Andreas einsilbig.

»Du hast die Geschichte ja schon einmal kurz angerissen. Magst du jetzt darüber sprechen?«

»Da gibt es nicht viel zu erzählen.« Andreas Blick war noch immer in die Weite gerichtet, als könne er am Horizont

Rumänien sehen, jenes Land, in dem seine Frau und ein anderer Mann mit seinen Kindern spielten. »Annegret – das war meine Frau – hatte hohe Ansprüche. Ein Haus und nach Möglichkeit selbst nicht berufstätig sein. Das bedeutete, dass ich zusätzlich Geld verdienen musste – durch privaten Musikunterricht zum Beispiel. Zeitweise bin ich am Wochenende Taxi gefahren. Tja, und bei dieser einseitigen Belastung und der damit verbundenen häufigen Abwesenheit kamen wir uns abhanden. Während einer Kur lernte sie dann einen Deutsch-Rumänen kennen. Schließlich hat sie sich neu orientiert. Ich bin erst gar nicht dahintergekommen, dass sie längst alle Vorbereitungen für Auszug und Umsiedlung getroffen hatte. Als ich eines Freitag nachmittags nach Hause kam, war sie nicht mehr da. In einer Ecke lag noch ein vergessenes Spielzeug und auf der Treppe gab es einen einzelnen Kinderpantoffel. Dieses Bild werde ich nie vergessen.« Andreas Stimme wackelte ein wenig. Dann hatte er sich wieder im Griff. »Der Freitag war natürlich gut gewählt. Schule und Kindergarten waren erst am Montag wieder auskunftsfähig, sie hatte dort tatsächlich beide Kinder abgemeldet. Ihre Anwältin, die ich von einem ersten Gespräch zur Vorbereitung von Trennung und Scheidung kannte, war auch erst Montag erreichbar und die Polizei war nicht bereit, aktiv zu werden.

Einige Tage später habe ich dann einen Brief bekommen, der in Bukarest abgestempelt war. Darin schrieb Annegret, dass sie nun in Rumänien leben wolle und nicht wiederkäme. Heute denke ich, dass sie Angst hatte, das Sorgerecht zu verlieren. Ich hatte einen entsprechenden Antrag gestellt und sowohl Schule als auch die sozialen Dienste hatten Unterstützung signalisiert. Seit drei Jahren korrespondiere ich jetzt mit rumänischen Behörden und Konsulaten. Aber meine Chancen, etwas zu erreichen, stehen schlecht, denn ich kenne ihren Wohnort nicht und es gibt auch kein Auslieferungsabkommen. Die Scheidung ist dann von der Anwältin abgewickelt worden. Man muss dazu ja nicht persönlich erscheinen.«

»Ich kann gut verstehen, dass du keine neue Partnerschaft anstrebst. Manche Dinge möchte man nicht noch einmal erleben, richtig?«

»Ja«, bestätigte Andreas. »Ich möchte nicht noch einmal alles verlieren, was mir wichtig ist. Das würde ich nicht ertragen. Wenn ich richtig verstehe, geht es dir ähnlich?«

»Ja, allerdings glücklicherweise ohne Kinder. Ich habe fünf Jahre mit einem Oberarzt aus dem Klinikum zusammengelebt. Wir hatten, oder genauer gesagt, ich hatte vor, diese Beziehung zu verfestigen – Heirat, Kinder, Häuschen. An dem Tag, als ich das mit ihm besprechen wollte, habe ich ihn mit meiner besten Freundin in unserem Bett überrascht. Seitdem bin ich Kleingärtnerin.« Sie schüttelte den Kopf. »Verrat und Betrug, Mord und Totschlag – wozu Menschen doch fähig sind, wenn nur die entsprechenden Rahmenbedingungen existieren«, verquirlte Franziska die Palette der Themen, die sie zurzeit belastete.

Dieser Gedanke fiel bei Andreas auf fruchtbaren Boden und wurde von ihm umgehend auf eine höhere Ebene befördert. »Denke nur an das Dritte Reich. Deutschland, das Volk der Dichter und Denker, das Land mit einer der höchsten Kulturstufen, überfällt benachbarte Länder, ermordet Millionen von Juden, bringt Andersdenkende um und begeht Gräueltaten, die sich eigentlich jeder Beschreibung entziehen. Und das alles passierte nicht bei irgendeinem Eingeborenenstamm, sondern in Mitteleuropa!« Andreas hatte sich in Hitze geredet. »Ich bin überzeugt, dass unsere ganze Zivilisation, unsere ganze Kultur nur eine hauchdünn aufgetragene Lackschicht ist, die jederzeit abplatzen kann. Und dann tritt das gefährlichste Lebewesen zu Tage, das diesen Erdball je bevölkert hat. Menschen sind nämlich die einzigen Wesen, die in der Lage sind, diese Erde zu zerstören!«

Franziska war ein Stück an ihn herangerückt und er hatte es geschehen lassen.

»Das sind ja apokalyptische Bilder, die du da entwirfst. Glaubst du denn, dass in jedem von uns ein Mörder steckt? Auch in Rudi Klingebiel?«

»In Rudi Klingebiel, in dir und in mir«, antwortete Andreas.

»Auch in dir?«

»Ich weiß nicht, was passiert wäre, wenn ich meiner Frau an jenem Freitag noch begegnet wäre.«

Franziska fröstelte. Sie blies in ihre Hände, um die Finger zu wärmen.

»Es ist noch ziemlich kühl«, bestätigte Andreas und kehrte damit wieder zu alltäglichen Themen zurück.

Franziska nickte. »Sowohl für Körper als auch Seele«, bestätigte sie und griff nach ihren Handschuhen.

Die Weiterfahrt in Richtung Kuhsiel verlief wortkarg. Als sie wieder eine Gaststätte passierten, fasste Franziska sich ein Herz. »Ein ungewöhnlicher Tag verlangt ungewöhnliche Maßnahmen«, rief sie Andreas zu. »Ich habe Hunger. Mein Mittagessen ist nämlich dem Gespräch mit Kriminalrat Strelitz zum Opfer gefallen. Wollen wir hier einkehren?«

Andreas war schon abgestiegen. »Ich hatte es gerade vorschlagen wollen«, kam seine trockene Antwort.

Sie betraten das Ausflugslokal, das mit seiner rustikalen Einrichtung und einer norddeutsch orientierten Speisekarte bestach.

»Ich hatte hier schon immer mal die Wurstplatte ausprobieren wollen«, eröffnete Franziska das Tischgespräch.

»Und ich kann die Käseplatte empfehlen«, erwärmte sich Andreas für ein weiteres Angebot des Küchenchefs. »Aber die Wurstplatte hört sich auch gut an.«

»Die Käseplatte ebenfalls«, fand Franziska und hatte eine Lösung bereit: »Du bestellst die Käseplatte, ich die Wurstplatte und dann teilen wir.«

»Das ist gut«, erklärte Andreas. »Ich weiß aber nicht, ob ich gerecht teilen kann. Ich bin Einzelkind!«

»Ich bin durchsetzungsstark, frag meine Schwester«, beruhigte Franziska ihn. »Nötigenfalls schalten wir einen unabhängigen Schlichter ein.«

Sie bestellten Speisen und Getränke, wobei Franziska, die eigentlich Rotwein bevorzugte, erneut einem kleinen Pils den Vorzug gab. Die Zeit bis zum Essen überbrückten sie mit einem weiteren Rückblick auf den heutigen Tag.

»Leonore wirkte ziemlich mitgenommen«, meinte Andreas. »Ihr schien der Brand und vor allem das Schicksal der Hagedorns ziemlich nahe gegangen zu sein.«

»Leonore ist ein feiner Kerl. Ein richtiger Kumpeltyp, wie er im Buche steht«, bestätigte Franziska. »Ich mag sie gern. Lebt sie eigentlich allein?«

»Da gibt es verschiedene Gerüchte«, plauderte Andreas aus dem Nähkästchen. »Manche behaupten, dass sie es mehr mit ihrem eigenen Geschlecht hat, nur weil sie ihre Parzelle mit zwei Freundinnen bewirtschaftet. Andere munkeln, dass sie sich mit Fritz Sengstake sehr gut versteht – weit über dessen Funktion als erster Vorsitzender hinaus.«

»Aber der ist gute zwanzig Jahre älter«, warf Franziska ein.

»Nun ja, manche stehen auf den väterlichen Typ. Leonore wäre bei Fritz gut aufgehoben.«

»Ich hoffe nur, dass die beiden ihren Vorstandsjob nicht hinschmeißen. Vorhin klang das zwischen den beiden beinahe so.«

Die beiden Platten wurden serviert und lenkten das Gesprächsthema in andere Bahnen.

Der Rückweg wurde erst nach zwei weiteren Pils angetreten. Das Tageslicht war gerade damit beschäftigt, Feierabend zu machen und die Nachtschicht einem schwindsüchtig wirkenden Halbmond zu überlassen. Franziska spielte mit dem Gedanken, Andreas noch auf ein Abschlussbier in ihr Gartenhäuschen einzuladen. Im gleichen Moment verabschiedete sich Andreas mit einem freundlichen, aber auch bestimmten: »Tschüs, ich muss jetzt hier lang. Man sieht sich.«

Ein bisschen wenig nach diesem Nachmittag, dachte Franziska enttäuscht. Immerhin hatten sie gemeinsam tief in ihren untersten Gefühlsschubladen gewühlt. Doch Andreas drehte sich noch einmal um und rief ihr zu: »Und schönen Dank für den Nachmittag!«

Na bitte, geht doch, dachte Franziska und antwortete fröhlich mit einem »Ich hab zu danken«. Dann fuhr sie zurück in ihre Wohnung.

Kapitel 17

Während Franziska und Andreas das Blockland bereisten, waren Kriminalrat Strelitz und sein Team auf unterschiedlichen Ebenen aktiv. Strelitz unterzog den Landheim-Pächter Rudi Klingebiel einem weiteren Verhör. Olaf Knispel und Konstanze Kannengießer führten etliche Telefonate, um Namen und Adresse des Bruders von Norbert Hagedorn ausfindig zu machen. Dabei erwies sich der Ostersonnabend als sehr hinderlich. Gegen 16.30 Uhr hatte Konstanze schließlich Kontakt mit Norbert Hagedorns Bruder aufgenommen. Anderthalb Stunden später saß sie mit dem Kollegen Knispel im Wohnzimmer von Alfons Hagedorn und seiner Frau Mathilde in Hamburg.

Die Kriminaloberkommissarin eröffnete das Gespräch mit einer Beileidsbekundung. In kurzen Worten informierte sie über die Geschehnisse des heutigen Morgens.

Alfons Hagedorn und seine Mathilde waren sichtlich erschüttert. Zaghaft fragte Alfons nach Einzelheiten, während Mathilde mit zitternder Hand eine Tasse Kaffee an den Mund führte.

Konstanze Kannengießer erzählte so viel wie nötig und so wenig wie möglich. Olaf Knispel beschäftigte sich derzeit mit einigen Keksen, rührte den Zucker in seiner zweiten Tasse Kaffee um und ließ den Blick wandern. Ein kleines Wohnzimmer in einer Etagenwohnung, plüschige Polstermöbel, viele gerahmte Fotos auf dem Vertiko und ein Hirsch-im-Herbstwald-Ölbild über der Couch an der Wand. Die Tapeten waren gute fünfzehn Jahre alt. Dieses Wohnzimmer, dachte Olaf Knispel, lässt kein Klischee aus. Die einzige Ausnahme bildete ein neuzeitliches Fernsehgerät mit Flachbildschirm – offenbar die einzige Investition des letzten Jahrzehnts.

»Eine Frage habe ich«, meldete sich Alfons Hagedorn zu Wort. »Sie erzählen von einem Feuer im Häuschen meines Bruders, von den vergeblichen Löscharbeiten und dem tragischen Ende. Aber was hat die Kriminalpolizei damit zu tun?«

»Herr Hagedorn, das ist der springende Punkt«, erklärte die Beamtin und dachte bei sich, dass sie genau diesen Punkt gern ausgelassen hätte. » Leider können wir nicht ausschließen, dass wir es mit einer Brandstiftung zu tun haben. Es tut mir wirklich sehr leid.«

Ihre Mitteilung führte beim Ehepaar Hagedorn zu unterschiedlichen Reaktionen. Während Mathilde heftig in ihr Taschentuch schluchzte, verwandelte sich Alfons in einen kerzengerade sitzenden, hochgradig aufmerksamen Zuhörer. »Sagen Sie das bitte noch einmal«, forderte er, »Sie meinen, jemand hatte vor, meinen Bruder und seine Frau umzubringen? Das wäre ja Mord!«

»Entweder Mord oder fahrlässige Tötung. Wir können derzeit noch nicht einschätzen, ob der Täter von der Anwesenheit der beiden wusste. Ihr Bruder hatte verbreitet, dass er mit seiner Frau über die Ostertage bei Ihnen zu Gast sein wollte.«

»Das ist auch richtig«, erklärte Alfons Hagedorn. »Aber dann rief mein Bruder am Karfreitag Abend an und teilte mit, dass er und seine Frau erst am Sonnabendnachmittag kommen wollten. Stattdessen kam dann vorhin Ihr Anruf …« Alfons Hagedorn brach ab und musste ebenfalls um Fassung ringen.

»Können Sie mir sagen, ob ihr Bruder seine Änderung der Reisepläne begründete?«, hielt Konstanze das Gespräch behutsam in Gang.

»Ja«, mischte sich Mathilde Hagedorn mit tränenerstickter Stimme ein, »Norbert hat gesagt, dass er ganz plötzlich noch einen Termin hätte.«

»Können Sie uns sagen, wann, wo oder mit wem?« Jetzt kommt Schwung in die Angelegenheit, hoffte Konstanze im Stillen.

Alfons übernahm wieder. »Nein, nichts. Kein Stück. Er hat einfach den Termin verschoben, ohne Einzelheiten zu erzählen.«

»Keine Andeutung, keinen Hinweis?«

»Gar nichts. Wir waren auch ein bisschen verärgert, denn wir hatten schon ein schönes Programm zurechtgelegt. Wir wollten mit den beiden an der Alster schick essen gehen.« Alfons Stimme wurde wieder brüchig.

»Dann soll es für den Moment reichen.« Konstanze erhob sich und reichte Alfons Hagedorn eine Visitenkarte. »Für den Fall, dass Ihnen noch etwas einfällt. Gibt es im Übrigen weitere Verwandte, die wir informieren müssen?«

»Nein«, winkte der Bruder ab, »da ist nichts. Ein paar weitläufige Vettern vielleicht. Aber Norbert und ich haben keine nahen Verwandten.« Er hielt einen Moment inne und sagte dann mit gedämpfter Stimme: »Dann ist die Beisetzung am Ende noch unser Problem?«

»Ich fürchte, ja«, bedauerte Konstanze. »Ich lasse Sie wissen, wann die Autopsie abgeschlossen ist.«

Dieser Satz führte erneut zu heftigen Reaktionen beim Ehepaar Hagedorn. »Wer tut denn so etwas«, schluchzte Mathilde Hagedorn.

Olaf Knispel antwortete prompt: »Der Pathologe!«

Konstanze Kannengießer holte tief Luft, aber Alfons schaltete sich ein und stellte die Frage, mit der Konstanze Kannengießer schon lange gerechnet hatte:

»Meine Mathilde meint, ob es schon einen Verdächtigen gibt?«

Konstanze stand auf und Olaf Knispel folgte, mit bedauerndem Blick auf die restlichen Kekse, ihrem Beispiel. »Im Moment ermitteln wir auf Hochtouren. Wir halten Sie auf dem Laufenden«, sagte sie und verabschiedete sich mit nochmaliger Beileidsbekundung. Olaf Knispel tat desgleichen.

Sie gingen durch das enge Treppenhaus nach unten. Es roch nach Sonnabend: Essensgerüche konkurrierten mit

Duftschwaden, die offenbar im Putzen und Waschen ihren Ursprung hatten. Irgendwo hinter den Türen quengelte ein Kind. Ein halblaut ausgetragener Familienstreit im Erdgeschoss und ein viel zu laut aufgedrehtes Fernsehgerät in der Wohnung gegenüber rundeten das kleinbürgerliche Gesamtbild ab. Olaf Knispel tippte auf die Sportschau und blickte seufzend auf die Armbanduhr.

»Noch Pläne, Herr Kollege?«

»Naja«, er wand sich ein wenig. »Man hat ja auch noch ein Privatleben.«

»Ach! Bekomme ich Einzelheiten zu hören?«

»Nein, nicht wirklich, es geht nur darum, dass ich eine Verabredung habe.«

»Die sollte man einhalten«, bemerkte Konstanze Kannengießer. »Ich fahre jetzt zu Strelitz und setze ihn wegen unseres Gesprächsergebnisses in Kenntnis. Wir sind ja letzten Endes wieder akkurat in einer Sackgasse gelandet. Aber vielleicht hat der Kriminalrat schon Erkenntnisse von den Kollegen aus der Pathologie. Oder eine erste Einschätzung der Brandtechniker.«

»Und vielleicht darf man mal über Ostern Luft holen«, haderte Knispel mit seiner Berufswahl.

Kapitel 18

Der Ostersonntag brachte Besuch für Franziska, die noch immer auf der Couch im Wohnzimmer nächtigte. Ihre Schwester Johanna stand um 9.30 Uhr vor der Tür und wollte Neuigkeiten hören.

»Das eine muss ich doch sagen«, stellte Johanna fest, als sie am Frühstückstisch Platz nahm. »Seitdem du unter die Findorffer Kleingärtner gegangen bist, ist richtig Schwung in dein Leben gekommen. Von wegen Gartenzwergidylle!« Sie griff sich ein aufgebackenes Brötchen und kleckerte einen Löffel Erdbeermarmelade auf die untere Hälfte.

Franziska folgte ihrem Beispiel. »Das stimmt«, meinte sie, »aber auf diese Art Spannung kann ich gern verzichten. Ich brauche weder Brandanschläge noch ungeklärte Todesfälle. Vor allem möchte ich keine Unterbrechung von Arbeitseinsätzen im Garten. Bis wir die Truppe von gestern wieder zusammenbekommen, gehen vermutlich Wochen ins Land«, klagte sie.

»Eine Woche, Schätzchen, nur eine einzige Woche. Ich hab das gestern mit den Mädels geklärt, als du noch auf dem Kommissariat gesessen hast. Nächsten Sonnabend sind wir wieder bei dir. Es sei denn, man verhaftet dich noch vorher!«

»Das hab ich schon hinter mir«, antwortete Franziska trocken.

»Wie? Du und verhaftet?«

»Ja, wehe, du erzählst es weiter!«, drohte Franziska und vertraute der großen Schwester ihr persönliches Waterloo aus dem letzten Herbst an.

Johanna amüsierte sich köstlich. »Der Knispel scheint in dem Team das einzige Restrisiko zu sein. Eine absolute Konifere!«

Franziska lachte nun auch. »Koryphäe heißt das. Aber Konifere passt im Zusammenhang mit dem Kleingartenverein auch gut.«

»Deswegen hab ich es ja gesagt«, zwitscherte Johanna honigsüß. »Oder glaubst du, dass ich den Unterschied zwischen Koniferen und Koryphäen nicht kenne?« Sie piekste mit dem Marmeladenlöffel in Franziskas Richtung. Franziska quietschte und für einen Moment schien es, als würden sie in eine kleine Rauferei verfallen, wie sie es in Kindertagen so häufig getan hatten. »Erzähl lieber, wie die Geschichte weitergegangen ist. Gibt es neue Erkenntnisse?«

»Ja, die Frau des Landheim-Gastwirtes hat ihren Mann schwer belastet. Und die Kripo hat ihn daraufhin festgenommen.«

»Ach! Und glaubst du, dass er es getan hat?«

Franziska schüttelte den Kopf. »Niemand glaubt das. Da passt nichts zusammen. Keiner weiß, ob es wirklich Brandstiftung war. Und wenn es Brandstiftung war, weiß niemand, ob die beiden Hagedorns wirklich sterben sollten. Und erst recht weiß niemand, ob der Tod von Kuddl Stratmann damit zusammenhängt.«

»Was da zusammenkommt, ist ja auch ein bisschen viel für einen Kleingartenverein«, meinte Johanna. »Immerhin hat sich der Herr Stratmann wohl kaum selbst erschlagen und dein Gartenhäuschen hat auch nicht zufällig ungebetenen Besuch gehabt.«

»Das hat Andreas auch gesagt«, bestätigte Franziska.

»Andreas? Wer ist Andreas?« Johannas Augen glitzerten.

»Ach, der Musiklehrer, der seine Parzelle direkt neben den Hagedorns hat. Der einsame Wolf. Der uns gestern alle aufgehalten und vor den Gasflaschen gewarnt hat.«

»Ich erinnere mich, von dem hattest du mal erzählt. Warst du nicht am letzten Heiligabend mit ihm aneinandergeraten?«

»Richtig, aber das ist soweit ausgeräumt. Obwohl man das bei ihm nie so genau weiß. Aber wir sind gestern Nachmittag durch das Blockland gefahren und haben die ganze Geschichte gedreht, gewendet und von allen Seiten betrachtet.«

»Meine Schwester fährt mit einsamen Wölfen durch das Blockland?«

»Keine Sorge. Andreas ist so verbittert, wie ich es selten bei einem Menschen erlebt habe. Ich glaube nicht, dass der in diesem Leben noch eine Frau anfassen wird.«

»Schade.« Johanna guckte zur oberen Ebene von Franziskas Wohnung hinauf. »Seitdem Du-weißt-schon-wer weg ist, solltest du beizeiten nach einem passenden Ersatz Ausschau halten.«

»Brauch ich nicht!«, reagierte Franziska trotzig. Und beide wussten, dass sie log.

Johanna blieb über Mittag. Ihre Jungs waren mit dem Vater unterwegs. »Kurzurlaub auf Spiekeroog«, erklärte Johanna. »Immerhin kümmert er sich.«

Franziska zauberte ein Lachs-Sahne-Pasta-Gratin aus dem Backofen und reichte dazu ein Glas Weißwein.

»Eigentlich trink ich lieber roten«, meinte Johanna. »Aber Rotwein und Lachs, das geht fast gar nicht – oder nur selten, wenn Pasta dabei ist. Aber du hast wohl nur Weißen.«

Danach legten beide die Füße hoch und gönnten sich eine kleine Auszeit. Franziska träumte, dass sie im Landheim »Erntedank« saß, das wieder geöffnet hatte. Dort lief offenbar gerade der große Showdown. Ein wilder Schusswechsel tobte zwischen Theke und umgestürzten Tischen und Stühlen. Rudi saß auf dem Kronleuchter in der Mitte der Gaststube und versicherte mit panischer Stimme, dass er unschuldig sei. Obwohl er ein gut sichtbares Ziel abgab, wurde er nicht getroffen. Strelitz und sein Team erhöhten den Munitionseinsatz, hinter der Theke sitzend erwiderten zwei Personen das Feuer. Sie waren für Franziska nicht zu erkennen. Plötzlich fingen die Fenstervorhänge Feuer. Franziska saß in einer Ecke, eingekreist von den Flammen und den unentwegt schießenden Personen. Dann sprangen die beiden Gestalten hinter der Theke hervor und hasteten zur Treppe in die Privaträume. Franziska erkannte jetzt Andreas Klapphorn und Simone Klingebiel-von Lausitz.

»Wenn ihr uns sucht, wir sind in Rumänien«, verkündete Andreas mit überschnappender Stimme und anschließendem Hohngelächter. In diesem Moment erschien Kuddl Stratmann am oberen Ende der Treppe … und Franziska kehrte in die Wirklichkeit zurück. Ihre Schwester saß bei ihr. »Komm mal wieder zu dir, du scheinst ja einen formidablen Alptraum gehabt zu haben!«

Franziska benötigte einige Momente, um wieder im Diesseits anzukommen.

»Meine Güte«, ächzte sie, »was war das denn?«

»Der Lachs und der Wein«, gab Johanna trocken zurück.

»Puh! Ich mach uns jetzt einen Kaffee, und dann fahren wir zu meinem Garten raus!«

Die Hoffnung auf einen friedlichen, von Nächstenliebe geprägten Ostersonntag erfüllte sich jedoch nicht. Als die Schwestern in den Himbeerweg einbogen, drangen heisere Stimmen und anhaltendes Dackelgebell durch die Luft. Hermann Schilling und die Familie Markgraf waren wieder einmal aneinandergeraten.

Ausgelöst durch einen von den vier spielenden Kindern erzeugten Lärmpegel, der sicherlich nicht als kleingartenkompatibel gelten konnte – schon gar nicht an einem Ostersonntag – war Hermann irgendwann aus der Weiche gesprungen. Nach erneutem Übersteigen des Jägerzaunes war er in Begleitung eines unter hohem Druck stehenden Wasserschlauches über Franziskas Garten zum Markgrafschen Zaun vorgerückt. Mit einem harten Wasserstrahl hatte Hermann zunächst die Kaffeetafel attackiert und Tassen, Teller und Gebäck vom Tisch gespült. Die Kaffeekanne war umgestürzt und hatte sich beim Eintreffen von Franziska und Johanna gerade über Vater Markgrafs Schoß ergossen. Mutter Markgrafs hellblaues Frühlings-Ensemble und die Feiertags-Dauerwelle zeigten deutliche Qualitätsverluste.

Der heiße Kaffee im Schritt und das derangierte Aussehen seiner Gattin versetzte den Hausherren in ein Stimmungstief komplexen Ausmaßes. Er griff sich sein Luftgewehr, mit dem er bislang ausschließlich sein Verhältnis zu Amseln und Drosseln reguliert hatte, und legte auf Hermanns Gartenzwerge an. Die Trefferquote war trotz weiterer Wasserattacken recht hoch, da er sich, so gut es ging, hinter dem Stamm eines Birnbaums verbarg und Hermann kaum Angriffsfläche für seinen Wasserstrahl bot. Hermanns Blutdruck trieb angesichts der schweren Verluste an der Gartenzwergfront in ein bedenkliches All-Zeit-Hoch. Er veränderte seinen Standort und lenkte seinen Wasserschlauch jetzt auf ein offenes Fenster der Gartenlaube seines Kontrahenten.

Dackel Friedhelm war am Jägerzaun zurückgeblieben, stand dort auf den Hinterbeinen und konnte sich überhaupt nicht mehr beruhigen. Der verbale Schlagabtausch, der die Auseinandersetzung der beiden Kleingärtner begleitete, wies nur wenig zitierfähige Worte auf.

»Ja, sagt mal, was ist hier denn los?«, empörte sich Franziska und sprang über ihre Gartenpforte auf die Streithähne zu.

Beide übergossen Franziska mit einer jeweils stark abweichenden Kurzdarstellung der bisherigen Ereignisse. Das Ganze endete in gegenseitigen Schuldzuweisungen.

»Hermann, ich habe schon einmal gesagt, dass ich das Übersteigen meines Zaunes nicht haben will. Und Sie«, Franziska fasste Herrn Markgraf und seine Mischpoke ins Auge, »hantieren hier nie wieder mit einem Gewehr im Kleingarten!«

Sie ging auf Hermann zu. »Darf ich mal?« Sie nahm ihm den Wasserschlauch aus der Hand und richtete den Wasserstrahl auf den unermüdlich kläffenden Rauhaardackel. Friedhelm wurde regelwidrig heftig getroffen und schwieg.

Markgraf Senior wollte die Gelegenheit nutzen, auf das Tier anzulegen, aber Franziska kam ihm mit dem Schlauch zuvor. Sie erwischte Markgraf mittschiffs, worauf er ins Taumeln geriet. Dann stolperte er rückwärts mit dem Gesäß voran in seinen Gartenteich. Es entstand ein Geräusch, das mit »Palumsch!« in etwa treffend beschrieben wäre – für die im Teich ansässigen Goldfische ein Vorgang von wahrhaft apokalyptischem Ausmaß.

»Wir haben hier Brandanschläge, Mord und Totschlag und Sie führen sich auf wie eine Horde wild gewordener Neandertaler!«, schimpfte Franziska. Die beiden Männer, eigentlich beide größer als sie, wagten keinen Widerspruch. »Ich werde mit dem Vorstand über dieses Vorkommnis sprechen!«, kündigte Franziska an.

Johanna schüttelte nur den Kopf. Sie ging voraus zur Gartenlaube und erstarrte. »Franziska, kommst du mal?« Sie wies auf die Tür des Gartenhäuschens. Sie stand deutlich offen.

Franziska erfasste die Situation mit einem Blick und rief dann den in einem geistig und körperlich derangierten Zustand befindlichen Nachbarn Markgraf an den Zaun. »Ihr Luftgewehr bitte«, sagte sie kurz. Er schaute sie misstrauisch an. »Bitte!« Franziska streckte die Hand aus. »Bei mir in der Gartenlaube ist möglicherweise jemand Unbefugtes.«

»Ich komme selbst«, entschied er, verließ seinen Garten und betrat den von Franziska. Hermann schloss sich der kleinen Karawane, die sich jetzt auf Franziskas Laube zubewegte, an.

Der klatschnasse Markgraf stieß mit dem Gewehrlauf die Tür weiter nach innen auf. »Ist da jemand?« Sie schauten in jeden Winkel der 20-Quadratmeter-Behausung und konnten keinen Eindringling entdecken.

Franziska öffnete den Kühlschrank und stellte Bier auf den Tisch. »Und jetzt wird auf den nachbarschaftlichen

Frieden angestoßen, meine Herren, sonst werde ich dienstlich! Frohe Ostern!«

Kapitel 19

Nicht nur Franziska wurde um einen friedlichen Ostersonntag gebracht. Auch das Team von Kriminalrat Strelitz machte Überstunden.

Der Autopsiebericht hatte manche Fragen offen gelassen. Der Zustand der Leichen ließ keine belastbaren Aussagen darüber zu, ob die Hagedorns bereits vor dem Brand oder als Folge des Brandes verstorben waren. Dafür waren die Techniker fündig geworden: Sie hatten festgestellt, dass Brandbeschleuniger im Spiel gewesen war. Es galt als gesichert, dass man in der Küche Benzin verteilt und eine Gasflasche aufgedreht hatte. Dann, so die Feuerwehr, habe der Täter das Benzin entzündet und mit hoher Eile den Rückzug angetreten. Da beide rückwärtigen Nachbarn verreist waren, habe sich der Täter offenbar mit einem kleinen Sprung über den nicht sehr hohen Maschendraht in Sicherheit gebracht und später in der allgemeinen Aufregung unter die Schaulustigen gemischt. Die übrigen Gasflaschen, so die Brandexperten, seien dann im Sinne einer Kettenreaktion explodiert.

»Mühsam ernährt sich das Eichhörnchen«, brummte Strelitz, der sich die Wandtafel ansah, auf der Konstanze Kannengießer die bisherigen Ermittlungsergebnisse dokumentiert hatte. »Noch immer zu viele Fragezeichen. Und mir ist noch nicht klar, wo wir jetzt ansetzen sollen.«

Er war mit seinem Team alle denkbaren Hypothesen durchgegangen. Aber weder die Kernfrage, ob es hier einen großen Zusammenhang zwischen Kuddl Stratmanns Tod und der Brandattacke gab, ließ sich befriedigend beantworten, noch gab es Klarheit, ob das Ableben der Hagedorns gezielt herbeigeführt worden war. Alle Überlegungen blieben spekulativ und drehten sich im Kreis. Strelitz hatte sein Team schließlich mit der Ankündigung überrascht, Rudi Klingebiel noch heute auf freien Fuß setzen zu wollen.

»Im letzten Verhör hatte er angekündigt, ohne seinen Anwalt nichts mehr sagen zu wollen«, begründete der Kriminalrat seine Meinung. »Damit wird unsere Position schwierig, denn die Beweislage gegen Klingebiel ist doch verdammt dünn. Schließlich muss nicht er seine Unschuld beweisen, sondern wir müssen ihm nachweisen, dass er schuldig ist. Und ich glaube, er nützt uns mehr, wenn er sich frei bewegen kann und wir ihn dabei im Blick behalten.«

Olaf Knispel hatte zum Teamgespräch wenig beigetragen. Er wirkte unkonzentriert und war auf eine spezielle Weise abwesend. Karl-Eberhard Strelitz erinnerte sich an solche Befindlichkeiten, die er im gleichen Alter durchlebt hatte.

»Na, Knispel«, fragte er gutmütig, »wie heißt sie denn?«

Olaf, dessen Gedanken sich gerade zum wiederholten Mal und für alle deutlich erkennbar auf Wanderschaft befanden, wurde rot. Auf der Suche nach einem geeigneten Text für einen zusammenhängenden Satz verhedderte er sich hoffnungslos. Strelitz, der das Rauchverbot in seiner Dienststelle schlichtweg ignorierte, stopfte seine Pfeife.

»Na, dann machen Sie mal Feierabend«, entließ er den jungen Kollegen, »und morgen genießen Sie den Ostermontag. Wir sehen uns am Dienstag.«

Olaf Knispel nahm diese Offerte dankend an, obwohl sie bei ihm den bitteren Nachgeschmack hinterließ, hier nicht mehr gebraucht zu werden. Aber die private Seite seines jungen Lebens verlangte nach veränderten Prioritäten. Mit leichtem Schritt, nahezu beschwingt, suchte er das Weite, jeden Moment damit rechnend, dass der Chef ihn zurückrief und das Ganze als Scherz enttarnte.

Konstanze Kannengießer zeigte sich erleichtert: »Das war gut, Chef – Sie hatten sich in letzter Zeit schon derart auf den jungen Kollegen eingeschossen, dass mir ganz bange wurde.«

Strelitz nahm das Kompliment ungerührt entgegen, obwohl ihm der Zuspruch der Oberkommissarin natürlich gut tat. Dies zu zeigen, hätte allerdings gegen seine Prinzipien der Personalführung verstoßen. »Sie wissen doch, Zuckerbrot und Peitsche«, brummte er und blickte sie durch die kleinen Wölkchen, die er mit seiner Pfeife produzierte, schmunzelnd an. »Knispel ist in einem Alter, in dem man ihn noch formen kann. Sie und ich haben diesen Lebensabschnitt längst verlassen.«

»Sonst würde ich auch versuchen, Sie zum Nichtraucher umzuschulen«, lachte seine Kollegin.

»Am Dienstag soll Kollege Knispel sich mit den Lebensumständen der Hagedorns befassen. Da muss es doch irgendwo einen Ansatzpunkt geben. Interessant ist vor allem ihre finanzielle Situation. Aber da kommen wir wegen der Ostertage erst übermorgen weiter. Und Sie rollen noch einmal alles auf, was den Fall Stratmann betrifft. Auf diese Weise gehen wir den Fall von beiden Endpunkten an – immer vorausgesetzt, dass es einen Zusammenhang gibt. So, jetzt lassen wir erst einmal Herrn Klingebiel an die frische Luft.«

»Wir sollten ihm aber die Auflage erteilen, dass er sich seiner Frau nicht nähert. Sonst haben wir den nächsten Fall am Hals – einen netten kleinen Mord aus niederen Motiven wie Rache und Vergeltung.«

»Das ist eine gute Anregung, obgleich ich sicher bin, dass Frau Klingebiel zu Dingenskirchen …«

»… von Lausitz«, warf Konstanze ein.

»… von Lausitz ihre Zelte im Landheim abgebrochen hat.«

»Alles andere würde mich überraschen«, nickte Konstanze Kannengießer. »Und wie geht es weiter?«

»Sie beschatten den Klingebiel – ich löse Sie um 20 Uhr ab und behalte ihn bis Mitternacht im Auge. Danach tut sich meines Erachtens nach nichts mehr. Morgen früh um acht

Uhr übernehmen Sie wieder die Beschattung und ich werde noch einmal den Brandort inspizieren.«

Kapitel 20

Rudi Klingebiel stand auf der Straße und sortierte seine Gedanken. Er war soeben ohne größere Erklärung freigelassen worden. Jetzt stand er vor der Kriminaldienststelle und wartete darauf, dass die Stadt und ihre Gesellschaft ihn wieder in ihrer Mitte aufnahmen. Seit seiner Festnahme hatte er versucht, mit der neuen Situation fertig zu werden.

Er überlegte, welche Schritte jetzt geeignet wären, um Normalität in sein Leben einkehren zu lassen. Sollte er nach Hause gehen? Hatte er überhaupt noch ein Zuhause? Simone würde nicht mehr da sein – das war sicher für beide besser so. Dafür müsste er sich von den Gartenfreunden ausfragen lassen, die vordergründig ein paar Bierchen trinken wollten, um ihn dann auszufragen, wie es im Gefängnis gewesen war.

Mit dem Stigma eines Knastbruders behaftet konnte er einer solchen Situation nicht dauerhaft aus dem Wege gehen, aber heute war ihm noch nicht danach. Außerdem blieb ja die Frage, ob der Vorstand ihn nach den jüngsten Ereignissen noch als Pächter behalten wollte. Rudi überlegte, ob er in die nächstbeste Eckkneipe gehen sollte, um sich die letzten 24 Stunden mit Schnaps und Bier aus dem Gehirn zu spülen. Das wäre aber unklug, überlegte Rudi, denn gute Wirte betrinken sich nicht, weder an der eigenen noch an einer fremden Theke. Und außerdem wäre es sicher von Vorteil, nüchtern zu sein für den Fall, dass Simone doch zu Hause sein sollte.

Ansonsten konnte es passieren, dass er ganz schnell wieder in der Zelle landen würde, die er gerade verlassen hatte.

So entschied er sich, mit der nächsten Straßenbahn in Richtung Hauptbahnhof zu fahren und von da zu Fuß nach

Hause zu gehen. Das würde vielleicht eine Stunde dauern und wieder Ordnung in seinen Kopf bringen. Wie sollte er sich in den nächsten Tagen verhalten?

Er hatte eigentlich nicht vor, sich zum verlängerten Arm der ermittelnden Stellen vor Ort zu machen. Das wollte er gern den Kriminalspezialisten überlassen. Andererseits waren die Kripobeamten fähig und in der Lage, Spuren falsch zu deuten. Das hatte er schon am eigenen Leib erfahren müssen. Also konnte es nicht verkehrt sein, Augen und Ohren offen zu halten, um quasi als freier Mitarbeiter der Kripo Informationen zu sammeln.

Während der Straßenbahnfahrt hatte er den Eindruck, als starrten ihn alle Fahrgäste an, weil offenkundig erkennbar war, woher er gerade kam. Sein Gegenüber hatte sich in eine Zeitung vertieft, die ganz sicher von den Vorkommnissen im Kleingartenverein »Erntedank« berichtete. Gleich würde er aufspringen, auf Rudi zeigen und »Da ist er!« rufen. Vielleicht würde er sogar die Notbremse ziehen.

Der Aufruhr in seiner Gedankenwelt legte sich erst, nachdem er den Hauptbahnhof erreicht und durchquerte hatte, ohne dass jemand »Alarm!« rief. Er betrat über den Nordausgang den Willy-Brandt-Platz und nahm Kurs auf das Findorffer Kleingartengebiet.

Kapitel 21

In wesentlich gehobenerer Stimmung befand sich Olaf Knispel auf dem Heimweg in sein Junggesellen-Appartement, in dem er neuerdings von einer Dame besucht wurde, die ihm in seinem bis dahin ziemlich verwaisten Bett täglich neue Perspektiven erschloss.

Er besorgte eine Flasche Wein, einen Blumenstrauß und hastete die zwei Treppen zu seiner Wohnung hinauf, schloss die Tür auf, breitete die Arme aus und strahlte seine neue Lebensgefährtin an, die gerade aus dem Bad kam.

»Hallo Zaubermaus, ich habe einen Tag frei«, verkündete er.

»Wie schön«, antwortete die einmalige Simone Klingebiel-von Lausitz.

Kapitel 22

Franziska und Johanna hatten die Herren Schilling und Markgraf immerhin für die Dauer eines Bieres befrieden können und ihnen das Versprechen abgenommen, etwaige Konflikte zukünftig angemessen auszutragen oder gar zu vermeiden. Selbst Dackel Friedhelm zeigte sich beeindruckt und gönnte seinen Stimmbändern eine Ruhepause. Mit Einbruch der Dämmerung wurde das Dreigestirn wieder auf die nachbarschaftlichen Parzellen entlassen.

Wenig später kläffte Friedhelm allerdings erneut: Andreas erschien nebenan vor der Pforte von Franziskas Garten. Er hatte überlegt, Franziskas Namen zu rufen, wollte aber nicht die Aufmerksamkeit der gesamten Nachbarschaft auf sich lenken. Also entschloss er sich, den Garten zu betreten. Artig klopfte er an, Franziska rief »Herein« und er steckte daraufhin den Kopf durch die Tür. Fast erschrocken prallte er zurück, als er Franziska und ihre Schwester an dem kleinen Wohnzimmertisch sitzen sah.

»Oh, guten Abend, ich wollte nicht stören«, erklärte er einigermaßen aus der Fassung gebracht.

»Hallo, Andreas, komm ruhig rein, das ist meine Schwester Johanna. Johanna, das ist Andreas. Ich habe dir ja schon von ihm erzählt.«

Johanna stand auf und reichte ihm strahlend die Hand. Andreas fühlte sich sichtlich unwohl. »Ich wollte eigentlich nur fragen, ob wir im Landheim noch ein Bier nehmen wollen. Ich habe da eben aus der Entfernung Licht gesehen. Es scheint dort wieder Leben zu herrschen.«

»Das ist ja interessant«, meinte Franziska. »Johanna, hast du noch Zeit und Lust, mitzukommen?«

Kapitel 23

Als Rudi Klingebiel am Landheim eintraf, wurde es bereits dunkel. Er hatte unterwegs in der Schlachthofkneipe noch schnell zwei Biere konsumiert. Nun fischte er in den Hosentaschen nach seinem Schlüsselbund, schloss die Gaststube auf und betätigte den Lichtschalter.

Auf kürzestem Wege durchmaß er den Schankraum und ging die Treppe zu den Wohnungsräumen hinauf. Auf der obersten Treppenstufe erstarrte er. Vor ihm stand im Schlagschatten der halboffenen Wohnungstür eine Gestalt.

»Hallo, Rudi«, sagte eine ihm vertraute Stimme.

Rudi blickte in die Mündung einer Pistole.

»Was soll das?«, fragte er mit heiserer Stimme.

Statt einer Antwort fiel ein Schuss. Rudi stürzte rückwärts die Treppe hinunter und blieb auf den beiden untersten Stufen liegen.

Kapitel 24

Franziska, Johanna und Andreas begaben sich auf den dunklen Wegen zum Landheim. Franziska und ihre Schwester hatten ihr Rad mitgenommen, da sie vom Landheim aus nach Hause wollten. Als sie um die letzte Wegesecke bogen, sahen sie, dass Andreas Recht gehabt hatte. Im Landheim brannte Licht. Sie betraten die Gaststube.

»Rudi?«, rief Franziska. »Rudi!«.

Im nächsten Moment sah sie Rudi am Fuß der Treppe liegen. »Meine Güte, Rudi! Was ist los?«

Andreas war sofort bei ihm, kniete nieder und fühlte seinen Puls. »Er lebt, aber es sieht gar nicht gut aus! Sofort einen Rettungswagen!« Andreas drehte Rudi auf den Rücken. »Und die Polizei! Jemand hat auf ihn geschossen!«

Die beiden Schwestern erstarrten. »Was sagst du da?«, stammelte Franziska. Sie löste sich als Erste aus der Schockstarre und suchte nach ihrem Handy. Kein Netz.

Andreas sprang auf und horchte in das Festnetztelefon, das auf der Theke stand. Es funktionierte, er wählte 112 und 110.

Wenige Minuten später traf der Rettungswagen ein. Johanna hatte sich draußen postiert und den Wagen eingewiesen. Kurz darauf erschien Karl-Eberhard Strelitz. Schon vor ihm war Konstanze Kannengießer eingetroffen, offensichtlich kamen beide aus verschiedenen Richtungen.

»Könnten Sie allmählich aufhören, Leichen zu finden?«, polterte der Kriminalrat. Ihm ging die Geschichte diesmal besonders nahe, hatte er doch den Wirt des Landheims persönlich auf freien Fuß gesetzt.

»Das war keine Leiche«, widersprach Franziska leise. »Rudi lebt doch noch!«

In der Tat war in Rudi noch Leben, als der Notarzt zur Erstversorgung eintraf. Allerdings war er nicht ansprechbar.

Er wurde umgehend in den Rettungswagen gelegt und abtransportiert.

Karl-Eberhard Strelitz verlor erstmals die Fassung. »Was ist das eigentlich für ein Kleingartenverein?«, tobte er und schlug mit der Faust auf die Theke. »Hier verliert einer nach dem anderen sein Leben. Das kann doch bitte nicht wahr sein. Ist hier ein einsamer Rächer unterwegs, oder was?«

Die Tür des Landheims öffnete sich. Mit unsicherem Schritt trat Olaf Knispel in den Raum. »Chef, gut dass Sie hier sind. Ich habe telefonisch versucht, Sie im Kommissariat zu erreichen. Dort hat man mir gesagt, dass ich Sie hier treffe.«

»Meine Güte, wie sehen Sie denn aus?«, reagierte Strelitz.

»Vermutlich schlecht.« Er wankte zu einem Tisch und griff sich einen Stuhl. Dann übergab er sich.

»Knispel, Junge, was ist mit Ihnen los?« Strelitz war mit einem Schritt bei ihm, hielt aber einen Rest Abstand, um Schaden an seiner Bekleidung zu vermeiden.

»Ich wollte nur mitteilen, dass meine Dienstwaffe entwendet wurde«, meldete Knispel zwischen zwei Spuckanfällen. Franziska reichte dem angeschlagenen Nachwuchsbeamten ein Paket Taschentücher.

»Bitte?«, fragte Strelitz leise. »Ihre Dienstwaffe ist weg? Und wer, denken sie, hat sie jetzt?«

»Meine Freundin«, antwortete Olaf Knispel prompt. »Oder, genauer gesagt: die Person, die ich für meine Freundin gehalten habe.«

»Na prima, das wird ja wieder ein bunter Abend. Im Landheim ›Erntedank‹ wird der Wirt über den Haufen geschossen und dem jüngsten Hoffnungsträger meines Teams kommt die Dienstwaffe abhanden!«

»Ist es vielleicht diese hier?« Franziska hatte sich vor der Theke gebückt, kniete zwischen zwei Barhockern und hielt mit spitzen Fingern eine Pistole hoch.

»Vorsichtig, nicht anfassen«, rief Konstanze Kannengießer. Franziska ließ die Waffe vor Schreck fallen. »Sie vernichten die Fingerabdrücke!« Sie nahm eines der Taschentücher, die Olaf Knispel nicht verbraucht hatte, zog eine Plastiktüte hervor und versenkte die Pistole darin.

Knispel schaute sich den Fund an. »Ja«, sagte er mit schwacher Stimme, »das ist meine. Ich erkenne sie an der Schramme am Griff.«

Strelitz hatte wieder zu gleichmäßiger Atmung zurückgefunden. »Ihre Dienstpistole scheint hier nicht das Einzige zu sein, was eine Schramme hat, Knispel«, lief sich der Kriminalrat wieder warm. »Ich fasse mal zusammen: Ich gebe Ihnen Urlaub, den sie umgehend dazu nutzen, die Freundin mit Ihrer Dienstwaffe auszustatten. Dann entlasse ich den tatverdächtigen Wirt des Landheims aus der U-Haft und Herr Klingebiel hat nichts Besseres zu tun, als sich über den Haufen schießen zu lassen. Und dann –«, er unterbrach sich und richtete seinen Blick auf die Kriminalkommissarin. »Konstanze ! Ich hatte Sie doch mit der Beschattung von Herrn Klingebiel beauftragt. Was ist denn dabei schiefgegangen?«

»Sorry, Chef, ich wollte das eben schon berichten. Ich habe Rudi Klingebiel auf der Bürgerweide zwischen den vielen parkenden Autos aus den Augen verloren. Auf einmal war er fort. Ich habe bis zur Stadthalle alles nach ihm abgesucht, aber finden Sie mal im Dunkeln jemanden zwischen so viel Blech. Daraufhin bin ich dann auf Verdacht zum Landheim gegangen und kurz vor Ihnen eingetroffen. Tut mir leid, Chef.«

Strelitz setzte sich auf einen der Stühle im Gastraum. »Das ist nicht mein allerbester Tag«, sinnierte er mühsam beherrscht mit einem Blick in die Ferne. »Ich wäre jedem von Ihnen sehr verbunden, wenn ich einen Vorschlag hören könnte, wie ich diese Geschichte dem Dienststellenleiter und vor allem den Medienvertretern servieren kann.« Er drehte sich zu einer imaginären Zuhörergruppe um. »Guten Tag, meine Damen und Herren, ich hatte einen äußerst bewegten Ostersonntag und möchte Sie gern daran teilhaben lassen. Nachdem ich im Zuge der Ermittlungen zu einem tags zuvor stattgefundenen vermutlichen Doppelmord in Tateinheit mit Brandstiftung den dringend tatverdächtigen Rudi K. aus ermittlungstaktischen Erwägungen auf freien Fuß gesetzt und meinen jungen Mitarbeiter Olaf K. für einen Tag dienstfrei gegeben hatte, nutzte letzterer die Gelegenheit, seiner Freundin seine Dienstwaffe zu überlassen. Zeitgleich verlor meine offenbar nachtblinde Kollegin Konstanze K. den von ihr zu beschattenden Rudi K. aus den Augen. Dieser nutzte die Situation aus, um ins Landheim zurückzukehren und sich dort anschießen zu lassen.

Gefunden wird er von einigen Kleingärtnern, die inzwischen eine gewisse Übung darin entwickelt haben, halb und ganz tote Personen aufzuspüren. Als Sättigungsbeilage unternahm der schon genannte Kriminalbeamte Olaf K. den Versuch, den gesamten Schankraum des Landheims vollzukotzen, was ihm weitgehend gelungen ist. Fragen nach dem Täter wollen Sie bitte zurückstellen, da wir wie üblich im Dunkeln tappen. Auch die Frage, warum die verloren gegangene Dienstwaffe ausgerechnet am Tatort im Landheim wieder auftaucht, wollen Sie bitte zurückstellen oder gar nicht erst formulieren, da sie nicht zu beantworten ist.«

Strelitz wandte sich schwer atmend den real anwesenden Personen zu. »Etwa so vielleicht? Oder habe ich etwas vergessen?«

»Die letzte Frage kann ich beantworten, Chef«, meldete sich Olaf Knispel zu Wort. Er blickte um sich, als suche er schon mal einen geeigneten Fluchtweg. »Meine Freundin … gewesene Freundin, sollte ich vielleicht sagen, hat mir K.O.-Tropfen in den Wein gekippt und dann mit der Waffe meine Wohnung verlassen.«

»Und wo ist der Zusammenhang zur Straftat zum Nachteil des Rudi Klingebiel?«, giftete der Kriminalrat.

»Meine Freundin ist … war Simone. Simone Klingebiel-von Lausitz.«

Die nun folgende Reaktion des Kriminalrates, insbesondere seine Wortwahl, bewegte sich irgendwo zwischen mühsam beherrscht und tief erschüttert. Die Tatsache, dass er nicht versuchte, dem Nachwuchskommissar einen Aschenbecher an den Kopf zu werfen, war vermutlich allein auf den Umstand zurückzuführen, dass die Gaststube zur raucherfreien Zone zählte. Man musste jedoch zur Ehrenrettung von Karl-Eberhard Strelitz sagen, dass die letzten beiden Tage durchaus geeignet waren, sein persönliches Nervenkostüm mit einem deutlichen Faltenwurf auszustatten.

»Bin ich jetzt suspendiert, Chef?«, fragte Olaf Knispel mit verzagter Stimme.

Strelitz hatte sich wieder im Griff und dachte kurz nach. »Nein, Knispel. Nein, Sie sind nicht suspendiert, obwohl ich vielleicht sogar verpflichtet wäre, Sie einstweilen vom Dienst freizustellen. Aber ich möchte Ihnen die Gelegenheit geben, sich zu rehabilitieren. Verhaften Sie Frau Klingebiel, ohne dass wir sie groß zur Fahndung ausschreiben müssen. Denn nur wenn uns das gelingt, und zwar noch heute Nacht, können wir die eine oder andere Panne unter den Teppich kehren. Haben Sie eine Idee, wie wir das bewerkstelligen können? Gibt es Personen oder Orte, bei denen oder an denen sie bevorzugt Zuflucht suchen würde? Frau Klingebiel ist ja keine besonders intelligente Frau, entschuldigen Sie, wenn ich das so direkt feststelle, Knispel. Also, ich denke nicht, dass sie einen ausgeklügelten Fluchtplan hat. Ich denke auch nicht, dass ihr Motiv, das mir zurzeit noch schleierhaft ist, besonders anspruchsvoll sein wird.«

Olaf Knispel dachte nach und man sah ihm an, dass er sich damit einem anstrengenden, noch von den K.O.-Tropfen beeinträchtigten Prozess unterzog. Andererseits schien die Dosierung ausgesprochen zurückhaltend gewesen zu sein, denn sonst hätte er sich nicht schon zu diesem Zeitpunkt wieder an der Ermittlungsarbeit beteiligen können. Er dachte laut nach:

»Simone hat keinen Führerschein. Sie hat auch kein Fahrrad, das wäre ohnehin unter ihrer Würde gewesen. Sie wird in ihren hochhackigen Schuhen nicht zu Fuß geflüchtet sein. Bleibt also, dass sie sich eine Taxe bestellt hat.«

»Meine Güte, wie kaltblütig«, entfuhr es Franziska, die in den vergangenen Minuten gemeinsam mit Johanna und Andreas ein Stück weit in den Hintergrund geraten war.

»Nein, eher dumm«, antwortete Strelitz.

Konstanze Kannengießer hatte schon das Telefon auf der Theke gegriffen und Olaf Knispel wusste zu berichten, dass sie eine bestimmte Taxi-Nummer bevorzuge, da sie so leicht zu behalten war. Konstanze wählte die Nummer.

»Kripo Bremen, Kannengießer am Apparat. Ich müsste von Ihnen wissen, ob in der letzten Stunde eine Taxe zum Landheim ›Erntedank‹ bestellt wurde. Können Sie mir da möglichst schnell helfen? Wir stehen mitten in einer Fahndung.«

Die Dame in der Taxi-Zentrale zeigte sich kooperativ. »Ich frag mal nach, Moment!« Eine Minute später kam die Mitteilung: »Ja, es wurde ein Taxi bestellt, und zwar von einer Frau in einem eleganten Kostüm. Ihr Fahrziel war der Hauptbahnhof.«

Konstanze Kannengießer dankte und legte auf. »Irgendwelche Ideen, Olaf, wohin sie will?«

»Ja. Immer, wenn sie gar nicht weiter weiß, fährt sie nach Hamburg zu ihren Eltern, Familie von Lausitz. Verarmter Adel, haben während des Ersten Weltkrieges in den Ostgebieten alles verloren.«

»Dann schnell«, rief Strelitz, unbeeindruckt von dem kleinen geschichtlichen Exkurs seines jungen Kollegen. »Wir informieren nicht diese Bahnpolizei! Das ist unsere Festnahme, damit können wir uns noch halbwegs das Gesäß retten!«

Die drei Kriminalbeamten sprangen in Strelitz' Wagen und der Kriminalrat überließ zur Überraschung aller Beteiligten der Kollegin Kannengießer das Steuer. »Los, Sie können noch rücksichtsloser fahren als ich«, rief er und stellte durch das heruntergelassene Seitenfenster ein mobiles Blaulicht auf das Wagendach.

Der Hauptbahnhof war nicht allzu weit entfernt vom Kleingartengebiet. Das ist eine der Besonderheiten Bremens – als internationale Großstadt wirken, aber in übersichtlichen Strukturen handeln. Utbremer Ring, Fürther Straße, Eickedorfer Straße, Findorffstraße, Theodor-Heuss-Allee – bereits fünfzehn Minuten später stürmten sie durch den Nordeingang des Hauptbahnhofs. Das war sinnvoll, denn die Züge nach Hamburg hielten auf Gleis zehn. Dieses Gleis liegt dem Nordausgang am nächsten. Die Züge nach Hamburg verkehren in stündlichem Abstand und die Ankunft des nächsten Zuges in Richtung Hamburg stand unmittelbar bevor. Konstanze Kannengießer spurtete zum Aufgang A, Olaf Knispel nahm den Aufgang B. Strelitz nahm den Aufzug. Er stieg aus und stand zu seiner eigenen Überraschung genau hinter Simone Klingebiel-von Lausitz. Auf dem Bahnsteig herrschte erhebliches Gedränge.

»Guten Abend, Frau Klingebiel«, sagte Strelitz, der von beiden Seiten seine Kollegen heranstürzen sah. »Kleine Reise über die Ostertage?«

Simone fuhr herum und reagierte unerwartet schnell. Sie stieß den Kriminalrat in Richtung Bahnsteigkante. Dort hatte gerade der Zug nach Hamburg Einfahrt. Im letzten Moment bekam Olaf Knispel den Mantelärmel seines taumelnden Chefs zu fassen und bewahrte ihn vor einem wahrscheinlich folgenschweren Sturz. Im selben Augenblick lag Simone Klingebiel-von Lausitz der Länge nach am Boden, Konstanze Kannengießer kniete über ihr und hatte ihr die Arme auf den Rücken gedreht.

»Moment, Konstanze«, rief Olaf Knispel, nachdem er sich überzeugt hatte, dass es seinem Chef gut ging. »Das ist mein Job.«

Konstanze nickte.

»Simone Klingebiel-von Lausitz, ich verhafte Sie wegen Mordversuchs an Ihrem Ehemann Rudi Klingebiel.«

»Und wegen Mordversuchs an Karl-Eberhard Strelitz«, ließ sich der Kriminalrat vernehmen, »und wegen Sachbeschädigung.« Er schaute auf seine in Kniehöhe aufgerissene Hose. »Knispel, ohne Sie läge ich jetzt unter diesem Zug.« Strelitz tupfte sich die Stirn mit einem Taschentuch ab.

Knispel wurde rot. Dann wandte er sich wieder seiner aktuellen Tätigkeit zu und ließ die Handschellen einrasten. »Ich verlege übrigens manchmal die Schlüssel«, sagte er und half Simone auf die Füße.

Kapitel 25

Karl-Eberhard Strelitz und seine Kollegin begannen das Verhör sofort, nachdem sie Frau Klingebiel-von Lausitz im Kommissariat eingeliefert hatten. Olaf Knispel hielt sich in seinem Zimmer auf und wartete ebenfalls auf seine Einvernahme, denn er befand sich jetzt in der Rolle des Zeugen.

Strelitz hatte sich schon auf eine lange Nacht eingerichtet. Seine Kaffeemaschine gurgelte im Dienstzimmer, während er die erste Verhörrunde eröffnete. Konstanze Kannengießer nannte für das Aufnahmegerät Zeit, Ort und anwesende Personen.

Dann stieg Strelitz ein. »Frau Klingebiel«

»Klingebiel-von Lausitz, bitte«, schnappte sie. »Das kann doch nicht so schwer sein?«

»Ja, auch das«, brummelte Strelitz in seinen Dreitagebart. »Wir werfen Ihnen vor, in Tötungsabsicht auf Ihren Ehemann Rudi Klingebiel, Pächter des Lokals ›Landheim Erntedank‹, geschossen zu haben. Wir werfen Ihnen weiter vor, ihren Freund, den Kriminalkommissar Olaf Knispel, betäubt und ihm seine Dienstwaffe entwendet zu haben.«

»Wir werfen Ihnen schließlich vor«, ergänzte Konstanze, »bei ihrer Festnahme Widerstand geleistet zu haben, indem Sie versuchten, Herrn Kriminalrat Strelitz vor den einlaufenden Zug aus Hamburg zu stoßen.«

Simone Klingebiels Gesicht verwandelte sich in ein einziges Fragezeichen.

»Sie wollten Ihren Mann umbringen und Sie hätten mich fast vor den Zug geworfen«, lieferte der Kriminalrat die Populär-Version. »Vorher haben Sie Herrn Knispels Waffe gestohlen, nachdem Sie ihn mit K.O.-Tropfen betäubt hatten.«

Simone fühlte sich unbehaglich, wollte sich aber keine Blöße geben. Sie räkelte sich in ihrem eleganten hellblauen

Frühjahrskostüm auf ihrem Stuhl und zeigte Strelitz den linken Ärmel. »Gucken Sie sich das an«, beschwerte sie sich. »Das krieg ich da nie wieder raus.«

»Die Frage ist, ob ein Anwalt Sie je wieder rauskriegen wird!«, schnauzte Strelitz.

»Blaffen Sie mich nicht so an! Geben Sie mir lieber eine von Ihren Zigaretten«, maulte Simone.

»Hier ist im ganzen Haus Rauchverbot.«

»Und was ist das da?« Simone zeigte auf die Pfeife, die vor Strelitz auf dem Tisch lag.

»Deko«, kam die kaltschnäuzige Antwort. »Was mich interessieren würde, ist der Grund für Ihre Tat.«

»Na, erst einmal muss ich die Tat ja wohl zugeben«, trumpfte Simone auf. Manchmal hatte sie einigermaßen helle Momente.

»Und, waren Sie's?«

»Ja-ha!«, zerlegte Simone das Wort kunstgerecht. »Und glauben Sie, ich hatte meine Gründe.« Sie legte die Fingerspitzen an die Schläfe und schloss für einen Moment die Augen.

»Hallo, Frau Klingebiel … von Lausitz, sind Sie bei uns?«

»Doch«, räumte sie ein und entschloss sich, die Augen wieder zu öffnen. »Was wollen Sie hören? Alles von Beginn an?«

»Ich bitte darum!«

»Ich lernte Rudi kennen, als ich gerade zwanzig wurde. Er war Anfang vierzig. Ich hatte mich restlos in ihn verliebt. Und er hatte viele tolle Ideen. Sein Traum war immer, eine eigene Existenz auf die Beine zu stellen. Er fantasierte von einem Feinschmeckerlokal auf einer ostfriesischen Insel oder auf dem Berliner Kudamm, und ich bin tatsächlich auf ihn reingefallen. Aber das hab ich Ihnen ja alles schon erzählt.

Inzwischen ist es so, dass Rudi meinen Ansprüchen überhaupt nicht mehr genügt, weder vom Lebensstandard, den er zu bieten hat, noch von dem, was er im Bett abliefert«, führte sie ihren Gedankengang weiter. »Also hielt ich Ausschau nach einem jüngeren Exemplar und da habe ich bei den Verhören zu Herrn Stratmannns Tod Ihren Kollegen Olaf Knispel kennen gelernt. Der Olaf merkte gleich, dass er eine außergewöhnliche Frau vor sich hatte. Im Gegensatz zu Rudi. Der war allenfalls mit seinem Zapfhahn und seinem Gläser-Poliertuch verheiratet.«

»Aber muss man den Gatten gleich erschießen? Hätte ein Gang zum Scheidungsanwalt nicht auch genügt?«, gab Konstanze Kannengießer zu bedenken.

»Richtig«, brummte Strelitz. »Wenn wir immer gleich jeden erschießen würden, von dem wir enttäuscht sind, dann hätten die Beerdigungsinstitute aber Hochkonjunktur!« Er musterte Simone eingehend. »Worum ging es tatsächlich?«

»Der Trottel hatte eine Lebensversicherung abgeschlossen«, berichtete Simone Klingebiel freimütig. »Über 100.000 Euro zu meinen Gunsten. Und als ich von Olaf heute hörte, dass Sie Rudi wieder laufen lassen wollten, konnte ich mir ausrechnen, dass er gleich Dienstag diese Versicherung auflösen würde. Also habe ich Olaf außer Gefecht gesetzt, seine Waffe genommen und bin zum Landheim gegangen. Ich musste einige Zeit auf ihn warten, war aber sicher, dass er irgendwann auftauchen würde. Wo sollte er denn sonst hingehen?«

»Aber dann ist einiges schiefgegangen«, warf Strelitz ein.

»Richtig. Ich wollte ja gleich danach zurück zu Olaf, um ihm die Waffe wieder zuzustecken. Aber die Tropfen, die ich ihm in seine Spätlese gekippt hatte, zeigten eine wirklich enttäuschend schwache Wirkung. Und dann ist mir noch die Pistole abhanden gekommen. War irgendwie nicht mein Tag.«

»Wir haben sie zwischen den Barhockern gefunden«, informierte sie Konstanze Kannengießer.

»Ach! Dann ist sie mir beim Telefonieren aus der Handtasche gerutscht. Vermutlich, als ich ein Taxi bestellte. Das Telefon stand ja auf der Theke.«

»Aber wenn eine Waffe auf den Holzfußboden fällt, hört man das doch!«, gab Karl-Eberhard Strelitz zu bedenken.

»Aber nicht, wenn draußen auf dem Bahndamm gerade der Güterzug vorbeifährt. Und genau das war der Fall! Ich erinnere mich, dass die Taxi-Zentrale Probleme hatte, mich zu verstehen. Na, jedenfalls bemerkte ich im Taxi, dass ich die Waffe nicht mehr hatte. Ich ließ den Fahrer umkehren und musste dann zusehen, wie gerade ein paar Kleingärtner ins Landheim gingen. Die Rothaarige und der schweigsame Musiklehrer. Und noch eine Frau, die ich nicht kannte. Da war mir klar, dass ich aufgeflogen war, und bin zum Hauptbahnhof.«

»Und deswegen haben wir Sie dort noch erwischt, durch das Umkehren müssen Sie einen Zug verpasst haben.«

»Genau, ich musste fast eine Stunde warten …«

In diesem Moment klopfte Olaf Knispel an, betrat das Verhörzimmer und winkte den Kriminalrat heraus.

Strelitz erhob sich schwerfällig, folgte Knispel nach draußen und legte die Hand auf die Schulter des Assistenten. »Was kann ich denn für Sie tun, Olaf?«

Knispel errötete. Das war das erste Mal, dass der Chef ihn bei seinem Vornamen genannt hatte.

»Chef, die Klinik hat eben angerufen. Rudi Klingebiel geht es besser. Die Kugel konnte operativ entfernt werden und es besteht keine Lebensgefahr. Das Projektil stammt übrigens höchstwahrscheinlich aus meiner Dienstwaffe.«

Strelitz nickte und ging wieder in den Verhörraum.

»Es ist noch etwas schiefgegangen«, sagte Strelitz schon fast fröhlich. Simone guckte ihn mit großen Augen an. »Ihr Mann wird das Attentat überleben. Er kommt durch.«

Kapitel 26

Simone Klingebiel-von Lausitz war in ihre Zelle gebracht worden. Olaf Knispel hatte seine Aussage schriftlich abgefasst und auf Anraten seines Chefs noch einmal überarbeitet.

»Gerade in einem solchen Fall gibt es verschiedene Möglichkeiten, die wahrheitsgemäße Darstellung korrekt in Worte zu kleiden, ohne den Sachverhalt zu verfälschen und die weitere Ermittlungstätigkeit zu beschädigen oder gar in eine falsche Richtung zu lenken«, dozierte Karl-Eberhard Strelitz. »Man muss einfach die Gewichtungen verschieben.«

So fand der Verlust der Dienstwaffe eine eher beiläufige Erwähnung, während die Schilderung des selbstlosen Einsatzes des Kollegen Knispel, der sich trotz der Attacke mittels K.O.-Tropfen aufopferungsvoll zum Tatort geschleppt und sich schließlich auf dem Bahnsteig heldenhaft zwischen den herannahenden Zug und den strauchelnden Kriminalrat geworfen hatte, breiten Raum einnahm. Gleiches galt für die abschließende Verhaftung sowie für die Kombinationsgabe, mit der Olaf den Weg des Teams in Richtung Hauptbahnhof gesteuert hatte.

»Sehen Sie, Olaf«, resümierte Strelitz, »das hat etwas mit Loyalität zu tun: Intern können wir uns streiten und auch mal direkter werden. Aber nach außen stehen wir füreinander ein – da pinkelt uns niemand ans Bein.«

»Das reimt sich sogar«, stellte Konstanze fest und hoffte, dass Strelitz sein Credo dauerhaft in die künftige Arbeit einfließen lassen würde.

»Tja, da haben wir doch mal zur Abwechslung einen raschen Fahndungserfolg«, frohlockte der Kriminalrat. »Aber die Kehrseite der Medaille heißt, dass wir hinsichtlich der

Tötungsdelikte im Kleingartenverein ›Erntedank‹ genauso schlau sind wie zuvor.«

Er hatte nach dem Geständnis von Simone Klingebiel ausgelotet, ob es Verbindungen zum Mord an Kuddl Stratmann oder dem Brandanschlag auf das Hagedornsche Haus geben könnte. Simones Reaktion auf die Fragen dazu hatten deutlich gemacht, dass sie für weitere Straftaten nicht in Frage kam. Sie hatte mit leerem Blick auf Kriminalrat Strelitz' Fragen reagiert und zunächst überhaupt nicht begriffen, was man nach ihrem Geständnis noch zusätzlich von ihr wollte. Als Konstanze Kannengießer dann die Fragen des Chefs in einfache Hauptsätze umgewidmet hatte, kicherte Simone wie ein Schulmädchen, das beim Abschreiben erwischt worden war. »Ich bin doch keine Massenmörderin, Herr Kommissar.«

»Kriminalrat«, verbesserte Strelitz. »So viel Zeit muss sein!«

»Meinetwegen. Aber Sie wissen doch, dass ich für die anderen Vorfälle ein Alibi habe. Bei der Jahreshauptversammlung war ich den ganzen Abend im Landheim und wegen des Brandes habe ich Ihnen doch geschildert, dass ich morgens ferngesehen habe.«

Strelitz winkte ab. »Das, was Sie als Vorfälle bezeichnen, sind handfeste Straftaten mit Todesfolge. Gleichwohl habe ich den Eindruck, dass Sie bereits mit dem Mordanschlag auf Ihren Ehemann überfordert waren und zwar sowohl hinsichtlich der Motivlage als auch mit Blick auf die Ausführung der Tat. Ich denke, Sie unterschreiben nun noch das Protokoll, und der Haftrichter kann entscheiden, ob Sie in U-Haft bleiben. Ich habe jedoch keinen Zweifel daran, dass Sie für einen langen Zeitraum ein möbliertes Zimmer auf Staatskosten beziehen werden.« Simone schaute schon wieder ratlos in die Runde.

»Man wird Sie für längere Zeit einbuchten!«

»Aber wieso denn, wenn doch eigentlich gar nichts passiert ist?«, fragte Simone. »Sie haben doch selbst gesagt, dass Rudi durchkommt. Genau genommen wollte ich ihn ja auch gar nicht umbringen«, sinnierte sie.

»Das sieht das Strafgesetzbuch ein klein wenig anders. Da steht nämlich etwas von lebenslanger Haftstrafe für Personen, die andere Zeitgenossen mit Tötungsabsicht attackieren. Wenn man auf jemanden schießt, der auf einer obersten Treppenstufe steht, nimmt man zumindest billigend in Kauf, dass der Angegriffene stirbt. Und in Ihrem Fall hatten Sie es ja ausdrücklich auf die Lebensversicherung abgesehen. Das ergibt wiederum nur Sinn, wenn Rudi Klingebiel den Anschlag nicht überlebt.«

Simone Klingebiel-von Lausitz versuchte vergeblich, das Vakuum in ihrem Kleinhirn zu aktivieren. »Das ist mir alles zu hoch. Damit soll sich mein Anwalt auseinandersetzen. Können Sie mir übrigens jemanden empfehlen? Die Kosten spielen keine Rolle, Rudi und ich haben eine gemeinsame Rechtsschutzversicherung.«

»Jetzt aber raus mit der Dame«, zürnte Strelitz und machte Konstanze ein Zeichen, als würde er mit einer Hand den Raum leerfegen.

Als Konstanze sie weggebracht hatte, wendete sich Strelitz an seinen jungen Kollegen und atmete tief durch. »Hab ich eben Dame gesagt? Dusselige Kuh wäre vermutlich zutreffender. Nun sagen Sie mir eins, Olaf, was fanden Sie an diesem Wesen so anziehend? Die Frau ist doch eine Zumutung!«

»Das kann ich beim besten Willen nicht mehr beantworten, Chef. Ich sehe diese kurze unerfreuliche Episode inzwischen als spezielle Fortbildungsmaßnahme und buche das Ganze unter Lebenserfahrung ab.«

»Sie sind in Ordnung«, klopfte ihm Strelitz auf die Schulter. »Und nehmen Sie's nicht so schwer. Ich hab in Ihrem Alter auch manchen Bock geschossen.«

Olaf Knispel errötete einmal mehr.

Konstanze Kannengießer kam zurück und wusste Neuigkeiten aus dem Krankenhaus zu berichten. Die Klinik hatte eben angerufen und mitgeteilt, dass Rudi Klingebiel lediglich einen Steckschuss im linken Arm erlitten hatte. Die Verletzungen, die vom anschließenden Treppensturz herrührten, waren beinahe als schwerwiegender zu bezeichnen: Gehirnerschütterung, Halswirbeltrauma, Anbruch des rechten Handgelenks. Man würde ihn aber nicht allzu lange stationär versorgen müssen.

»Das kann sie also auch nicht«, grinste Olaf Knispel.

»Herr Klingebiel hat wirklich Glück gehabt«, meinte Konstanze Kannengießer. »Wie man aus der Entfernung so danebenschießen kann, ist mir schleierhaft.«

»Warten Sie ab«, grummelte Konrad Strelitz, »das ist für den Anwalt von Frau Klingebiel ein gefundenes Fressen. Er wird glaubhaft machen wollen, dass keine Tötungsabsicht vorlag – wer aus einer solchen Entfernung nur den Arm trifft, hat es mit dem Opfer gut gemeint. Wahrscheinlich wird er für Freispruch plädieren und Frau Klingebiel für das Bundesverdienstkreuz vorschlagen.«

Wie fast alle seiner Kollegen und Kolleginnen haderte der Kriminalrat regelmäßig mit den Richtern, die ihm in ihrer Urteilsfindung häufig enttäuschten. »Wir machen Überstunden und riskieren unsere Gesundheit, um die Straftäter dingfest zu machen, und dann laufen diese Typen am nächsten Tag fröhlich pfeifend an unserer Dienststelle vorbei und winken uns zu. Ich halte zwar nichts von pauschaler Kritik an der Rechtsprechung, aber manchmal ist das doch ziemlich lebensfremd, was da abläuft.«

Kapitel 27

Rudi wurde tatsächlich schon wenige Tage nach Ostern aus dem Krankenhaus entlassen. Er tat sich etwas schwer, das Landheim zu öffnen, konnte sich aber über einen verstärkten Zuspruch freuen.

Man klopfte ihm vorsichtig auf die Schulter und alle versicherten, dass sie ihn von Anbeginn für unschuldig gehalten hätten – auch diejenigen, die am Ostersonntag noch das Gegenteil behauptet hatten. Das Geschäft lief so gut, dass Rudi überlegte, eine Hilfskraft einzustellen, um über die Sommermonate zu kommen. Für weitere Werbung sorgten die örtlichen Medien, die nach den jüngsten Ereignissen das mediale Feuer eröffneten, als wollten sie das bis dato geringe Interesse am Tod von Kuddl Stratmann umgehend ausgleichen.

»Blutige Ostern«, verkündete die Schlagzeile eines Boulevardblattes und ließ »besorgte Leser« fragen, ob ein Serienmörder sein Unwesen treibe. Als Bartholomäusnacht beschrieb ein anderes, nicht besonders geschichtsfestes Blatt die Geschehnisse und forderte den Rücktritt des Polizeipräsidenten, des Innensenators sowie Konsequenzen beim Landesverband der Kleingärtner.

»Rohe Ostern«, titelte ein drittes Presseorgan und sprach sich für die Bildung eines extern moderierten runden Tisches aus, der sich mit dem Ersatz von Propangasflaschen durch alternative Brennstoffe beschäftigen sollte. Die Opposition in der Bremischen Bürgerschaft erwog die Einsetzung eines Untersuchungsausschusses, verwarf diesen Vorstoß aber nach einer Sondersitzung der Innendeputation.

Konrad Strelitz bekam zwei zusätzliche Kräfte zugeteilt, um die Ermittlungen voranzutreiben. Doch alle Bemühungen drehten sich im Kreis: Es blieb unklar, was Kuddl Stratmann auf jener unheilvollen Jahreshauptversammlung hatte erzählen wollen. Die Nachforschungen in seinem privaten Lebensbereich blieben ergebnislos. Seine Vermögenslage war unauffällig. Er bezog eine nicht üppige, aber doch ausreichende Rente, die er mit dem von ihm bevorzugten Lebensstil nicht verbrauchte, so dass er nach und nach ein kleines Sparguthaben angesammelt hatte, das aber unangetastet blieb. Im Übrigen gab es keine Kontobewegungen, die auf irgendwelche ungewöhnlichen Vorgänge schließen ließen.

Fast sämtliche Besucher der Jahreshauptversammlung hätten ihn an diesem nebligen Oktoberabend erschlagen und dann im Dunkel verschwinden oder wieder ins Landheim zurückkehren können. Außerdem hätte außerhalb dieses Personenkreises jede beliebige andere Person dem armen Kuddl Stratmann ein Ende setzen können, denn der Tatort lag im Niemandsland, mögliche Spuren waren zertrampelt worden, bevor die Spurensicherung ihre Arbeit hatte aufnehmen können.

Die Überprüfung von Kuddl Stratmanns Freundes- und Bekanntenkreis war ebenfalls ergebnislos geblieben – er hatte schlicht keine Freunde und in den wenigen Kneipen, in denen er außerhalb des Landheims verkehrte, war er geduldet, hatte aber weder Feinde noch Schulden.

Die wiederholte Befragung des Vereinsvorstandes blieb ebenfalls ergebnislos. Fritz Sengstake und Leonore Kreutzfeldt waren zwar außerordentlich kooperationsbereit, mussten aber einräumen, nur wenig über Kuddl Stratmann zu wissen. Gleiches galt für seine Nachbarn, Hermann Schilling und die Familie Markgraf. In der Vergangenheit von Kuddl gab es ebenfalls nichts, was sich als zielführend für die weitere Ermittlungsarbeit hätte entpuppen können. Als Kuddl noch unter Kapitän Stratmann firmierte, hatte es eine Havarie gegeben, an dessen Zustandekommen er nicht ganz unschuldig gewesen sein mochte. Details waren nicht mehr feststellbar, denn die Reederei, bei der Kuddl seinerzeit unter Vertrag gestanden hatte, gab es nicht mehr.

Es schien dem Ermittlungsteam auf jeden Fall müßig, diesen Pfad in die Vergangenheit weiter zu beschreiten – das, was Kuddl als Enthüllung angekündigt hatte, musste eindeutig etwas mit dem Kleingartenverein und Personen aus diesem Umfeld zu tun haben.

Allein das Auffinden der Tatwaffe half ein wenig weiter – der Täter war offenbar vom Landheim gestartet und auch dorthin wieder zurückgekehrt. Aber auch hier gab es eine unklare Faktenlage. Niemand konnte sagen, ob der Pumpenschwengel bereits vor der Tat in dem Gerümpel neben dem Landheim gelegen hatte, und genauso wenig war erkennbar, ob die Waffe direkt nach der Tat oder erst später neben dem Landheim abgelegt worden war, denn Olaf Knispel hatte sie erst am Tag darauf gefunden.

Karl-Eberhard Strelitz und sein Team blieben ratlos. Die Erfahrung, nicht voranzukommen, war für den Kriminalrat nicht neu. Solche Situationen hatte er in zurückliegenden Fällen häufiger erlebt. Der Grund dafür lag aber regelmäßig darin, dass Beteiligte beharrlich schwiegen oder logen. Beides konnte Strelitz in den »Erntedank-Fällen«, wie er sie für sich nannte, nicht feststellen. Also entwickelte sich die gesamte Angelegenheit zu einem Ladenhüter. Die Medienlandschaft hatte für den Moment Ruhe gegeben und sich an dem Mordversuch im Landheim abgearbeitet – eine ganz normale »Beziehungskiste« (Originalton Strelitz), die nichts mit den übrigen Delikten zu tun hatte.

Als dann kurz vor Pfingsten ein Aufsehen erregender Entführungsfall im Prominentenmilieu die Stadt in Atem hielt, verlor die Öffentlichkeit erneut das Interesse an den Geschehnissen im Kleingartenverein »Erntedank«.

Franziska hatte in diesen Wochen erneut Gelegenheit, die an langen Winterabenden entwickelten Ideen zur Gartengestaltung umzusetzen. Sie führte den Weg zwischen Eingang und Laube neu, überbaute ihn mit drei Rosenbögen, teilte die Gartenflächen in Anbaubereiche für

Gemüse und Pflanzbeete für Blumen auf, baute am rückwärtigen Graben einen Steg und erneuerte Kuddl Stratmanns Kompostanlage. Im Sanitärbereich ersetzte sie das Stratmannsche Torfklosett durch eine neuzeitlichere Lösung, die unter ökologischen und hygienischen Aspekten einen deutlichen Fortschritt markierte.

Den krönenden Abschluss und zugleich Höhepunkt der Um- und Neugestaltung bildete jedoch ein Teich, der über eine sumpfige Uferzone bis zu einer Tiefe von einem Meter reichte und von Binsen und Lampenputzern umstanden war. Für diese Arbeiten konnte sie noch zweimal ihre kleine Arbeitsgruppe gewinnen. Im Übrigen ertrug sie geduldig die oberlehrerhaften Vorträge ihres Nachbarn Hermann, der sich – beide Daumen hinter die Hosenträger gehakt – regelmäßig in Hörweite aufbaute und Gefallen an der Rolle des väterlichen Dozenten und Kommentators fand. Immerhin überstieg er nicht mehr den Zaun, und Dackel Friedhelm hatte sich ebenfalls an sie gewöhnt.

Auf der anderen Seite sorgte Familie Markgraf unverändert für ein lebendiges Treiben, aber dem Familienvater gelang es zunehmend, ein paar grundsätzliche Spielregeln durchzusetzen. Zudem hatte sich Franziska zu einem Regulativ für eine nachbarschaftliche Koexistenz entwickelt. Sie war angekommen in der Welt der Kleingärtner und fand Gefallen an diesem neuen Spielfeld, auf der sie sich ein Stück selbst verwirklichen konnte. Sie trauerte den Jahren mit Torsten nicht länger nach.

Dennoch wäre die Behauptung, dass sie rundum glücklich und zufrieden sei, unzutreffend gewesen. Da fehlte jemand an ihrer Seite, die Schulter zum Anlehnen, der Liebhaber, Ratgeber, Trostspender – das Wesen, das den Alltag bereichert, zuhört, diskutiert und widerspricht. Aber die Erinnerung an Torsten und an ihre beste Freundin, die sie im Übrigen nie wieder gesehen hatte, wirkte noch nach und stand einer Neuorientierung im Wege.

Um zumindest ein paar Akzente gegen die Einsamkeit zu setzen, begab sie sich gern und oft zum Ende des Tages ins Landheim, um dort bei einem Feierabendbier oder auch mal bei einem Rotwein ein Schwätzchen zu halten. Leonore war inzwischen eine gute Freundin geworden, während Fritz Sengstake ein Stück seiner unbekümmerten Dominanz verloren hatte. Der Tod seiner Schwester hatte ihn offenbar ein Stück weit aus der Bahn getragen. Leonore fing ihn dabei auf, ohne ihn und seine Rolle infrage zu stellen. Franziska bekam zunehmend den Eindruck, dass beide gut aufeinander eingespielt waren und eine Gemeinschaft bildeten, die offensichtlich mehr als nur den Vorsitz des Kleingartenvereins umfasste.

Kneipier Rudi war dagegen deutlich aufgeblüht. Mit fachlicher Unterstützung von Leonore, die durch ihre Tätigkeit als Rechtsanwalts- und Notarsgehilfin über einschlägige Kenntnisse verfügte, hatte er die Scheidung von seiner Ehefrau Simone eingeleitet. Da dieses Scheidungsbegehren durch den Mordversuch besonders gelagert war, bestand die Aussicht, das Verfahren deutlich vor Ablauf der einjährigen Trennung abschließen zu können. Simone war in U-Haft verblieben und das Gerichtsverfahren sollte noch vor den Sommerferien eröffnet werden. Rudi hatte Simone nur einmal wiedergesehen und zwar anlässlich eines einstündigen Ortstermins, in dessen Verlauf sich das Team von Kriminalrat Strelitz und der zuständige Staatsanwalt ein detailliertes Bild vom Tathergang verschaffen wollten. Simone hatte zu Rudis Genugtuung währenddessen ständig Handschellen tragen müssen.

Rudis Umsatz zeigte ansteigende Tendenz. Die Tatsache, dass er als Opfer eines Mordanschlages Schlagzeilen gemacht hatte, begünstigte die Besucherfrequenz des Landheims nachhaltig. Außerdem setzte er jetzt, da die Hagedorns nicht mehr konkurrieren konnten, schrittweise die seit längerem beabsichtigte Sortimentserweiterung um.

So konnte man ihn durchaus als »Kriegsgewinnler« bezeichnen, der allerdings bei Kriminalrat Strelitz unverändert auf der Liste der möglichen Täter für die übrigen »Erntedank-Fälle« stand.

Andreas Klapphorn vervollständigte die Stamm-Runde im Landheim regelmäßig. Er war sich in seiner Rolle als einsamer Wolf treu geblieben. Nur selten gelang es Franziska, an die gemeinsame Fahrradtour anzuknüpfen und ihn in ein längeres Gespräch zu verwickeln. Auch an eine Wiederholung dieser Radfahrt schien er nicht interessiert zu sein. Er ist kein schneller, sondern ein stiller Brüter, dachte Franziska. Und in der Tat schien die Trauer um die verlorenen Kinder dem Musiklehrer immer stärker zuzusetzen. Allerdings achtete er darauf, seinen Alkoholgenuss zu dosieren. Maximal drei kleine Biere, ohne zusätzliche Schlucke von Hochprozentigem, dazu die eine oder andere eingestreute Bemerkung zu den Gesprächsbeiträgen der übrigen – das waren die Abende von Andreas Klapphorn.

Zwei- oder dreimal hatte er Franziskas Sanierungsarbeiten begleitet – die Rosenbögen einbetoniert und den Teich mit ausgehoben – aber aus diesen seltenen Begebenheiten hatte sich kein vertiefter Kontakt entwickeln können.

Umso überraschter war Franziska, als Andreas einwilligte, zu einem Grillabend zu kommen. Sie hatte ihre Schwester und ihre Freundinnen eingeladen, um den gelungenen Gartenumbau zu feiern. Das Problem bestand darin, dass keiner der Damen im Umgang mit einem Gartengrill geübt war. Franziska bat Andreas um Hilfe, und dieser signalisierte tatsächlich Bereitschaft, ihr aus der Verlegenheit zu helfen.

So kam es im späten Juni zu einer fröhlichen, schwatzhaften Damenrunde, die nur einen Schönheitsfehler hatte. Andreas erschien nicht. Stattdessen waren in der Ferne Martinshörner zu hören, die rasch näher kamen. Franziska hatte in den letzten Monaten zu viel erlebt, um diese Geräuschkulisse unbeachtet zu lassen. Nachdem sie vergeblich versucht hatte, Andreas über Handy zu erreichen, beschloss sie, ihm entgegenzugehen. »Ihr bleibt bitte hier, falls Andreas von einer anderen Seite kommt«, bat Franziska ihre Gäste. Johanna bestand allerdings darauf, ihre Schwester zu begleiten.

Als sie in den Karotten-Weg einbogen, sahen sie einen Notarztwagen, einen Rettungswagen und einen Streifenwagen. Es hatte sich bereits eine – allerdings noch überschaubare – Menschenmenge gebildet, die in kleinen Gesprächsgruppen vor der korrekt geschnittenen Hecke eines Kleingartens stand, der durch seinen ausgesprochen gepflegten Zustand auffiel.

»Das ist ja bei Fritz Sengstake!«, erschrak Franziska. Sie lief die letzten Meter zum Schauplatz des Menschenauflaufs. Im Zentrum der Ereignisse stand Andreas Klapphorn, der gerade einem der Sanitäter sowie einem Streifenpolizisten einen Lagebericht gab. »Was ist passiert?«, fragte sie Andreas, ohne die übrigen Gesprächspartner zu beachten.

Andreas wirkte nervös und hielt nach der Kriminalpolizei Ausschau. In kurzen Worten schilderte er, dass er zunächst pünktlich in Richtung Franziskas Garten geschlendert war. Dabei habe sein Weg auch am Garten des Ersten Vorsitzenden vom »Erntedank e. V.« vorbeigeführt. Er habe sich über den laufenden Motor des Kombis auf der Autoeinfahrt gewundert. Der Wagen sei rückwärts eingeparkt gewesen, so dass Andreas durch die Windschutzscheibe habe schauen können. Dort meinte er eine zusammengesunkene Gestalt hinter dem Steuer erkannt zu haben.

Er sei dann über das Zufahrtstor geklettert und habe an die Seitenscheibe geklopft. Keine Reaktion. Die Türen des Wagens seien verriegelt gewesen. Er sei um das Auto herumgelaufen und habe den aus dem Auspuff kommenden Schlauch, der über den Kofferraum in das Wageninnere geführt war, entdeckt und abgerissen. Dann habe er mit einem Stein eine der Seitenscheiben eingeschlagen, die Tür entriegelt und Fritz Sengstake aus dem Fahrzeug gezogen.

Dieser sei nicht ansprechbar gewesen. Daraufhin, so Andreas weiter, habe er ein paar Parzellen weiter einen Kleingärtner gefunden, der über ein funktionsfähiges Handy verfügte.

In diesem Augenblick betrat Kriminalrat Strelitz die Szene. Er kam noch rechtzeitig, um zu sehen, wie Fritz Sengstake abtransportiert wurde.

»Natürlich, Frau Morgenstern und Herr Klapphorn! Ich kenne ja Ihre unerfreuliche Neigung, an Wochenenden und Feiertagen tote und halbtote Mitmenschen aufzufinden«, grantelte der Kriminalrat spaßig und blickte die beiden erwartungsvoll an. »Ich war allerdings der Auffassung, dass Sie an dieser seltsamen Art von Freizeitgestaltung inzwischen die Freude verloren hätten.«

Andreas wiederholte seinen Bericht, den er gerade Franziska vorgetragen hatte.

»Eines muss ich Ihnen ja lassen«, und es blieb offen, ob er Andreas oder Franziska meinte, »es wird nicht langweilig. Mal wird jemand erschlagen, mal gibt es einen Großbrand mit nachfolgender Gasexplosion, mal wird jemand von der obersten Treppenstufe hinuntergeschossen und jetzt haben wir eine Monoxyd-Vergiftung. Ich setze mal 50 Euro, dass wir den nächsten Todesfall im Zuge einer Messerattacke zu beklagen haben.«

»Herr Kriminalrat«, antwortete Andreas Klapphorn leise, »ich empfinde ihre Einlassungen als ziemlich unpassend. Wir reden hier über Todesfälle, die sich übrigens auch deshalb häufen, weil Sie mit ihren Ermittlungen nicht vorankommen.«

Strelitz schnappte einen Moment nach Luft. Mit einer derartigen Antwort hatte er nicht gerechnet.

»Ich frage mich –«, er brach ab. »Sie haben ja Recht. Werten Sie meine Sarkasmen einfach als Versuch, mit dem täglichen Mord und Totschlag klarzukommen, der mir seit über 30 Dienstjahren täglich begegnet.«

»Mir ist klar, dass man einen solchen Dienstalltag kompensieren muss. Immerhin war ich Lehrer an einer Schule, in deren Einzugsbereich es mehrere ›Soziale Brennpunkte‹ gab. Mit anderen Worten: Sie und ich arbeiten in den beiden großen Reparaturwerkstätten unserer Stadtgesellschaft, der Polizei und der Schule.«

»Richtig, so kann man das umschreiben«, zeigte sich Strelitz versöhnt.

»Unser einziger Unterschied: Ich habe es mit Menschen zu tun, die man noch formen kann – Sie müssen sich mit den Menschen auseinandersetzen, bei denen das nicht geklappt hat.«

Strelitz nickte und wies die Polizeibeamten an, den Weg und die Einfahrt abzusperren. Dann informierte er seine Mitarbeiter sowie die Spurensicherung.

»Auch dieser Vorfall lässt wieder unterschiedliche Deutungen zu«, rekapitulierte der Kriminalrat, als Konstanze Kannengießer und Olaf Knispel eintrafen. »Entweder hat Herr Sengstake freiwillig aus dem Leben scheiden wollen, oder es hat jemand nachgeholfen. Im ersten Fall wäre es gut, einen Abschiedsbrief zu finden, der uns über die Hintergründe dieser Verzweiflungstat aufklärt. Sollte es sich aber um einen Mordversuch handeln, was man nach der ganzen Vorgeschichte keinesfalls ausschließen kann, hätten wir ein weiteres Problem.«

»Wenn wir einen Abschiedsbrief finden, erfahren wir vielleicht auch Hintergründe zu den Straftaten, denen Herr Stratmann und das Ehepaar Hagedorn zum Opfer gefallen sind«, setzte Konstanze Kannengießer den Gedankengang ihres Chefs fort.

In diesem Moment fuhr Leonore Kreutzfeldt mit ihrem Fahrrad vor. Sie war nach eigenem Bekunden mit dem übrigen Vorstand des Kleingartenvereins »Erntedank« im Landheim gewesen. Man habe die monatliche Vorstandssitzung mit anschließendem Umtrunk auf dem Programm gehabt und auf Fritz Sengstake gewartet. Normalerweise sei er stets vor allen anderen Vorstandsmitgliedern da. Als er aber heute nicht erschien, habe sie versucht, ihn per Handy zu erreichen – vergeblich. Nun sei sie in großer Sorge, erklärte sie dem Kriminalrat.

»Zu Recht, Frau Kreutzfeldt«, meinte Strelitz, und wären Stühle verfügbar gewesen, hätte er ihr jetzt einen angeboten. »Herr Sengstake ist in seinem Wagen aufgefunden worden. Offensichtlich hat er versucht, sich das Leben zu nehmen.«

Leonore wich einen Schritt zurück und schaute entsetzt in die Runde. Franziska nahm sie in den Arm.

»Wo ist er jetzt?«, fragte sie und bekam von Strelitz die Antwort: »Im Krankenhaus. Er war nicht ansprechbar, er befindet sich nach Auskunft des Arztes in einem kritischen Zustand. Aber er lebt.«

»Andreas hat ihn gefunden, als er auf dem Weg zu unserem Grillfest war«, erklärte Franziska und dachte: Ach ja, das Grillfest.

»Weiß jemand, wie wir in das Haus von Herrn Sengstake kommen können? Dort gibt es möglicherweise weiteren Aufschluss zu dem, was ihm passiert ist«, versuchte Karl-Eberhard Strelitz das Geschehen voranzutreiben.

Leonore erwachte aus ihrer Erstarrung. »Ich habe einen Schlüssel«, sagte sie. »Ich glaube, es ist ohnehin kein Geheimnis – Fritz und ich sind seit mehreren Jahren Lebenspartner.« Sie rang sichtlich um Fassung.

Strelitz zog die Augenbrauen hoch, sagte aber nichts. Zu Andreas gewandt, meinte er: »Ihre Aussage habe ich. Die können wir in den nächsten Tagen in Schriftform bringen und Sie sie dann unterzeichnen. Für den Augenblick können Sie für uns nichts mehr tun. Sie sollten sich jetzt mit Frau Morgenstern um Ihre Gäste kümmern.«

Widerstrebend folgte Franziska den Worten des Kriminalrates. Der erste Vorsitzende des Kleingartenvereins rang um sein Leben und sie sollten eine Grillparty veranstalten?

»Das geht doch überhaupt nicht«, meinte sie zu Andreas.

»Es ist vielleicht eine Frage der Begrifflichkeit«, entgegnete Andreas. »Das wird nun keine Grillparty mehr, sondern ein Arbeitsessen, in dessen Verlauf wir deinen Gästen Bericht erstatten und uns aussprechen.«

»Genau«, sagte Johanna. »Guck mal, du hast jetzt alles vorbereitet und wir haben trotz aller Betroffenheit Hunger und Durst. Außerdem würde es nie zu einem Grillabend kommen, wenn wir uns jedes Mal von unvermuteten Zwischenfällen irritieren lassen.«

»Johanna«, meinte Franziska vorwurfsvoll, »jetzt hörst du dich schon an wie der Kriminalrat.«

Also übernahm Andreas doch noch die Rolle des Grillmeisters, häufte Kohlen auf, fachte das Feuer an, dämmte die Rauchentwicklung ein und brachte Steaks sowie Würstchen in einen genussfähigen Zustand.

Nachdem der Grillabend in gedämpfter Stimmung zu Ende gegangen war, machten sich Andreas und Franziska auf den Weg zum Landheim. Rudi hatte noch geöffnet und es waren etliche Kleingärtner zugegen, die intensiv über die neuesten Ereignisse debattierten. Die Tatsache, dass die Diskussionsteilnehmer offensichtlich schon reichlich Bier und Korn verkostet hatten, begünstigte das Zustandekommen der abstrusesten Theorien. Gerade als Franziska und Andreas eintraten, hatte Hermann Schilling beschwörend in die Runde geraunt:

»Ich sage euch, das ist Kuddl Stratmann. Kuddl ist zurück und holt jetzt einen nach dem anderen!«

»Quark«, erklärte Rudi und stellte Hermann ein neues Bier auf die Theke. Dackel Friedhelm döste zu Füßen seines Herrchens und öffnete kurz ein Auge, um einen besorgten Blick auf Hermann zu werfen. Ganz offensichtlich war er in Sorge um den Geisteszustand seines zweibeinigen Büchsenöffners.

Andreas wurde mehr Aufmerksamkeit zuteil, als ihm lieb war. Von allen Seiten drängte man ihn, noch einmal zu berichten, wie er Fritz Sengstake aufgefunden hatte. Da öffnete sich erneut die Tür des Landheims und Leonore kam herein. Sie berichtete vom neuesten Stand der Dinge.

»Ich komme gerade aus der Klinik. Erst einmal das wichtigste: Fritz lebt«, begann sie. »Aber er ist in kritischem Zustand und liegt im Koma. Die Ärzte wagen noch keine Prognose.«

Allgemeines Gemurmel griff um sich und Leonore kämpfte mit den Tränen. Franziska und Andreas zogen sie an einen leeren Tisch, wo sie in Ruhe reden konnten, ohne dass ihnen einer der alkoholisierten Neunmalklugen ins Wort fiel.

Kapitel 28

Zur selben Zeit saß das Ermittlungsteam im Dienstzimmer von Karl-Eberhard Strelitz. Die Geräusche der Kaffeemaschine Rudolf erinnerten wieder einmal an einen Elch, dem gerade speiübel wird. Der Kriminalrat stopfte umständlich seine Pfeife.

»Es gibt keinen Abschiedsbrief, aber es gibt auch keinen Anhaltspunkt dafür, dass jemand nachgeholfen hätte«, fasste Strelitz die neuesten Erkenntnisse zusammen. »Keine Kampfspuren im Auto, kein Hinweis auf eine Betäubung, die man Herrn Sengstake vorher zugefügt haben könnte.«

»Für mich ebenfalls nicht erkennbar«, schüttelte Konstanze Kannengießer den Kopf.

Olaf Knispel sah ebenso keine neuen Ansätze. »Mir scheint die Erklärung von Frau Keutzfeldt schlüssig«, meinte er. »Herr Sengstake hat den Tod seiner Schwester nicht verkraftet. Menschen, die nach außen hin stabil und widerstandsfähig wirken, sind hinter der Fassade häufig sensibel und verletzbar.«

»Das hast du schön gesagt, Olaf, und da ist auch eine Menge dran. Aber wenn Fritz Sengstake wirklich wegen des Todes seiner Schwester diese Verzweiflungstat begann, dann spielt auch eine erhebliche Portion Schuldbewusstsein mit. Diese Schuld kann er sich eingeredet haben, sie kann aber auch real existieren. Und wenn das zuträfe, wird es für uns wieder interessant«, überlegte Konstanze Kannengießer.

»Wenn wir weiterkommen wollen, müssen wir die philosophische Ebene verlassen und mal wieder ganz pragmatisch geradeaus denken«, erklärte Strelitz und zündete seine Bruyere-Pfeife an. Vor Konstanze Kannengießers geistigem Auge detonierte die Pfeife und ließ einige unansehnliche Rußflecken im Gesicht ihres Chefs zurück. Sie ertrug den

Geruch dieses Krautes, das er in den Pfeifenkopf stopfte, nur mit großem Widerwillen. Hätte sie weniger Respekt vor ihrem Chef gehabt, hätte sie ihn gebeten, das Rauchen einzustellen. Strelitz musste ihren Blick aufgefangen haben.

»Riecht ein bisschen streng«, räumte er ein. »Aber gönnen Sie einem in die Jahre gekommenen Kriminalbeamten seine letzte Freude.«

»Ja«, sagte sie mutig, »um ehrlich zu sein, es riecht wie eine alte, nass gewordene Polstergarnitur, aber –«, sie erschrak sich über ihren vorlauten Ton, »wenn's denn hilft, nur zu. Es ist Ihr Zimmer und es ist Ihre Gesundheit.« Das Thema Passivrauchen wollte sie jetzt lieber nicht anschneiden, denn sie hatte den Eindruck, dass sie sich ohnehin gerade auf sehr dünnem Eis bewegte.

Strelitz schaute seine Pfeife an und hielt sie kurz entschlossen in eine Karaffe, in der sich Blumenwasser befand. Es gab ein zischendes Geräusch, Dampf stieg auf. Dann warf er seinen langjährigen Wegbegleiter in den Papierkorb

»Fürs Protokoll: Ich habe soeben aufgehört zu rauchen. Endgültig«, teilte er seinen beiden perplexen Teamkollegen mit.

Konstanze fand noch vor Olaf wieder zurück in die Spur. »Herzlichen Glückwunsch, Chef, und willkommen im Club«, strahlte sie und prostete ihm mit ihrem Kaffeebecher zu.

Strelitz war aufgestanden, um seine innere Aufruhr zu verbergen, und aktualisierte seinen Wandkalender, in dem er die Monatsblätter März, April und Mai abriss. »Olaf, morgen Nachmittag will ich hier Frau Kreutzfeldt sehen und anschließend Herrn Klapphorn, gern auch mit Frau Morgenstern. Und Rudi Klingebiel ist bitte auch dabei.« Strelitz begann, wieder Führungsarbeit zu leisten.

»Wollen wir die Runde nicht im Hinterzimmer des Landheims zusammenführen?«, schlug Olaf vor. »Vielleicht inspiriert uns ja das Lokalkolorit.«

Strelitz dachte kurz nach. »Warum nicht«, sagte er schließlich. Er konnte zwar keinen Qualitätsunterschied zwischen seinem und dem Vorschlag des Kollegen Knispel erkennen, aber es schien ihm unter Personalführungsaspekten klug, Spielraum für Vorschläge der jüngeren Hoffnungsträger zu lassen.

Die Ansetzung dieser Befragung hatte der alte Fuchs durchaus mit Absicht erst auf den Nachmittag des Folgetages gelegt. Vielleicht – so sein Kalkül – war bis dahin Fritz Sengstake wieder vernehmungsfähig und konnte schon ein paar Hinweise geben, die für die weitere Ermittlungsarbeit von Bedeutung sein konnten. Er entschied überdies, vor dem Krankenzimmer einen Polizisten zu postieren. Solange Fremdverschulden nicht ausgeschlossen werden konnte, wollte er ganz sichergehen, dass niemand dem Leben des Ersten Vorsitzenden vom Kleingartenvereins »Erntedank e. V.« ein vorzeitiges Ende setzte.

Doch die Rechnung des Kriminalrates ging nicht auf. Als er sich am nächsten Tag zur Mittagsstunde im Krankenhaus nach Fritz Sengstakes Wohlbefinden erkundigte, erklärte ihm der zuständige Chefarzt, dass sich der Patient unverändert in einem sehr kritischen Zustand befinde und erhebliche Zweifel an seiner Rückkehr aus dem Koma angebracht seien.

Als Strelitz den Hörer wieder auflegte, betrat Konstanze sein Dienstzimmer. Sie ahnte, dass der gerade beendete Anruf etwas mit Fritz Sengstake zu tun hatte. »Krankenhaus?«, fragte sie knapp.

Strelitz nickte.

»Und wie ist sein Zustand?«

»Weiterhin komatös. Man ist nicht besonders optimistisch. Ob er das Bewusstsein je wiedererlangen wird, steht in den Sternen.«

Konstanze schwieg betroffen.

Die von Karl-Eberhard Strelitz eingeladene Nachmittagsrunde brachte nichts Neues. Im Grunde waren alle Fragen längst gestellt worden, der Bericht von Andreas Klapphorn über das Auffinden von Fritz Sengstake deckte sich haargenau mit seiner Darstellung vom Vortag. Leonore Kreutzfeldt war sichtlich angeschlagen und dem Gesprächsverlauf kaum gewachsen. Franziska hielt mehrfach ihre Hand. Die anschließende Inspektion des Sengstakeschen Gartens blieb ebenso ergebnislos wie eine erneute Begehung der Tatorte, an denen – wie das Amtsdeutsch es so treffend formuliert – die Straftaten zum Nachteil des Kurt Stratmannn respektive des Ehepaars Hagedorn stattgefunden hatten.

Schließlich ging man ohne Ergebnis auseinander.

Kapitel 29

An einem Freitagnachmittag im August saß Franziska in einem bequemen Gartenstuhl auf der Terrasse vor ihrer Gartenlaube. Auf dem zweiten Stuhl hatte sich Andreas niedergelassen. Er war in den letzten Wochen zwei- oder dreimal zu Gast gewesen – Franziska kam es vor, als würde ein äußerst scheuer Rehbock ganz allmählich zutraulich werden. Die Dritte in der Runde war Leonore Kreutzfeldt, auf deren Schultern nun die gesamte Vereinsarbeit ruhte, denn Fritz Sengstake lag unverändert im Koma. Andreas und Franziska hatten sich bereiterklärt, Leonore bei der Wahrnehmung ihrer Aufgaben bis zum Ende des Jahres zu unterstützen. Dann standen ohnehin Neuwahlen zum Vorstand an – die Chance, mit Anstand personelle Alternativen zu entwickeln, für den Fall, das Fritz bis dahin nicht wieder einsatzfähig sein sollte. Zuvor gab es jedoch niemanden, der Fritz hätte ablösen mögen – zu groß war der Respekt vor dem langjährigen ersten Vorsitzenden, der jetzt bereits zwei Monate um sein Leben kämpfte.

Heute waren sie zusammengekommen, um ein Abschlussgespräch über das am nächsten Tag anstehende traditionelle Lampionfest des Vereins »Erntedank« zu führen. Eigentlich war alles vorbereitet – das Kinderprogramm am Nachmittag, der große Laternenumzug mit dem Spielmannszug und für alle die, die nicht auf ihrer Parzelle feiern wollten, der große Umtrunk mit Tanz und Musik im Landheim.

Der letzte Teil war Rudi Klingebiels Part und von ihm bereits punktgenau vorbereitet worden. Er erwartete diesmal einen Rekordbesuch, also auch eine Rekordeinnahme, und hatte für diesen Zweck bei einem befreundeten Schlachter ein Spanferkel geordert. Rudi wusste vor zwei Tagen beim Dämmerschoppen im Landheim zu berichten, dass das

Ferkel, Paul mit Namen, direkt von dem landwirtschaftlichen Kleinbetrieb stamme, den der Schlachter in einer benachbarten niedersächsischen Gemeinde betreibe.

»Kriminalrat Strelitz würde von einem Lampionfest zum Nachteil des Ferkels Paul sprechen«, hatte Franziska festgestellt. Sie hatte bei Andreas daraufhin das erste Mal einen Anflug von Heiterkeit erlebt und schlug vor, »Strelitz & Co.« für das Lampionfest in das Landheim einzuladen.

Rudi war mäßig begeistert gewesen; andererseits hatte ihm die Aussicht gefallen, dass die drei zu einer weiteren Steigerung des Umsatzes beitragen würden. Leonore hatte ebenfalls zurückhaltend reagiert, weil sie zumindest für einen Abend die Ereignisse der letzten Wochen und Monate lieber verdrängen wollte. Franziska hatte es schließlich übernommen, die drei Ermittler einzuladen. Strelitz hatte freundlich gedankt und eingeräumt, dass man ohnehin präsent sein wolle – einfach, um Eindrücke zu sammeln und vielleicht hier und da ein Gespräch mit anwesenden Kleingärtnern zu führen, ohne deswegen die Feier zu stören.

So war am Vorabend des Lampionfestes nicht mehr viel zu bedenken. Die drei gingen nochmals alle Programmpunkte durch. Dabei wurde der Gedankenaustausch durch ungewöhnlich hohe Temperaturen beeinträchtigt. Die Hitzeperiode dauerte bereits mehrere Tage und erforderte eine erhöhte Wasserzufuhr für Blumen, Sträucher und Bäume.

Franziska war froh, vor einigen Wochen mit Unterstützung von Andreas eine zweite Pumpe geschlagen zu haben, denn die bereits vorhandene war offenbar versandet. So konnte sie die Vegetation ihres Kleingartens ausreichend wässern und zwischendurch den Dackel Friedhelm, der wieder einmal an der Gartengrenze lautstark gekläfft hatte, mit einem gezielten Strahl vom Zaun spülen.

»So, ihr Lieben«, verkündete Leonore, klatschte in die Hände und stand auf. »Ich ziehe mich zurück und arbeite noch ein bisschen an meiner Rede.« Sie reckte sich und schüttelte die steif gewordenen Beine aus. »Hoffentlich geht das gut. Ein Unwetter auf dem Lampionfest hatten wir noch nie. Wär ja schade, wenn das alles ins Wasser fallen würde. Auch für Rudi«, sagte sie mit besorgtem Blick in den Himmel.

»Wird schon schiefgehen«, beruhigte sie Franziska. Die beiden umarmten sich zum Abschied – ein Ritual, in das sich Andreas bislang noch nicht hatte einbeziehen lassen.

»Ich komm dann morgen noch mal vorbei und zeig dir die Rede.«

»Mach das«, antwortete Franziska, »und mach dir deswegen nicht so viele Gedanken, du schaffst das schon!«

»Ach, wenn ich weiche Knie kriege, muss Andreas einspringen. Der ist als Pädagoge ohnehin besser geeignet.«

Andreas gab ein schwer zu deutendes Geräusch von sich.

Leonore entfernte sich und ließ Andreas und Franziska zurück.

»Was machen wir mit dem angebrochenen Abend?«, fragte Franziska. »Ich hab noch nichts Vernünftiges gegessen und mir wäre nach einer Wurst- und Käseplatte. Außerdem brauche ich Bewegung. Kommst du mit ins Blockland – per Fahrrad?«

Andreas schaute wie zuvor Leonore nachdenklich in den Himmel. Von Westen her zogen Wolken auf, die Luft wurde zunehmend schwül. Es war nahezu windstill.

»Das könnte schiefgehen«, meinte er. »Und wenn wir dann gerade auf dem Blocklander Deich sind, ist das nicht wirklich lustig.«

»Och«, schmollte Franziska, »ich hab aber Hunger.«

»Kompromiss: Wir fahren zum Uni-See. Die Strecke ist wesentlich kürzer und dort gibt es einen Imbisswagen, der fabelhafte Bockwürste und immer frische Brötchen anbietet.«

»Na dann los«, rief Franziska, klemmte noch eine Decke hinter den Gepäckhalter und steckte zwei Flaschen Cola

– direkt aus ihrem kleinen Kühlschrank – in die Fahrradtasche.

Eine gute Viertelstunde später hatten sie den See erreicht. Auf den Liegewiesen gab es noch ausreichend Platz – die Zahl der Badegäste war angesichts der Wetterlage doch überschaubarer als an anderen Freitagen. Franziska breitete die Decke aus, Andreas besorgte vier Bockwürste, Brötchen und Senf.

»Hier sind wir früher oft und gern gewesen. Julia und Johannes hab ich da drüben das Schwimmen beigebracht«, sinnierte er mit einem traurigen Blick über das Wasser. »Wir hatten immer viel Spaß. Das ist jetzt drei Jahre her.« Er biss nachdenklich ein Stück Wurst ab und nahm einen tiefen Schluck Cola.

»Und es gibt überhaupt keine Chance, dass du wieder Kontakt zu deinen Kindern bekommst? Immerhin ist Rumänien doch in Europa angekommen!«

»Ich hab alles versucht und ich werde auch weiterhin alles versuchen. Aber wenn du gar nicht weißt, in welcher Gegend du suchen sollst, ist das schwierig. Ich habe versucht, über das Honorarkonsulat in Hamburg weiterzukommen – nichts. Ich habe die Präfekturen aller 41 rumänischen Departments angeschrieben – nichts. Die meisten haben nicht einmal geantwortet.«

»Würde es etwas bringen, wenn du dich selbst nach Rumänien begibst?«

»Das ist schlimmer, als die Stecknadel im Heuhaufen zu suchen. Rumänien hat 22 Millionen Einwohner. Die kann ich mir nicht alle ansehen. Meine Güte, was erwarte ich auch von einem Land, in dem sich ein Teil Walachei nennt und in dem Graf Dracula gelebt hat!«

»Jetzt wirst du unfair«, warf Franziska ein.

»Ja«, räumte Andreas ein. »Ich bin eben sehr verbittert. Rumänien ist ein schönes Land mit zauberhaften Landschaften. Ich habe mich darüber informiert. Allein die Karpaten sind wunderschön und auch andere Ecken sind sehenswert.

Auch die Menschen sind nicht schlechter oder besser als in anderen Ländern, Deutschland eingeschlossen.«

»Na, das hört sich doch schon besser an«, meinte Franziska und widmete sich der zweiten Wurst.

»Ich kann ja nicht einmal ausschließen, dass sie mit den Kindern inzwischen wieder in Deutschland wohnt, nur an einem ganz anderen Ort. Irgendwo zwischen Eifel und Erzgebirge, irgendwo zwischen Holsteinischer Schweiz und Allgäu.«

»Aber musst du nicht allmählich beginnen, dein Leben zweigleisig anzulegen?«, fragte Franziska, wohlwissend, dass sie jetzt vorsichtig sein musste. »Du wirst von deinem Kummer über das Geschehene gelähmt. An dem, was dir und deinen Kindern passiert ist, gibt es nichts schönzureden, kein Zweifel. Das werden zwar für immer tiefe Kerben in deinem Lebensbaum sein. Trotzdem solltest du neben deiner Trauer um die Kinder – und ich spreche ausdrücklich nicht von Selbstmitleid, sondern von ehrlicher Trauer – ein zweites Gleis entwickeln, auch auf die Gefahr hin, dass es wieder in einen Abgrund führt oder dich gegen die Wand fahren lässt. Derzeit verharrst du nur und wartest darauf, dass dein Leben vorbeigehen möge. Das ist unendlich schade, denn du hast nur dieses eine Leben, du musst endlich wieder etwas Schönes erleben dürfen, als Gegengewicht zu der großen Enttäuschung, die bei dir bisher alles überlagert. Etwas, dass die Mundwinkel wieder nach oben zaubert. Denk an das Stück von Udo Lindenberg: Hinter dem Horizont geht's weiter!«

Andreas saß ganz dicht neben ihr und schwieg. Franziska bekam Angst, dass er gleich aufspringen und davongehen würde. Stattdessen geschah etwas Unerwartetes: Er legte seinen Arm um sie, zog sie zu sich heran und sagte: »Danke!«

Sie lehnte sich an ihn. »Ich hab's nicht böse gemeint. Aber ich hab gedacht, ich muss dich wecken, bevor du dein weiteres Leben verschläfst!«

»Ach du meine Güte, wir verschlafen gerade etwas ganz anderes. Guck dir den Himmel an!«

Franziska drehte sich um. »Oh!«

Mit dieser einen Silbe hatte sie einen sehr komplexen Vorgang beschrieben, der sich unbemerkt hinter ihrem Rücken entwickelt hatte. Der Himmel wurde von bleigrauen Wolken beherrscht, die sich hoch auftürmten und in ihre Richtung zogen. Die Sonne war milchig geworden und verabschiedete sich gerade von der Bühne dieses Naturschauspiels.

Andreas und Franziska rafften ihre Sachen zusammen und waren in Sekundenschnelle abfahrbereit. Ringsherum entwickelte sich eine Massenflucht vor dem heranrückenden Unwetter. Am Imbisswagen wurden die Rollläden heruntergelassen.

»Cumulus Nimbus«, stellte Andreas fest und zeigte auf die gewaltigen Wolkengebirge.

»Cumulus was?«

»Nimbus. Cumulus Nimbus. Volkstümlich ausgedrückt, Gewitterwolken.«

»Gut, aber lass uns die Theorie nachher durchgehen. Wir müssen erst mal trocken nach Hause kommen!«

Der Wind frischte plötzlich auf. In Böen trieb er Blätter und Zweige vor sich her und wirbelte den auf der Liegewiese am Uni-See zurückgebliebenen Unrat auf. In der Ferne grummelte es bedrohlich. Kein Zweifel, da zog ein formidables Gewitter herauf, das geeignet war, jeden Meteorologen in Entzücken und Ekstase zu versetzen. Die Ouvertüre dazu hatte bereits begonnen.

Franziska war keine Meteorologin. Aber im Zusammenhang mit Blitz und Donner verfügte sie über ein erhebliches Angstpotenzial. Während sie mit Andreas den Uni-See verließ und der Fahrradtacho fast 30 Stundenkilometer anzeigte, schien die Welt rings um die beiden Radfahrer aus den Fugen zu geraten.

»Wir dürfen nicht in den Stadtwald rein, sonst kriegen wir noch Äste auf den Kopf!«, rief Andreas seiner flotten Begleiterin gegen den Wind zu.

Sie hielten sich parallel zum Universitätssee, ließen den Stadtwald linkerhand zurück und gelangten auf diese Weise unterhalb des Hochschulrings in die Hemmstraße. Von dort konnten sie in das Wegelabyrinth des Kleingartengebietes eindringen und vermieden dank Andreas' Ortskenntnis die dort zahlreich vorhandenen Sackgassen.

Obwohl sie allenfalls eine Viertelstunde unterwegs waren, schien die wilde Fahrt kein Ende zu nehmen. Besonders beklemmend war, dass sie der gewaltigen Wolkenwand entgegenfahren mussten. Andreas' Parzelle, die auf der Strecke noch vor der von Franziska lag, war ihr gemeinsames Ziel. Dort angekommen, sprangen sie vom Fahrrad, nahmen Wolldecke und Radtaschen von den Rädern und gelangten noch gerade rechtzeitig in die Gartenlaube.

Im nächsten Moment tauchte ein Blitz das Kleingartengebiet für eine Sekunde in gleißend helles Licht. Übergangslos folgte ein gewaltiger Donnerschlag. Gleichzeitig setzte ein heftig prasselnder Regen ein und Sturmböen zerrten an Büschen, Sträuchern und Hecken, zerfetzten Blumen und zwangen junge Bäume in eine Schräglage.

»Wäre ich Noah, würde ich jetzt die Arche flott machen«, sinnierte Andreas, der aus dem Fenster seiner Gartenlaube fasziniert das Toben der Naturgewalten verfolgte. Dann fiel sein Blick auf Franziska. Die saß inzwischen mit angezogenen Beinen auf der Couch und zitterte am ganzen Leib.

»Was ist los mit dir?«, fragte Andreas besorgt und setzte sich zu ihr. »Sind wir zu schnell gefahren?«

»Nein«, räumte sie kleinlaut ein, »ich hab Angst. Angst vor Gewitter, vor Donner und Blitz!«

Aufs Stichwort kam der nächste Blitz und sofort im Anschluss ein Donnerschlag, noch gewaltiger als zuvor.

Andreas war klar, dass er in diesem Moment nicht sachlich gegen ein irrationales Phänomen wie die von Franziska verspürte Urangst argumentieren konnte. Dafür war jetzt der denkbar schlechteste Augenblick. Er erinnerte sich an Julia und Johannes, die er in ähnlichen Situationen oft getröstet hatte.

So legte er Franziska die Wolldecke über die Schultern, nahm sie in den Arm und drückte sie behutsam an sich. Franziskas Körper vibrierte wie ein älteres Auto im Leerlauf. Draußen schien die Welt unterzugehen. Aber unter der Wolldecke in Andreas Gartenlaube passierte das Gegenteil – den tobenden Elementen zum Trotz, oder vielleicht gerade ihretwegen.

Kapitel 30

Das Gewitter war schließlich weitergezogen. Der Regen aber trommelte die ganze Nacht auf das Dach und schaffte eine Stimmung, die man als ›urgemütlich‹ beschreiben konnte. Erst als es langsam hell wurde, löste sich Franziska behutsam aus Andreas Armen. Sie betrachtete ihn nachdenklich, während er mit gleichmäßigen Atemzügen den letzten Traum dieser bemerkenswerten Nacht festzuhalten schien. Franziska versuchte vergeblich, sich den detaillierten Ablauf der Geschehnisse in Erinnerung zu rufen. Es schien ihr auch müßig, jetzt noch ergründen zu wollen, wann ihre Angst in ein Verlangen nach Nähe, Zuneigung und Sex umgeschlagen war – eine Gefühlsebene, die sie vor einiger Zeit in die Warteschleife verschoben hatte.

Andreas hatte sich dieser plötzlichen Veränderung ihrer Stimmungslage nicht widersetzt. Vermutlich hatte sie seine Festung bereits am Uni-See mit ihrem kleinen Vortrag sturmreif geschossen. Im Endeffekt hatten beide miteinander nachgeholt, was sie schon allzu lange vermisst hatten.

Sie nahm einen Schluck aus der halbleeren Colaflasche. Es schmeckte lauwarm und abgestanden, aber unter dem Eindruck der vergangenen Nacht kam es ihr vor, als verkoste sie gerade einen exquisiten Chateau Neuf-du-Pape. Sie kuschelte sich wieder an Andreas, der daraufhin prompt wach wurde. Er wirkte desorientiert und schien die letzten zwölf Stunden sortieren zu müssen. Franziska hielt die Luft an. Würde er wieder in seine reservierte Haltung zurückfallen? Sie vielleicht sogar bitten, zu gehen? Oder war er bereit, den Aufbruch zu neuen Ufern fortzusetzen?

»Guten Morgen«, brummte er schließlich, nahm ihren Kopf in seine Hände und gab ihr einen Kuss.

Na, das ist doch schon mal ein Anfang, dachte Franziska. Andreas schien nicht die Absicht zu haben, die letzte Nacht als Episode abzuhaken, die man unter dem Aktenordner Betriebsunfälle und andere Verfehlungen ablegt. Er zog sie an sich und beide vertieften das erneut, was sie am Vorabend als gemeinsame Neigung entdeckt und erlebt hatten.

Um acht Uhr kehrten sie dann in die Realität zurück. Und die sah so aus, dass es Sonnabend war, der Tag des Lampionfestes. Andreas öffnete die Tür der Gartenlaube, ihm schlug eine herrlich frische Luft entgegen. Das Gewitter hatte nicht nur die Sinne durchgespült, sondern auch die schwüle Hitze des gestrigen Tages fortgewaschen. Komplettiert wurde der Gesamteindruck von einer Morgensonne, die wie selbstverständlich ihre Tagesschicht begonnen hatte, als sei gestern nichts weiter vorgefallen. Große Pfützen, umgeknickte Stauden und der nicht mehr ganz intakte Sonnenschirm des rückwärtigen Nachbarn, der passenderweise neben Andreas' Komposthaufen gelandet war, zeugten noch von dem Unwetter, über das gerade in den Nachrichten berichtet wurde. Franziska hatte ihr kleines Fahrrad-Radio angestellt und eine etwas blechern klingende Stimme erzählte von abgedeckten Dächern, vollgelaufenen Kellern und einer Windhose im Bremer Umland.

»Ein Frühstück wäre jetzt gut«, stellte Andreas fest. Er hatte Tür und Fenster weit geöffnet, um die intensiv beatmete Gartenlaube mit Frischluft zu versorgen. Dann verfügte er sich in die Kochnische und hantierte dort mit Tellern, Tassen und dem Wasserkocher. Er warf einen Blick in seinen kleinen Kühlschrank.

»Jetzt fehlen die Hagedorns mit ihrem Sortiment«, brummte er. Sein Blick fiel durch das kleine Küchenfenster auf das Nachbargrundstück. Dort hatte sich seit der Brandkatastrophe kaum etwas verändert. Das ausgebrannte Steinhaus präsentierte sich mit seinen leeren Fensteröffnungen, mit den verkohlten Holzbalken des nach innen eingestürzten

Dachstuhls und den versengten Obstbäumen wie ein Mahnmal, das an die Vergänglichkeit des irdischen Lebens erinnert.

Norbert Hagedorns Bruder war einziger Angehöriger und hatte auf das Erbe verzichtet. So blieb es die Aufgabe von Fritz Sengstake, sich als Bruder von Elvira Hagedorn und zugleich erster Vorsitzender mit dem Vereinsvorstand um die Abwicklung zu kümmern. Obwohl Leonore Kreutzfeldt dank ihres beruflichen Hintergrundes wertvolle Unterstützung für die Auseinandersetzung mit Gerichtsbeamten und Finanzämtern geleistet hatte, war es Fritz nicht gelungen, dieses Thema abzuschließen. Nun würde er dazu möglicherweise nie mehr in der Lage sein.

Andreas Klapphorn betrachtete die unerfreuliche Optik des benachbarten Grundstücks als Gesamtkunstwerk, das einem Hieronymus Bosch alle Ehre gemacht hätte, und sagte einmal leise »Scheiße«.

Franziska beschloss, zum Landheim zu fahren und Rudi Klingebiels neue Qualitäten als Nahversorger einer ernsthaften Prüfung zu unterziehen. »Ich fahr mal eben zu Rudi und guck, was er so im Angebot hat«, verkündete die Stadtplanerin und sprang auf ihr Fahrrad.

Eine Viertelstunde später war sie wieder da. »Ich hab vier Brötchen, ein bisschen Käse, etwas Mettwurst und einen kleinen Topf Erdbeermarmelade ergattert. Die Marmelade muss als Erstes verzehrt werden – sie verliert Ende der Woche ihre Mindesthaltbarkeit.«

»Dann geht es der Marmelade wie mir – zumindest gefühlt«, erklärte Andreas ungewöhnlich aufgeräumt. Er hatte inzwischen die Getränke in Form von zwei Latte macchiato produziert, die er jetzt mit einem »Voilà!« auf dem kleinen Wohnzimmertischchen servierte.

»Muss das nicht ›pronto‹ heißen?«

»Oh, bitte, keine sprachlichen Spitzfindigkeiten«, wehrte Andreas ab. »Aber du hast natürlich Recht: Latte macchiato kommt nicht aus Frankreich, sondern aus Bella Italia.«

Franziska kuschelte sich an ihn und schnitt ein Brötchen auf. Ihr Blick fiel auf eine Gitarre, die an der Wand lehnte. »Spielst du?«, fragte sie und beantwortete ihre Frage gleich selbst: »Natürlich spielst du. Schließlich bist du Musiklehrer und die Gitarre steht dort bestimmt nicht als Deko.«

»Stimmt«, bestätigte Andreas, »und manchmal erfinde ich neue Texte zu bekannten Stücken.« Er biss herzhaft in ein Käsebrötchen.

»Kann ich mal eines hören?«, fragte Franziska.

Er holte sich das Instrument, kaute fertig, schluckte runter und schlug ein paar Akkorde an.

»Kennst du Simon and Garfunkel? Und das Stück *›The Boxer‹*?«

»Doch, natürlich.«

»Prima – dann hör dir mal meine Variante an.«

Er schlug noch ein, zwei Akkorde und begann:

> *»Ich bin nur ein kleiner Lehrer, dem nicht mal der Rektor traut bin arm wie ’n Straßenkehrer. Wenn ich Schüler sehe, krieg ich schon ’ne Gänsehaut. Ich trag mich ein in den Grippeplan, der hier bei uns kursiert, weil nicht nur mein Körper, sondern auch die Seele friert.*
>
> *Was hat mich denn bloß geritten, als ich wollte zur PH. Asterix war grad bei den Briten und Marx und Woodstock gefielen mir ganz wunderbar. Frag mich nicht, wo die Ideale heut geblieben sind, die Antwort kennt nur ganz allein der Wind.*
>
> *Ich fühl mich längst wie neunundvierzig und hab schon schneeweißes Haar, nur mein Atem riecht noch würzig, wenn ich abends wieder mal bei meinem Griechen war. Auch wenn’s kaum hilft, hab’ ich meinen Frust mit Ouzo oft besiegt, auch wenn man davon einen dicken Schädel kriegt ...«*

Franziska amüsierte sich königlich und klatschte Beifall.

»Das ist ja Klasse! Du musst mir nächstens noch mehr vorspielen«, lachte sie. »Schade, dass wir heute Großkampftag haben. Aber morgen können wir uns einen gemütlichen Sonntag machen – wenn du magst«, fügte sie hinzu und schaute ihn fragend an.

Er nahm sie in den Arm. »Wenn du mich wirklich aushältst, herzlich gern.« Der einsame Wolf in ihm schien den Rückzug angetreten zu haben.

»Na, da bin ich froh. Ich muss jetzt noch fürs Wochenende einkaufen, meine Wohnung einmal durchsaugen, dann kommt Leonore mit ihrer Rede. Aber ich denke, bis 15 Uhr müsste ich im Landheim sein können, um den Herrn Kriminalrat und sein Ermittlerteam zu begrüßen. Und natürlich Leonores Rede zu hören«, resümierte Franziska ihr Programm für die nächsten Stunden.

»Ich hab auch noch einiges zu ruckeln«, meinte Andreas. »Sehen wir uns also gegen 15 Uhr im Landheim?«

»So soll es sein«, bestätigte Franziska, räumte mit seiner Hilfe den Tisch ab, spendierte ihm einen Kuss, der beinahe noch zu einem längeren Verweilen geführt hätte, und verschwand dann mit ihrem Fahrrad im Wegelabyrinth des Kleingartenvereins.

Kapitel 31

Leonore feilte derweil an ihrer Rede. Mittags wollte sie bei Franziska vorbeischauen, um mit ihr das Redemanuskript durchzugehen. Morgen wäre dann wieder Zeit für einen Besuch bei Fritz. Gestern hatten ihr die Ärzte offen gesagt, dass es für eine Rückkehr aus dem Koma keine Aussicht gebe. Im Gegenteil – es sei nicht auszuschließen, dass man in den nächsten Tagen mit dem Schlimmsten rechnen müsse.

Leonore hatte diese Nachricht zunächst mit Fassung aufgenommen, aber am Abend doch ein schweres seelisches Tief gehabt, das sie an Rudis Theke gründlich aufgearbeitet hatte. Ohne Fritz würde sie ihr Leben neu ordnen müssen – er war als Lebensgefährte und Vaterfigur ein doppelter Verlust. Die Vorstandsarbeit wollte sie zum Ende des Jahres in andere Hände legen. Vielleicht würde sie Franziska und Andreas gewinnen können, ihre Nachfolge anzutreten, dachte sie insgeheim.

Sie strich ein paar Worte aus ihrem Redeentwurf, fügte dafür ein paar neue Sätze ein und entschloss sich, den letzten Absatz komplett zu überarbeiten. Ein Blick auf die Uhr: In einer halben Stunde würde es zwölf Uhr sein. Dann wäre es Zeit, bei Franziska einzutreffen.

Sie hackte intensiv auf die Tastatur ihres Laptops.

Kapitel 32

Rudi Klingebiel war in bester Stimmung. Nach den vielen Verwerfungen der letzten Monate hatten sich seine Lebensumstände zum Positiven gewendet. Seine Schussverletzung war verheilt und hatte ebenso wie der Treppensturz keine bleibenden Schäden hinterlassen. Simone saß im Gefängnis und würde nach dem augenblicklichen Stand des Gerichtsverfahrens noch lange Zeit dort zubringen. Die Staatsanwaltschaft hatte Anklage wegen versuchen Mordes erhoben, die Verteidigung tat sich schwer, eine wirksame Strategie aufzubauen. Der Versuch, den Vorwurf auf Körperverletzung zu reduzieren, erschien so gut wie aussichtslos, denn Simone hatte sich in ihrer grenzenlosen Unbedarftheit bereits mehrfach um »Kopf und Kragen« geredet. Der Vorsitzende Richter hatte für die nächste Woche die Schlussplädoyers angesetzt. Eine weitere Woche später würde dann die Urteilsverkündung folgen.

Zufrieden sah Rudi einem Tag mit großen Einnahmemöglichkeiten entgegen. Die Tatsache, dass Tatjana, seine Tochter aus erster Ehe, ihre Unterstützung zugesagt hatte, hob seine Stimmung zusätzlich. Nach dem Tod seiner ersten Ehefrau hatte Tatjana ihrem Vater die Heirat mit Simone von Lausitz, die nur wenig älter war als sie selbst, übel genommen. Lange Zeit hatte Funkstille zwischen den beiden geherrscht. Die jüngste Entwicklung hatte für Tauwetter gesorgt und Tatjana nutzte ihre Semesterferien, um das Verhältnis zu ihrem Vater wieder auf eine belastbare, tragfähige Basis zu stellen. Den Auftakt hatte eine intensive Aussprache gebildet, in deren Verlauf Rudi einräumte, dass er mit Simone einen schweren Fehlgriff getan habe und seine Tochter offenbar über eine bessere Menschenkenntnis verfüge als er.

Die neu entstandene Nähe von Vater und Tochter würde am heutigen Tag einer Bewährungsprobe ausgesetzt werden, die nach Rudis Einschätzung gelingen könnte.

Kapitel 33

Kriminalrat Strelitz hatte Konstanze Kannengießer und Olaf Knispel in sein Dienstzimmer gebeten. Er hatte seine Nikotin-Abstinenz tatsächlich durchgehalten, so dass sich der Geruch von frischem Kaffee konkurrenzlos entfalten konnte. Die Kaffeemaschine Rudolf hatte wieder ihr Bestes getan und mit einem finalen Röcheln verkündet, dass sie ihre Aufgabe für heute erledigt hatte.

Strelitz schwor sein Team auf den heutigen Einsatz ein. »Wir haben heute vielleicht noch einmal die Chance, hinter die Kulissen dieses Vereins zu schauen und den Unrat zu entdecken, der verantwortlich ist für das, was im Kleingartenverein ›Erntedank‹ passiert ist. Wir treffen um 15 Uhr im Landheim ein und teilen uns auf. Olaf, Sie orientieren sich in Richtung Kinder- und Familienprogramm, und Konstanze behält die uns bekannten Akteure im Blick. Ich werde mich unserem einzigen Tatverdächtigen, Herrn Klingebiel, widmen und mich daher im Landheim aufhalten. Auf jeden Fall möchte ich die Chance nutzen, das Vereinsleben noch einmal intensiv zu studieren. Vielleicht entdecken wir heute Zusammenhänge, die uns bislang verborgen geblieben sind.

Wenn wir die ›Erntedank-Fälle‹ lösen wollen, müssen wir heute auf irgendeine Weise ein Stück schlauer werden. Wenn uns das nicht gelingt – da bin ich ganz ehrlich –, werden wir diesen Aktendeckel möglicherweise schließen müssen.«

Die Einschätzung von Kriminalrat Karl-Eberhard Strelitz traf mit hoher Wahrscheinlichkeit zu: Mit dem heutigen Tag würde die Gartensaison allmählich ausklingen, und der Verein würde die Herbst-Winter-Saison beginnen. Damit reduzierte sich die Wahrscheinlichkeit eines Ermittlungserfolges auf ein Minimum, denn selbst Strelitz glaubte nicht, dass es noch gelingen konnte, Rudi Klingebiel ein Geständnis abzuringen.

Kapitel 34

Nach Franziskas Aufbruch musste Andreas nicht nur Ordnung in seine vier Wände, sondern auch in seine Gedanken- und Gefühlswelt bringen. Nun war also das passiert, was er für sich ausgeschlossen hatte und für immer ausschließen wollte. Er hatte mit einer Frau geschlafen und musste einräumen, dass es sich gut angefühlt hatte. Aber war das klug gewesen? Oder war es klug, danach zu fragen, ob es klug gewesen war? Musste man tatsächlich alles einer rationalen Betrachtung unterziehen, gerade bei einem absolut irrationalen Thema? Oder musste man die Dinge manchmal einfach geschehen lassen?

Für ihn als kopfgesteuerter Mensch kam die Beantwortung dieser Fragen einer Quadratur des Kreises gleich und er ging so weit, sich zu fragen, ob seine Ehe möglicherweise auch zerbrochen war, weil er das Denken zu oft vor das Fühlen gestellt hatte.

Die Worte, die Franziska während des Picknicks an ihn gerichtet hatte, klangen in ihm nach. »Du wartest darauf, dass dein Leben vorbeigehen möge, dabei hast du nur dies eine!«, hörte er Franziskas Stimme. In Andreas hatten sich sämtliche Türen geöffnet, die er drei Jahre lang sorgsam verschlossen gehalten hatte. Seine Gefühlsschublade war nun weit geöffnet.

Verdammt! Sie hatte Recht. Und er würde diese kleine Flamme, die sich zwischen ihnen entzündet hatte, nicht austreten.

Kapitel 35

Franziska hatte die Einkäufe erledigt und war auf ihre Parzelle zurückgekehrt. Die Säuberung ihrer Wohnung hatte sie vertagt – schließlich war Lampionfest und das wollte sie intensiv miterleben. In vielen Gärten wurden bereits Laternen aufgehängt, Ess- und Trinkbares herangeschafft und erste Biere verkostet. Franziska erkannte, dass zwar manche Gartenfreunde ins Landheim gehen würden, aber die überwältigende Mehrheit hatte das Fest mit Familie und Freunden auf eigener Scholle organisiert.

Rasenmäher, Kantenschneider und Heckenschere besorgten in den Händen der Gartenfreunde auf vielen Parzellen den letzten Schliff. Geschäftiges Summen und Brummen erfüllte das gesamte Gebiet.

Der Funke des munteren Treibens sprang auf Franziska über. Sie wischte mit einem feuchten Lappen die Möbel ab und putzte die Fenster. Schließlich griff sie den Staubsauger und reinigte den Wohn- und Küchenbereich ihrer 20-Quadratmeter-Laube.

An der Seite des alten Küchenschrankes, der noch von Kuddl Stratmann stammte, versuchte sie, einen Schnipsel aufzusaugen. Dieses Vorhaben misslang. Sie bückte sich, um den Schnipsel von Hand zu entfernen. Nun merkte sie, dass dieser Schnipsel irgendetwas Komplexeres war, das zu einem großen Teil unter dem Schrank lag – nur eine kleine Ecke schien hervorzugucken.

Der Küchenschrank war ein solide gearbeitetes Möbel in zweiteiliger Ausfertigung. Der untere Teil bestand aus einem Sideboard, auf dem ein Aufsatz ruhte. Franziska versuchte, den Küchenschrank zu verschieben. Dabei musste sie aufpassen, dass sie nicht das Oberteil alleine verschob – das hätte zu einem Absturz vom Unterteil mit ungewissem

Ausgang geführt. So stemmte sie sich gegen beide Teile und konnte mit viel Kraftaufwand Bewegung in das Möbelstück bringen. Eine letzte Anstrengung und das Objekt ihrer Neugierde lag frei. Sie bückte sich und hob es auf.

Es war ein kleines eingeschweißtes Kärtchen, ein Mitgliedsausweis der Bremer Stadtbibliothek. Er gehörte Andreas Klapphorn. Franziska musste sich hinsetzen. Sie betrachtete das Kärtchen und hatte das Gefühl, dass dieser Fund nicht gut war. Sie drehte den Mitgliedsausweis zwischen ihren Fingern. Andreas war zwar einige wenige Male in ihrem Garten gewesen, aber nie in der Gartenlaube. Das wusste sie genau.

Und dann fügten sich eine Reihe von Momentaufnahmen in ihrem Kopf zusammen: Ihre Gartenlaube, zweimal von Unbekannten durchsucht. Andreas, der aus dem Nebel auftaucht, als sie die Leiche von Kurt Stratmann findet. Andreas, der ihr bei der Brandattacke auf die neben ihm wohnenden Hagedorns entgegenkommt. Andreas, der Fritz Sengstake findet. Andreas, der Verschlossene, der introvertierte Einzelgänger mit der tragischen Familiengeschichte, die er selbst verbreitete. Andreas, der vielleicht mehr Geheimnisse verbirgt, als er preisgibt. Andreas, der schließlich auf einer Radfahrt die Auffassung vertritt, dass in jedem Menschen ein Mörder stecke und sich selbst dabei ausdrücklich einbezieht.

Dann wieder die Bilder der letzten Nacht. Fürsorglich, liebevoll. Hatte sie mit einem Mann geschlafen, der zwei Gesichter besaß? Dr. Jekyll und Mr. Hyde?

Jetzt kam Bewegung in Franziska. Der Ausweis konnte nicht alles gewesen sein, was Andreas gesucht hatte – wenn er denn der Eindringling gewesen war. Sie begann, fieberhaft ihr Häuschen zu durchsuchen. Das hatte sie zwar schon früher getan, aber das waren vergleichsweise oberflächliche Bemühungen gewesen. Sie schob jetzt alle Möbelstücke von ihrem Platz, räumte sie aus und wieder ein. Schubladen wurden herausgezogen und von oben nach unten gekehrt.

Nichts. Sie klopfte Möbel und Wände nach Hohlräumen ab – ohne Ergebnis.

Schwer atmend setzte sie sich wieder auf einen Stuhl. Das bringt nichts, dachte sie, das ist nur operative Hektik. Geh mit Verstand an die Suche. Denk nach. Was hat Andreas – oder wer auch immer – gesucht? Und was hat Kurt einst versteckt? Und wo?

Sie ließ ihren Blick durch das Häuschen wandern. Keine Idee. Denk das Unwahrscheinliche, spornte sie sich an. Ihr Blick wanderte zu der kleinen Spüle und dem Unterschrank. Dort konnte nichts sein. Der Unterschrank hatte einen übersichtlichen Auszug und zwei Schiebetüren. Dahinter hatte sie allerlei Putzmittel sowie eine Schale zum Abwasch verstaut. Sie räumte alles heraus. Nichts.

Sie setzte sich wieder auf den Stuhl. Der Blick ging noch einmal durch alle Räume und blieb erneut in der Kochnische hängen. Die Wand über der Spüle war mit einem Stück PVC verkleidet, das man in Baumärkten unter der Bezeichnung »Fliesenoptik« als Meterware bekommen kann. Es war mit einer rundum laufenden Metallleiste eingefasst, die mit der hölzernen Hauswand verschraubt war. Die Spüle, das Fliesen-PVC und die Metallleisten sahen alt aus. Die Köpfe der Schrauben hingegen blinkten in der Mittagssonne. Sie waren offensichtlich neu.

Sie holte einen Schraubenzieher aus dem Schuppen und löste damit behutsam die Kunststoffverkleidung. Auf diese Weise förderte sie eine Plastikhülle zu Tage, in der mehrere amtlich aussehende Dokumente steckten. Zunächst fand sich ein Schreiben der Dienststelle des Bausenators. Es war adressiert an den Vorstand des Kleingartenvereins »Erntedank e. V.« zu Händen von Herrn Sengstake und Frau Kreutzfeldt. Franziska spürte, dass sich ihr Puls auf die Überholspur begab. Sie hatte zweifellos das Material entdeckt, mit dem Kuddl Stratmann Köpfe rollen lassen wollte. Noch bevor ihm dies gelungen war, hatte es ihn den eigenen Kopf gekostet.

Doch noch hatte sie die Zusammenhänge dessen, was sie in Händen hielt, nicht durchschaut.

Das Schreiben der senatorischen Dienststelle verfügte über ein nur mühsam zu verstehendes Amtsdeutsch, das ihr aus dem eigenen Tätigkeitsfeld hinlänglich bekannt war.

Im Rahmen der so genannten »Innenverdichtung«, die der Bausenator betreibe, hieß es in dem Brief, gebe es einen Prüfauftrag der Deputation für Bau und Raumordnung. Ziel sei es, am Brombeerweg und Stachelbeerweg das Eigenlandgebiet innerhalb des Kleingartenvereins »Erntedank e. V.« zu einem Bauerwartungsland zu entwickeln. Perspektivisch sei unter dem Stichwort »Autofreies Leben« geplant, einen oder mehrere Bauträger zu bestimmen, um hier bevorzugte Wohnlagen mit ökologischem Anspruch zu schaffen. Die dafür notwendige Änderung des Planrechts sei in Vorbereitung.

Diese Tatsache – so der Appell der Dienststelle an den Kleingarten-Vereinsvorstand – möge man bis auf Weiteres unbedingt vertraulich behandeln, um das Einsetzen von Spekulationskäufen zu vermeiden. Gleichwohl wolle man den Verein frühzeitig in die Planungen, die innerhalb der nächsten drei Jahre konkret werden sollten, einbinden und ihn an den weiteren Verfahrensschritten beteiligen.

Aha, dachte Franziska und überlegte. Die menschliche Psyche ist bekanntermaßen so gestrickt, dass man Vertrauliches besonders gern weiterverbreitet. Die Genugtuung, für einen Moment als Geheimnisträger im Mittelpunkt des Interesses zu stehen, scheint dabei die entscheidende Triebfeder zu sein. Aber Fritz und Leonore hatten als Geheimnisträger offenbar funktioniert. Das Thema war in dem knappen Jahr, in dem Franziska auf Kleingärtnerpfaden wandelte, nirgends angesprochen worden. Trotzdem musste Kuddl Stratmann von den Planungen der Stadt Kenntnis erlangt haben. Aber noch konnte Franziska nicht erkennen, worin das Verwerfliche zu sehen war, mit dem Kuddl die Jahreshauptversammlung hatte sprengen wollen.

Sie zog die übrigen Dokumente aus der Plastikfolie und schaute verblüfft auf fünf Kaufverträge über Grundstücke im Brombeerweg und Stachelbeerweg.

»Oha«, murmelte sie, »jetzt wird es spannend.«

Selten hatte sie eine treffendere Einschätzung abgegeben, denn im nächsten Moment erhielt sie einen Schlag ins Genick und ihr wurde schwarz vor Augen.

Kapitel 36

Kriminalrat Strelitz spazierte mit seinem kleinen Team entspannt durch die Parzellenwege des Kleingartenvereins. Konstanze Kannengießer war beeindruckt von dem regen Treiben, das auf vielen Parzellen festzustellen war. Nur der Brombeerweg und der Stachelbeerweg zeigten sich unbeteiligt. In den übrigen Wegen herrschte Volksfeststimmung. Lichterketten wurden gespannt, Lampions wurden aufgehängt, ein Spielmannszug marschierte durch das Gelände und sorge für gute Stimmung. Die Wetterprognose war nach dem reinigenden Gewitter des gestrigen Abends günstig, und viele Kleingärtner brachten ihren Grill in Position, um sich und ihre Gäste mit Frikadellen und Steaks zu verwöhnen. Die überwiegende Zahl der Gäste war fußläufig oder mit dem Fahrrad erschienen, denn allen Beteiligten war klar, dass reichlicher Alkoholgenuss auf der Tagesordnung stand.

Strelitz hatte sich ein Programm besorgt, wobei dieser Terminus möglicherweise etwas zu hoch gesteckt war. Der interessierte Gast konnte einem hellblauen DIN-A4-Zettel entnehmen, dass das Familienprogramm mit Hüpfburg, Torwandschießen, Streichelzoo, Schießbude und Kinderkarussell auf der Freifläche hinter dem Landheim stattfinden würde. Für den musikalischen Rahmen zeichnete der Spielmannszug des Sportvereins Germania Findorff verantwortlich. Dieser würde abends auch den Lampionumzug der Kinder begleiten.

Wie verabredet, schwärmten Olaf Knispel und Konstanze Kannengießer aus, während sich Karl-Eberhard Strelitz in das Landheim begab. Dort traf er auf Rudi Klingebiel, der bestens gelaunt schien. Als er den Kriminalrat erblickte, schien es für einen Moment, als würde sich seine Stimmungslage eintrüben. Doch Rudis Frohnatur siegte. In Erwartung eines Rekordumsatzes, zudem mit seiner Tochter an der Seite, konnte ihn am heutigen Tag, wie er Strelitz versicherte, nichts mehr imprägnieren.

Imprägnieren?, dachte der Kriminalrat bei sich. Aber angesichts der guten Laune des Wirtes sah er von einer Korrektur ab und bekam zur Belohnung dafür Rudis Tochter vorgestellt.

»Das ist Tatjana«, erklärte Rudi. »Tatjana, das ist Kriminalrat Strelitz. Ein sehr eifriger Mann, der gerne auch mal einen Falschen verhaftet.«

»Oh«, machte Tatjana, schaute den Kriminalbeamten aus dunklen Augen an, strich sich die langen, schwarzen Haare aus dem Gesicht und lachte. »Lassen Sie mich erst meine Arbeit erledigen, bevor sie mich mitnehmen«, bat sie, »mein Vater käme sonst mit dem Besucheransturm nicht klar.«

»Sie sind nachher zum Spanferkelessen eingeladen«, verkündete Rudi in der Hoffnung, mit der Polizei Frieden schließen zu können. »Ihre Mitarbeiter natürlich auch!«

»Wir kommen darauf zurück«, versprach Strelitz leicht indigniert und bestellte einen Kaffee.

»Sie können auch einen Capuccino haben oder einen Latte ›maschiato‹.« Man merkte, dass Rudis Sortimentserweiterung noch neueren Datums war.

»Mann, Papa, das heißt Latte macciato«, erklärte Tatjana.

»Prima, den nehme ich«, schaltete sich Strelitz wieder ein. Dann suchte er an der Theke das Gespräch. Neben ihm standen Hermann Schilling und Nachbar Markgraf, friedlich vereint, und verfeinerten ihren Kaffee gerade mit einem Cognac. Zwei Plätze weiter hatte Andreas Klapphorn einen Barhocker belegt und zeigte bereits wieder diesen unbestimmten Blick in die Weite. Zwischendurch inspizierte er in immer kürzer werdenden Abständen seine Armbanduhr.

»Na, vermissen Sie jemanden?«, fragte Strelitz ihn mit einer Mischung aus Neugier und väterlichem Verständnis.

»Ja, Franziska, ich meine, Frau Morgenstern fehlt. Dabei wollte sie längst hier sein.«

»Frauen«, lächelte Strelitz, »sind nun mal gerne unpünktlich. Sie wollen durch ihr verspätetes Erscheinen die Aufmerksamkeit auf sich ziehen – manche denken, die Welt sei eine Bühne, die auf ihren Auftritt wartet.«

»Von solchen Klischees halte ich nicht viel«, brummte Andreas. »Ich hatte zum Beispiel mehrere Jahre einen unpünktlichen Rektor an unserer Schule. Nicht gerade ein spitzenmäßiges Vorbild, dieser Vorzeige-Pädagoge.«

»War auch nicht ernst gemeint«, wiegelte Strelitz ab. »Meine Kollegin Konstanze Kannengießer ist zum Beispiel ein Musterexemplar an Pünktlichkeit.«

»Wenn ich ehrlich sein soll«, seufzte Andreas, »ich mache mir Sorgen. Das passt so gar nicht zu ihr. Sie wollte um 15 Uhr hier sein, um Leonores Rede zu hören.«

»Vor allem wollte sie vorher noch einen Blick auf das Manuskript werfen«, beschwerte sich Leonore, die auf dem nächsten Barhocker hinter Andreas saß. Auf ihrer Nasenspitze saß eine Lesebrille und ihr linker Zeigefinger glitt durch die Zeilen ihrer Textvorlage.

»So«, meinte sie schließlich, »jetzt ist es halb vier Uhr, länger warte ich nicht mehr.«

Sie ließ sich von Rudi ein Mikrofon über die Theke reichen. Es rumpelte und quietschte für einen Moment. Dann hatte Tatjana, die auch Qualitäten als Tontechnikerin besaß, die Technik im Griff.

Leonore legte das Manuskript beiseite und hielt ihre kleine Ansprache ohne Vorlage. Sie begrüßte die Anwesenden, brachte ihr Bedauern zum Ausdruck, dass Fritz Sengstake heute nicht dabei sein könne, ging kurz auf die einzelnen Programmpunkte ein, wünschte allen Beteiligten ein friedliches, sonniges Lampionfest und verkündete das Ende der Versammlung. Dies alles trug Leonore routiniert vor, doch wer sie kannte, hörte ihre gedankliche Abwesenheit heraus.

Sie hatte für die Dauer der Rede den internen Autopiloten angestellt und war geistig eindeutig an einem anderen Ort. Sie bekam den ungeteilten Beifall der komplett besetzten Gaststube.

»Das war doch prima«, lobte Rudi Klingebiel die zweite Vorsitzende.

Die reichte ihm das Mikro zurück. »Es hat ohnehin kaum jemand richtig zugehört. Ich hätte wohl auch ein Kochrezept vorlesen können«, winkte sie ab. »Jetzt muss ich beim Familienfest nach dem Rechten sehen«, verkündete sie geschäftig und offensichtlich erleichtert, dass sie die Ansprache hinter sich gebracht hatte. »Hoffentlich lässt nicht wieder jemand die Luft aus der Hüpfburg, wie im letzten Jahr!« Damit eilte sie aus dem Landheim.

»Wenn du Franziska siehst, sag ihr doch bitte, dass sie hierher kommen möchte«, rief Andreas ihr hinterher.

»Mach ich«, antwortete Leonore. Sie schien den Trubel, der sie zumindest vorübergehend von Fritz ablenkte, zu genießen und ging hinaus.

Andreas schaute auf seine Uhr. Es schien ihm angebracht, dem Kriminalrat seine Besorgnis über die Abwesenheit von Franziska noch einmal deutlich zu machen.

Kapitel 37

Franziskas Lebensgeister kehrten langsam zurück. Das erste, was sie spürte, war ein Schmerz im Genick. Als Nächstes stellte sie fest, dass es ihr nicht möglich war, die schmerzende Stelle abzutasten. Sie blinzelte und versuchte, ihre Sinne zu ordnen, um einen einigermaßen zuverlässigen Eindruck über ihre aktuelle Lage zu bekommen. Und die war nicht gerade komfortabel. Sie saß auf dem Fußboden eines ihr völlig unbekannten Raumes und lehnte mit dem Rücken an einem soliden Holzpfosten.

Ihre Hände waren hinter dem Pfosten zusammengebunden. Auch die Füße waren sorgfältig verschnürt. Wer auch immer sich entschlossen hatte, mit ihr Cowboy und Indianer zu spielen, hatte ganze Arbeit geleistet. Franziska hatte nicht den Eindruck, dass sie sich aus eigener Kraft würde befreien können. Mühsam versuchte sie, sich in ihre Situation hineinzudenken. Sie war Stadtplanerin, sie hatte vor einiger Zeit Gründe gehabt, in ihrem Leben eine neue Weichenstellung vorzunehmen. Auf diese Weise hatte sie die Welt des Kleingartenwesens entdeckt, die aber offenbar eine dunkle Seite hatte – zumindest im Kleingartenverein »Erntedank«. Und nun war sie irgendjemandem zu nahe gekommen.

Sie schaute sich um. Sie befand sich eindeutig in einem Keller. Regale an den Wänden, Leergut, Werkzeug, Sackkarre – die komplette Grundausstattung. Fehlten nur noch die Kartoffelkiste und zwanzig Gläser Eingemachtes, dachte Franziska grimmig. In ihr sammelten sich Wut und Angst zu gleichen Teilen. Zum einen fand sie es empörend, niedergeschlagen und in einem ihr fremden Raum festgebunden zu werden. Andererseits – wie sollte die Geschichte weitergehen? Wer immer sie verschleppt hatte, konnte sie hier nicht auf Dauer sitzen lassen. Oder doch? Andernfalls würde etwas mit ihr geschehen müssen und sie wusste nicht, ob sie das gut fände. Wie spät es wohl inzwischen sein mag, überlegte sie.

Auf einer Kiste in der nächsten Ecke – für sie nicht erreichbar – brannte immerhin eine Kerze und sorgte dafür, dass sie nicht völlig im Dunkeln saß.

Es stellten sich ihr drei Fragen.

Erstens: Wo bin ich hier?

Zweitens: Wie bin ich hierher gekommen?

Drittens: Wer hat mich hierher gebracht? Nach einer kurzen Denkpause ergänzte sie für sich:

Und viertens, wer holt mich hier wieder raus?

Sie blickte sich um. In den einschlägigen Filmen lag immer eine Scherbe oder irgendein Messer herum. Wo blieb der Held, der sie noch rechtzeitig befreite? Aber dies war leider keine Filmhandlung.

Was ist passiert, überlegte sie, bevor jemand in meinem Oberstübchen das Licht ausgeschaltet hat? Franziska erinnerte sich an die Dokumente, die sie hinter der Wandverkleidung in ihrer kleinen Kochnische gefunden hatte. Das Schreiben der Dienststelle des Bausenators. Die Grundstücksverträge. Was für Grundstücksverträge? Natürlich, über Eigenlandflächen im Brombeerweg und Stachelbeerweg! Flächen, deren Wert durch die Decke gehen würde, wenn der Senat bei seiner Absicht bliebe, hier Wohnbau in gehobener Qualität anzusiedeln.

Mit Sorge schaute Franziska auf die schon ziemlich weit heruntergebrannte Kerze. Der Gedanke, hier im Dunkeln zu sitzen, gefiel ihr überhaupt nicht. Dass es wohl nichts nützen würde, nach Hilfe zu rufen, war ihr auf Grund der Beschaffenheit des Kellerraums klar. Dennoch musste sie irgendetwas tun Sie versuchte nochmals vergeblich, die Hände freizubekommen, und rief dann laut um Hilfe.

Nahezu zeitgleich ging die Kellertür auf.

»Gott sei Dank! Da kommt Unterstützung«, freute sich Franziska mit einem Blick auf die eintretende Person.

»Da wäre ich mir nicht so sicher«, antwortete Leonore Kreutzfeldt.

Kapitel 38

Franziskas Gesichtsausdruck wechselte von Freude über Ratlosigkeit zu plötzlich eintretendem Entsetzen. Fassungslos beobachtete sie Leonore, die sich ein kleines Fässchen herüberzog und sich vor Franziska niederließ.

»Binde mich los, bitte!«, bat Franziska mit leiser Stimme. »Und dann erzähl mir, was passiert ist.«

Leonore seufzte tief. »Ich habe dich nicht an den Pfosten gebunden, damit ich dich jetzt laufen lasse.«

»Und was hast du mit mir vor?«, erkundigte sich Franziska mit banger Stimme. Ihre Welt bestand aus Planungsrecht, Stadtbild-Ästhetik und Kreativität. Da war für Überlegungen, wie man aus unerwarteter Bedrängnis entkommen kann, kein Platz. »Komm, mach mich los. Dann überlegen wir gemeinsam, was zu tun ist«, bot Franziska an. »So kannst du mich hier nicht sitzen lassen!«

»Und warum nicht?«, erkundigte sich Leonore interessiert.

»Weil das Freiheitsberaubung ist«, schnappte Franziska.

»Warum musstest du dich mit deiner detektivischen Spürnase auch in solch heikle Geschichten stecken? Jetzt habe ich dich hier zwar eingesperrt, weiß aber nicht mehr weiter.«

Franziska hatte irgendwo gelesen, dass man in einer solchen Lage das Gespräch im Gang halten sollte. »Erzähle einfach, was passiert ist, und dann suchen wir gemeinsam nach Lösungen«, wiederholte sie sich.

Leonore lachte kurz – es klang verbittert. »Das meiste kannst du dir sicher selbst zusammenreimen, oder?«

»Erzähl einfach«, ermunterte Franziska ihre Freundin, die gerade im Begriff stand, diesen Status zu verspielen.

»Na gut.« Leonore zuckte mit den Achseln. »Also: Du hast den Brief der Dienststelle des Bausenators gelesen.

Darin werden neue Perspektiven für Teile unseres Vereinsgebietes angekündigt. Das Ganze soll nach Vorstellung der Baubehörde vertraulich behandelt werden, damit es keine Bodenpreis-Spekulationen gibt. Gleichzeitig gibt es einen Zeithorizont, der uns genügend Raum lässt, mit diesem Thema gewinnbringend umzugehen. Fritz und ich haben zwei Tage darüber nachgedacht. Und dann sind wir zu der Überzeugung gelangt, das eine solche Chance nicht wiederkommt.«

»Ihr habt beschlossen, selber Grundstücke anzukaufen?«, warf Franziska ein.

»Ja. Wir wickeln das Ganze über das Notariat ab, bei dem ich beschäftigt bin. So behalten wir die ganze Vertragsabwicklung im Auge.«

»Aber irgendwann fällt doch auf, dass es einen größeren Flächenerwerb gegeben hat, der mit eurem Namen zusammenhängt. Spätestens dann, wenn die Stadt die Grundstücke ankaufen will!«

»Nein«, entgegnete Leonore fast vergnügt. »Die Stadt will das Planungsrecht ändern. Die Grundstücksankäufe werden dann von Bauträgern getätigt, die dieses Wohnprojekt realisieren wollen. Außerdem haben wir einen Strohmann aufgebaut, der an unserer Stelle als Erwerber auftritt.«

»Und das war die Rolle von Kuddl Stratmann!«, warf Franziska ein.

»Nicht doch, der wäre dafür kaum geeignet gewesen«, schüttelte Leonore den Kopf. »Fritz hat Norbert Hagedorn mit in die Sache gezogen. Norbert war ja sein Schwager.«

»Ach du meine Güte.« Franziska überlegte. »Aber Kuddl Stratmann muss doch irgendwie Wind von der Geschichte bekommen haben, oder?«

»Hat er«, bestätigte Leonore, »und zwar auf eine ganz unglückliche Art und Weise. Wir haben doch die monatliche Sprechstunde des Vorstandes. Da kann jedes Vereinsmitglied zu uns kommen und Sorgen, Anregungen und Beschwerden vortragen. Das erfolgte stets im Hinterzimmer des Landheims. Du warst einen Monat später auch da und hast dich um eine Parzelle beworben.

Also, Kuddl kam zu uns, aber es war ein denkbar ungünstiger Moment – Fritz und ich waren an diesem Nachmittag allein. Es herrschte absolute Flaute und ich musste austreten. Fritz ist in der Zeit hinter das Landheim gegangen, um dort eine Zigarette zu rauchen – er wollte das Hinterzimmer nicht unnötig verräuchern – und ist dort in einen Disput mit Simone Klingebiel geraten.

Genau in dieser Zeit ist Kuddl im Hinterzimmer aufgekreuzt – der Wirt Rudi winkte ihn einfach durch. Tja, und dann hat er ein bisschen auf dem Schreibtisch gestöbert, den wir da als Vorstand stehen haben. Dabei ist ihm der Vorgang in die Hände gefallen. Fritz hatte ihn dort idiotischerweise bereitgelegt, weil er im Anschluss an die Sprechstunde mit Norbert Hagedorn und mir über die nächsten Flächenankäufe reden wollte. Nun, wir haben neben dem Schreibtisch auch einen kleinen Kopierer, und Kuddl hat das Schreiben des Bausenators und die fünf Verträge vervielfältigt. Das alles haben wir aber erst später begriffen, als er anfing, sein Auftreten auf der Jahreshauptversammlung anzudrohen. Uns war klar, dass er Bescheid wusste und darüber berichten wollte.«

»Hat er versucht, euch zu erpressen?«, erkundigte sich Franziska.

»Nein. Wir sind von uns aus auf ihn zugegangen und haben ihm angeboten, mit einzusteigen. Er hatte sich Bedenkzeit erbeten. Gleichzeitig hat er fortwährend für alle hörbar gedroht, dass er was zu erzählen habe. Doppelstrategie, verstehst du? Um den Schweigepreis hochzutreiben. Daraufhin haben wir uns einen simplen Plan zurechtgelegt: Wir wussten, dass Kuddl ein erhebliches Alkoholproblem hatte. In den Vorjahren hatte er an den Jahreshauptversammlungen nicht teilnehmen können, weil er sich im Landheim schon tagsüber reell zugeschüttet hatte. Das musste auch in diesem Jahr klappen.

Aber kurz vor der Sitzung sind wir handelseinig geworden: Kuddl sollte 1.000 Euro bekommen und dann Ruhe geben. Sein Rauswurf war inszeniert und zwischen uns abgesprochen, damit es einen plausiblen Grund gab, dass ›sein‹ Tagesordnungspunkt nicht mehr stattfinden konnte.«

Franziska schluckte. »Und warum musste Kuddl trotzdem sterben?«

Leonore schwieg.

Franziska versuchte erneut, ihre Hände freizubekommen, aber Leonore hatte ganze Arbeit geleistet. Also konzentrierte sie sich weiter auf das Gespräch.

»Leonore, sag doch– warum musste Kuddl sterben?«

Leonore, immer noch auf der Kiste sitzend, stützte den Kopf auf und blickte zu Boden. »Ich bin ihm in der Sitzungspause gefolgt. Wir hatten verabredet, dass er sein Geld noch an diesem Abend bekommen sollte. Dazu hatten wir uns am Bahndamm verabredet. Fritz' Aufgabe war es, eine möglichst lange Sitzungspause einzubauen. Bei dem Trubel im Landheim und drum herum würde es nicht auffallen, wenn jemand kurzzeitig fehlt.«

»Und dann hast du den Pumpenschwengel mitgenommen?«

»Ja, es war doch sehr neblig, erinnerst du dich? Ich war mit viel Geld unterwegs und wir haben hier permanent Ärger mit Jugendlichen, die auf Einbruchstour sind. Da hab ich den Schwengel gegriffen – der lag da einfach passend in dem ganzen Gerümpel, das Rudi Klingebiel neben dem Landheim liegen hat.« Leonore stockte.

»Was ist dann passiert?«, bohrte Franziska.

»Kuddl stand da in den Nebelschwaden und hat mich ausgelacht, als ich ihm das Geld geben wollte. Er lallte, dass er jetzt das Doppelte verlange, und zwar noch am gleichen Abend. Das Gespräch lief aus dem Ruder, ich habe ihn angeschrien und bin ihm wohl ein wenig zu nahe gekommen. Erst stieß er mich zurück und kam dann drohend auf mich zu – ich schlug einfach zu. Mit voller Wucht, weil ich Angst hatte und auch weil ich wütend war. Angst und Wut sind schlechte Partner.«

Im Keller herrschte Stille.

Nach einer ganzen Weile nahm Leonore den Faden wieder auf. »Damit hatte die Geschichte eine Eigendynamik bekommen, die nicht mehr zu bremsen war. Ich war über den vergleichsweise albernen Versuch einer Vorteilsnahme zur Mörderin geworden. Egal, ob ein Gericht meine Tat später nur als Totschlag oder Körperverletzung mit Todesfolge einordnen würde – ich hatte den alten Mann auf dem Gewissen. Ich hatte ihn einfach erschlagen – ich, die bislang keiner Fliege etwas zuleide getan hatte.«

Franziska musste an Andreas Ausspruch denken: »In jedem von uns steckt ein Mörder!«

Leonore berichtete weiter: » Ich hab ihn durchsucht, ob er die Kopien bei sich hatte. Das war nämlich verabredet. Hatte er aber nicht. Dann musste ich schleunigst ins Landheim zurück.«

»Stimmt«, erinnerte sich Franziska. »Du warst ziemlich atemlos.«

»Ja. Und nach der Befragung der Kripo bin ich mit Fritz noch zu Kuddls Garten gegangen und habe alles durchsucht. Vergeblich, wie du weißt. Dafür hat man dich dann am nächsten Tag festgenommen.«

»Wann hast du Fritz von dem … Vorfall mit Kuddl berichtet?«

»Erstmal gar nicht. Es bestand ja keine Gelegenheit und bevor sich im Landheim der harte Kern aufgelöst hatte, kamst du schon wieder zurück. Was hätte ich machen sollen? Fritz einen Bierdeckel rüberschieben mit der Aufschrift: Ach, übrigens, ich hab gerade Kuddl erschlagen? Ich konnte es ihm erst beichten, als die Kripo abgerückt war.«

»Wie hat Fritz dann reagiert?«

»Er war außer sich, aber er hat zu mir gehalten. Das ist jetzt fürchterlich aus dem Ruder gelaufen, hat er gesagt, aber da müssen wir nun gemeinsam durch.«

»Gut. Oder nicht gut«, kommentierte Franziska das bisher Gehörte. »Ihr habt also zueinander gestanden. Aber warum um Himmels willen mussten die Hagedorns sterben?«

»Weil wir einen Tag nicht zueinander gestanden haben«, sinnierte Leonore und blickte immer noch auf den Fußboden. »Es war von Anbeginn eine Schnapsidee, die beiden zu beteiligen. Aber Fritz war nicht davon abzubringen. Ich hab ihn immer gewarnt und gesagt, dass die beiden zu dumm für die Abwicklung eines solchen Geschäfts sind. Aber er meinte nur, solange es ums Geld ginge, hätten sein Schwager und seine Schwester eine Art Bauernschläue, von der man vielleicht noch profitieren könne. Leider habe ich Recht behalten.«

Franziska vergaß ihre unbequeme Lage und hörte gespannt zu.

»Fritz und ich hatten nicht immer alles ausreichend besprochen – und es gab einen Tag lang Streit miteinander. Norbert wollte aus dem Geschäft aussteigen, weil seine Frau immer stärker opponierte. Im Grunde bereits seit Kuddls Tod. Wir wollten die beiden wieder zurück in die Spur bringen. Aber dazu hatten Fritz und ich unterschiedliche Ideen, über die wir uns leider nicht verständigten. Ich wusste nur, dass die Hagedorns nach Hamburg wollten. Also, dachte ich mir, könnte ein kleines Feuerchen die beiden zur Räson bringen und klarmachen, dass man nicht einfach aus solch einer Nummer aussteigen kann.

Ich wusste nicht, dass Fritz sich mit denen zu einem Gespräch verabredet hatte, weshalb die beiden nicht nach Hamburg gefahren sind. Tja, und ich habe dann das Feuer gelegt und die Wirkung des Propangases unterschätzt – vor allem die Kettenreaktion, in deren Verlauf mehrere Flaschen explodiert sind. Ich könnte mir vorstellen, dass die unvermutete Detonation bei beiden zu einem Herzinfarkt geführt hat. Er war ja wegen eines ersten Infarktes frühverrentet und sie war auch nicht allzu stabil. Ich bin sicher, dass die beiden das Feuer vor dem ersten Knall nicht wahrgenommen haben, denn sonst wären sie ja aus dem Haus gelaufen. Oder sie haben versucht, zu löschen, bevor das Gas explodiert. Aber so dumm kann man eigentlich nicht sein. Ich saß ja auf der Nachbarparzelle hinter Andreas Klapphorns Garten. Dort war niemand. Später konnte ich mich im allgemeinen Trubel unter die Leute mischen.«

»Also wieder eine nicht beabsichtigte Eskalation, wie bei Kuddl?«

»Letztendlich ja. Hätten Fritz und ich nicht ausgerechnet an dem Tag Funkstille gehabt, hätten wir über unsere unterschiedlichen Pläne geredet. Stattdessen habe ich vollendete Tatsachen schaffen wollen und Feuer gelegt, weil ich die Hagedorns in Hamburg vermutete. Am Ende des Tages waren die Hagedorns tot und Fritz am Boden zerstört. Er hat den Tod seiner Schwester nicht verkraftet und empfand seinerseits einen erheblichen Teil der Schuld daran, weil die Idee zu dieser ganzen Geschichte mit dem Eigenlandkauf in seinem Kopf entstanden war. Ich gebe allerdings zu, dass ich mich schnell habe begeistern lassen«, räumte Leonore ein. »Wir haben lange Abende und halbe Nächte darüber diskutiert, weil uns die Geschichte völlig entglitten war. Es hat schlussendlich nicht geholfen. Und als Folge seines Schuldbewusstseins wollte er sich das Leben nehmen. Die Ärzte rechnen übrigens nicht mehr damit, dass er aus dem Koma zurückkehrt.«

»Das tut mir leid«, ließ sich Franziska vernehmen.

Leonore schien nicht zugehört zu haben. Wie ein Selbstgespräch setzte sie ihre Überlegungen fort. »Ich bin gewiss keine Mörderin, ich kann eigentlich niemandem etwas antun, aber in meinem Sündenregister stehen drei Menschen, an deren Tod ich schuld bin. Und indirekt geht auch Fritz' Zustand auf mein Konto. Das alles nur, weil wir eine günstige Situation nutzen wollten. Eigentlich unglaublich – aber leider wahr.«

Franziska schaltete sich wieder ein. »Du sagst selbst, bei weitem nicht genügend kriminelle Energie zu besitzen, um Menschen zu töten. Was hast du jetzt mit mir vor?«

Leonore kehrte mit ihren Gedanken ins Diesseits zurück. »Das hängt wesentlich davon ab, wie es für mich selbst weitergehen soll. Noch nie in meinem ganzen Leben ist mir etwas derart danebengegangen. Ich wollte mit Kuddl reden, stattdessen schlug ich ihn tot. Ich wollte die Hagedorns erschrecken, stattdessen brachte ich sie um. Ich hatte Fritz helfen wollen – und im Ergebnis betrieb er Selbstmord. Und heute wollte ich mit dir mein Redemanuskript durchgehen - aber stattdessen landen wir beide hier.«

»Das bringt mich auf die Frage, wo wir hier sind«, hakte Franziska ein.

»Keine Sorge, hier findet uns niemand, obwohl wir mitten im Parzellengebiet sind. Dies ist eines der Häuser am Brombeerweg, du weißt schon, das Eigenland. Diese Parzelle war die erste, die Fritz und ich gekauft haben. Es steht ein altes Wohnhaus drauf, das vollkommen unterkellert ist. Das soll mal jemand herausfinden. Auf jeden Fall hat das Ganze nur 'n Appel und 'n Ei gekostet.«

»Und wie hast du mich hierhergeschafft?«

»Tja«, antwortete Leonore gedehnt, »ich kam mit meinem Rede-Entwurf gerade in dem Moment, als du die kopierten Unterlagen gefunden hattest. Da musste ich handeln. Du verstehst sicher, dass das nicht der Moment für eine kultivierte Konversation war – ich musste schon etwas rustikaler vorgehen. Tut mir leid, dass ich dich niedergeschlagen habe.«

»Na, im Vergleich zu Kuddl darf ich mich ja gar nicht beschweren«, antwortete Franziska. »Aber wie hast du mich dann hierher bekommen?«

»In meinem alten VW-Bus!« Dies kam nicht ohne Stolz über ihre Lippen, denn das Gefährt stammte noch aus der Woodstock-Zeit. Irgendwelche Vorbesitzer hatten ein paar »Flower Power«-Motive auf den Autolack aufgetragen. Franziska hatte einmal behauptet, dass es optisch ein tolles Auto sei, aber für die Durchführung von Umzügen und ähnlichen Übungen völlig ungeeignet – nun war sie darin entführt worden. »Deine Nachbarn waren nicht da. Die Markgrafs sind wohl Richtung Familienfest und in der Hüpfburg hinter dem Landheim aktiv gewesen und Hermann habe ich samt seiner vierbeinigen Klobürste im Landheim gesehen.«

»Du meinst Dackel Friedhelm?«, erkundigte sich Franziska.

»Ja«, seufzte sie. »So ein seltsames Tier – eben noch lammfromm-friedlich, aber im nächsten Moment zum Kalt-Abduschen! Jedenfalls konnte ich dich ungesehen vor deine Parzelle tragen und in den VW-Bus verfrachten. Dann hab ich eine Wolldecke über dich gelegt und bin im Schritttempo durch das Wegesystem gefahren. Die Kleingärten im Brombeerweg sind überwiegend mit hohen Hecken ausgestattet und auch ansonsten schwer einsehbar. So konnte ich in aller Ruhe auf diesen Kleingarten fahren und dich hier im Keller deponieren.«

»Und vermisst man dich gar nicht?«

»Nö. Ich hab meine Rede gehalten und bin dann weg. Ich müsste mich kümmern, habe ich gesagt. Eine nette Generalfloskel, um in einem solchen Trubel unterzutauchen.«

Franziska wurde klar, dass sie angesichts dieser Gefechtslage nicht mit plötzlich auftauchenden Rettern rechnen durfte, zumal Leonore ihren VW-Bus nach eigenem Bekunden wieder zu ihrem Garten gefahren hatte.

»Und was hast du jetzt vor?«, wiederholte Franziska ihre Frage. »Du kannst mich doch nicht einfach hierbehalten.«

»Doch, das könnte ich, vermutlich sogar für eine längere Zeit. Aber irgendwann muss ich diese Situation ja auflösen, da hast du Recht. Und dann bist du jemand, der alles weiß. Und ich werde niemals freiwillig ins Gefängnis gehen wollen. Dir ist klar, welche Konsequenz sich daraus ergibt?«

Franziska schluckte. Jetzt war es wichtig, dass Gespräch nicht aus der Hand zu geben. Bislang hatte sie den Dialog trotz ihrer Bewegungsunfähigkeit auf Augenhöhe führen können. »Nein, Leo, du bist keine Mörderin. Wir sind gute Freunde und gute Freunde bringt man nicht um. Wir haben auch keine Affektsituation – wir sitzen hier, tauschen Meinungen und Gedanken aus, auch wenn das für mich in dieser Position sehr unbequem ist. Es wäre wirklich schön, wenn du mich losbinden würdest. Dann könntest du uns einen Kaffee machen und wir überlegen gemeinsam, wie du am besten aus der ganzen Geschichte herauskommst.«

»Und schließlich gehen wir beiden Arm in Arm ins Landheim zum Kriminalrat Strelitz und sagen: ›Hallo, Karl-Eberhard, wir müssen dir eine tolle Story erzählen, Frau Kreutzfeldt hat neulich drei Personen umgebracht, aber das war nicht so gemeint und es tut ihr auch leid.‹ Und Strelitz sagt dann: ›Na wenn das so ist, kriegt sie halt Bewährung, ich setz mich beim Richter für sie ein‹.

Nein, Franzi, so funktioniert das nicht. Ich gehe auf keinen Fall ins Gefängnis. Andererseits hast du Recht – ich bin keine Mörderin und ich kann niemanden einfach so töten, obwohl sich das bei meiner bisherigen Bilanz seltsam anhört. Aber ich kann dir jetzt nicht einfach etwas auf den Kopf schlagen oder dir die Kehle zudrücken.«

Leonores Gedankenflut wurde durch den Klingelton ihres Handys unterbrochen.

»Ja, Kreutzfeldt?« Sie lauschte einen Moment. Dann schluckte sie und holte tief Luft. »Oh, ich verstehe. Ja, vielen Dank, dass Sie mich benachrichtigt haben. Um 15 Uhr ist es passiert, sagen Sie? Gut, ich werde kommen, sobald es mir möglich ist.« Sie stellte das Handy ab.

Franziska schaute sie an. »Die Klinik?«

Leonore nickte. Dann sagte sie mit versteinerter Miene: »Fritz ist tot. Er ist um 15 Uhr gestorben.«

»Oh nein, Leo! Das tut mir furchtbar leid! Verdammt, mach mich los, ich muss dich jetzt in den Arm nehmen!« Franziska versuchte erneut, die Hände freizubekommen. Vergeblich.

Leonore stand auf. Franziska hielt den Atem an. Leonore ging zur Kellertür. »Mach's gut, Franzi«, sagte sie tonlos.

»Wo willst du hin?«

»Ich muss etwas zu Ende bringen. Mach's gut.« Leonore schloss die Kellertür hinter sich.

Kapitel 39

Kriminalrat Strelitz und Andreas Klapphorn saßen an Rudis Theke. Um sie herum brodelte das Kleingartenfest. Rudi und seine Tochter hatten reichlich zu tun. Das Spanferkel-Essen war eröffnet. Andreas schaute zum wiederholen Mal auf die Armbanduhr. Es war inzwischen 18 Uhr.

»Irgendetwas stimmt da nicht«, erklärte er. »Da muss etwas passiert sein. Franziska ist absolut zuverlässig. Und Leonore ist auch überfällig. Sie hat mich gebeten, hierzubleiben, sozusagen als Einsatzreserve. Aber ich werde jetzt beide suchen gehen.«

Strelitz stoppte ihn. »Moment noch, ich frag' bei Knispel und Kannengießer nach.« Diese hätten sich stündlich melden sollen – das wäre jetzt wieder an der Zeit gewesen.

Die Kontaktaufnahme mit den beiden, die sich unter die Leute gemischt hatten, verlief aber negativ. Leonore war zuletzt bei ihrem Auftritt im Landheim um 15.30 Uhr gesehen worden und zu Franziska gab es überhaupt keine Erkenntnisse.

»Dann mal los«, meinte Strelitz mit aufmunterndem Kopfnicken in Richtung Ausgang. »Suchen Sie die Damen. Wenn Sie fündig geworden sind, bringen Sie die beiden hierher. Vielleicht sitzen sie irgendwo in einer Ecke und haben sich einen angetütert.«

Andreas rutschte von seinem Barhocker. In diesem Moment klingelte sein Handy. Hastig meldete er sich. »Ich verstehe nichts – bist du das, Leonore? Was? Wie bitte?« Er lauschte einen Moment. »Im Brombeerweg 16? Warum … Du hast was? Leonore, was … hallo? Hallo! Abgeschaltet«, sagte er und schaute kopfschüttelnd auf sein Handy. »Das war Frau Kreutzfeldt«, erklärte er dem Kriminalrat. »Eine völlig konfuse Botschaft, aber sie war ganz ruhig dabei. Und dann hat sie abgeschaltet.«

»Lassen Sie mich am Gesprächsinhalt teilhaben?«, fragte Strelitz mit honigsüßer Stimme.

»Leonore – sie sagt, Franziska sei im Keller des Hauses im Brombeerweg 16. Und sie selber habe jetzt keine Zeit. Sie müsse noch etwas zu Ende bringen.«

»Und warum kommt Frau Morgenstern nicht zu uns?«

»Weil Leonore sie angeblich gefesselt hat.«

Wäre Strelitz noch aktiver Raucher gewesen, wäre ihm jetzt die Pfeife aus dem Mund gefallen. Aber er hatte die Situation sofort wieder im Griff. »Sie fahren mit Ihrem Rad zum Brombeerweg, ich setze meine Mannschaft einschließlich eines Löschzuges der Feuerwehr in Bewegung. Hoffentlich brennt es dort nicht wie bei den Hagedorns!« Er hantierte mit seinem Handy, während Andreas mit schnellen Schritten aus dem Landheim stürmte und auf sein Fahrrad sprang.

Als Konstanze Kannengießer und Olaf Knispel eintrafen, war Andreas gerade damit beschäftigt, Franziska loszubinden. Währenddessen schilderte sie ihm hastig die Ereignisse und Erkenntnisse der letzten Stunden. Strelitz traf gerade noch rechtzeitig ein, um Franziska zusammen mit Andreas wieder auf die Beine zu stellen.

Konstanze Kannengießer stornierte gerade den Löschzug. »Kein Brand, keine Gasexplosion, nur Frau Morgenstern in einer äußerst unbequemen Lage«, meldete Olaf Knispel.

»Nur? Was heißt nur?«, giftete Franziska. Zwischen ihr und Olaf Knispel war offenbar noch nicht alles geglättet.

»Wo ist Frau Kreutzfeldt?«, erkundigte sich Strelitz.

»Sie hat sich verabschiedet. Sie meinte, sie müsse etwas zu Ende bringen. Herr Strelitz, wir müssen sie dringend suchen. Ich fand, das klang irgendwie so endgültig. Vorher hat sie übrigens gestanden, den Tod von Kuddl Stratmann und den Hagedorns verursacht zu haben. Die Einzelheiten erzähl ich nachher – jetzt müssen wir Leonore finden. Ach ja, und Herr Sengstake ist heute Nachmittag verstorben.«

Strelitz holte tief Luft. »Reichlich Neuigkeiten, die Sie in zwei, drei Sätzen verpacken. Aber kümmern wir uns erst einmal um Frau Kreutzfeldt.« Nebenbei war er schon mit seinem Handy beschäftigt und orderte jede Menge Unterstützung. »Alles, was am Weserstadion nicht gebraucht wird«, befahl er, wohlwissend, dass es kaum polizeiliche Reserven gab, denn Werder Bremen hatte am Nachmittag gegen den HSV gespielt. Der Spielverlauf, den Strelitz über ein kleines Thekenradio im Landheim mitverfolgt hatte, enthielt wie üblich erhebliches Konfliktpotenzial. Aber nicht nur der heimische Bundesliga-Verein weigerte sich, die zahlreichen Überstunden der Polizisten oder genügend eigene Ordnungskräfte zu bezahlen.

Der Kriminalrat versuchte, die Gedanken zu ordnen und einen Einsatzplan zu entwerfen. »Wir müssen davon ausgehen, dass Frau Kreutzfeldt einen Suizid plant. Frau Kannengießer begibt sich zur Parzelle von Frau Kreutzfeldt und bezieht dort Posten. Olaf, Sie und ich führen gleich die Hilfskräfte der Schutzpolizei. Viel Personal erwarte ich allerdings nicht, weil am Weserstadion und am Osterdeich noch einiges los ist.«

Die kleine Gruppe begab sich wieder in Richtung Landheim. Dort kam Hermann Schilling mit Dackel Friedhelm auf sie zu. Friedhelm kläffte dieses Mal nicht, sondern stemmte sich dickköpfig gegen die Leine. Dabei hatte er bereits das Stadium akuter Atemnot erreicht, weil Hermann seinen Weg mit Hund und Leine unbekümmert fortsetzte.

»Ihr müsst euch mal um die Leonore kümmern«, verkündete er. »Ich hatte eben den Eindruck, dass es ihr nicht gut geht.«

Daraufhin sah sich Hermann einem Trommelfeuer von Fragen ausgesetzt. Alle redeten gleichzeitig auf ihn ein. Strelitz erwog für meinen Moment, in die Luft zu schießen, um wieder zu einem geordneten Dialog zurückzukehren.

Hermann genoss das Bad in der Menge und ließ sich schließlich zu einer Ergänzung seiner ersten Botschaft herab. »Sie kam mir vor fünf oder zehn Minuten entgegen, mit einer Flasche Weinbrand in der Hand. Die war schon halb leer und sie ziemlich voll. Ich hab sie gefragt, wohin sie wolle. Da hat sie mich nur komisch angeguckt und gesagt: ›Ich muss zu meinem Zug. Ich darf meinen Zug nicht verpassen.‹«

»Ach du meine Güte«, stammelte Franziska stellvertretend für alle.

»Und wo ist sie dann hingegangen?«, fragte Andreas.

»Da entlang«, zeigte Hermann. Mit seinem dramatisch ausgestreckten Arm wirkte er wie ein Feldherr, der seine Legionen für die entscheidende Schlacht einteilt. Der Dackel an der anderen Hand relativierte diesen Eindruck allerdings deutlich.

»Natürlich, sie geht zum ersten Tatort, dort wo alles angefangen hat. Wo sie Kuddl Stratmann erschlug!«, rief Franziska. »Dort ist der Bahndamm gut zugänglich und sie will sich offenbar vor den Zug werfen!«

Bis auf Karl-Eberhard Strelitz, der sich für solche sportlichen Einlagen zu alt fühlte, lief die kleine Gruppe in Richtung Tunnelunterführung.

Dort angekommen, bot sich der kleinen Gruppe ein gespenstisches Bild. Leonore befand sich bereits auf dem Bahndamm. Sie bewegte sich mit weit ausgebreiteten Armen auf einen ICE zu, den man im Moment nur hören, aber noch nicht sehen konnte, weil die Gleise hier einen weiten Bogen beschrieben. Sie hatte den Kurvenbeginn fast erreicht.

Olaf Knispel und Andreas Klapphorn waren inzwischen am Fuß des Bahndamms angekommen. Konstanze Kannengießer und Franziska hatten einen kleinen Rückstand.

»Leonore! Nicht! Komm runter von den Gleisen!«, schrie Franziska gegen das immer lauter werdende Geräusch des nahenden Zuges.

Andreas und Olaf hatten den Bahndamm zur Hälfte erklommen, als sie erkennen mussten, dass sie zu spät kommen würden. Franziska und Konstanze drehten die Köpfe weg, um Leonores Ende nicht mit ansehen zu müssen. Der Zug donnerte vorbei, die Waggons mit ihren Abteilen schoben sich durch die Kurve, dann war der Zug verschwunden.

»Oh, du meine Güte, Leonore …«, stammelte Franziska und blickte vorsichtig den Bahndamm hinauf. »Ich kann da nicht rauf, beim besten Willen nicht!«

»Und ich muss, weil ich Polizistin bin. Verdammte Scheiße!« Konstanze war leichenblass.

In diesem Moment winkte Olaf. »Kommt rauf, schnell«, rief er.

»Wieso schnell«, protestierte Konstanze, die wie Franziska nach dem Lauf nach Luft schnappte. »Auf Geschwindigkeit kommt es jetzt ja wohl nicht mehr an.«

Als aber auch Andreas winkte, stiegen die beiden Damen den Bahndamm hinauf.

Dort saß im Gras neben den Gleisen Leonore, mit beiden Händen eine fast leere Flasche Weinbrand umklammernd. Sie weinte. »Ich kann es nicht«, schluchzte sie. »Ich kann doch niemanden umbringen. Andere nicht und mich auch nicht.«

Kapitel 40

Am nächsten Morgen saß das Ermittlerteam zusammen mit Andreas Klapphorn und Franziska Morgenstern im Landheim. Man trank Kaffee und Cappuccino. Rudi Klingebiel hatte am Vortag den Umsatz seines Lebens gemacht und Kriminalrat Strelitz sorgte jetzt für weitere Einnahmen, denn er hatte eine Runde Cognac geordert.

»Mein lieber Herr Klingebiel, ich muss mich bei Ihnen entschuldigen. Ich war schlicht auf der falschen Fährte, als ich Sie verhaftete«, erklärte er und prostete in die Runde.

»Kann ja mal passieren«, räumte Rudi generös ein. »Hauptsache, das wird nicht zur Gewohnheit.«

»Viel schlimmer als Ihre Festnahme war eigentlich Ihre Freilassung«, sinnierte der Kriminalrat, »denn auf diese Weise habe ich Sie sozusagen vor die Flinte Ihrer Frau getrieben. Freuen wir uns, dass sie eine absolut lausige Schützin ist. Und freuen wir uns auch, dass Ihr Geschäft jetzt so prima läuft.«

Zu den anderen gewandt, berichtete Karl-Eberhard Strelitz, dass man Frau Kreutzfeldt bis tief in die Nacht vernommen habe. Dabei habe sie alles bestätigt, was Frau Morgenstern noch gestern Abend in geraffter Form berichtet hatte.

»Dennoch gibt es ein paar Ungereimtheiten«, stellte er fest. »Wenn Frau Kreutzfeldt zum Beispiel behauptet, Herrn Stratmann aus einer Art Notwehrsituation niedergeschlagen zu haben, steht dem das Gutachten der Gerichtsmedizin gegenüber. Die Kollegen haben nämlich festgestellt, dass der Schlag von hinten ausgeführt wurde. Und auch das Feuer bei den Hagedorns lässt Fragen offen. Die Theorie, dass beide durch die Explosion der ersten Gasflasche einen kollektiven Infarkt erlitten hätten, ist zwar nicht völlig von der Hand zu weisen. Wir vermuten jedoch, dass es durchaus zu einer

Begegnung zwischen der Täterin und den Opfern gekommen sein könnte. Möglicherweise hat man gemeinsam einen Kaffee getrunken und Frau Kreutzfeldt hat den beiden etwas in die Tassen geschüttet. Oder sie hat andere Wege gefunden, um die beiden vor der Brandstiftung zu betäuben. Wir denken jedenfalls, dass Frau Kreutzfeldt bemüht ist, jede ihrer Taten in ein für sie günstiges Licht zu rücken. Zumindest bei der Brandstiftung könnte ihre Rechnung aufgehen, denn hier werden wir eine sehr schwierige Beweisführung haben – die Flammen haben nur wenige, eigentlich gar keine verwertbaren Spuren hinterlassen.«

»Du meine Güte.« Franziska reihte zum wiederholten Mal die Ereignisse aneinander. »Da bekommen zwei bis dahin unbescholtene Personen ein amtliches Schreiben und glauben, daraus Kapital schlagen zu können. Das Ganze gehen sie eher amateurhaft an und beteiligen weitere Kleingeister. Dann läuft die Sache aus dem Ruder, Leonore entgleitet die Geschichte vollends bei dem Versuch, alles wieder ins Lot zu bringen. Ihr Lebenspartner Fritz Sengstake hatte zwar als Erster die Idee, Kapital aus den Planungen der Stadtgemeinde zu schlagen, aber es ist Leonore, die über das Ziel hinausschießt. Fritz wollte wohl schon nach dem Tod von Kuddl Stratmann einen Schlussstrich ziehen – möglicherweise sogar unter die Lebensgemeinschaft mit Leonore, denn dieses Maß an krimineller Energie wird ihm nicht geheuer gewesen sein.«

»Richtig«, zog Strelitz das Gespräch wieder an sich, denn schließlich war er der Ermittler, auch wenn Leonore ihr Geständnis zunächst vor Franziska abgelegt hatte. »Frau Kreutzfeldt erkennt, dass mit der Weigerung der Hagedorns, weiter mitzumachen, die gesamte Geschichte über Bord geht, und wird bei den beiden vorstellig. Wie schon gesagt – die genauen Umstände des Todes der beiden Hagedorns werden immer im Dunkeln bleiben, es sei denn, Frau Kreutzfeldt macht noch aus eigenem Antrieb reinen Tisch. Dass aber Fritz Sengstake persönlich die Reißleine zieht und sich das Leben nehmen will – und wie wir seit gestern wissen, mit Erfolg –, hatte Leonore ganz sicher nicht erwartet. Nun hat sie drei Menschen auf dem Gewissen. Mit ihrem Lebenspartner, den sie schließlich gestern verloren hat, sind es sogar vier. Und dann findet ausgerechnet ihre Vertraute und Freundin Frau Morgenstern die belastenden Unterlagen, die Herr Stratmann in seiner Gartenlaube versteckt hatte. Und zum ersten Mal entdeckt Frau Kreutzfeldt so etwas wie Skrupel. Sie stößt an Grenzen – Menschen, zu denen sie eine emotionale Bindung aufgebaut hat, kann sie nicht verletzen, geschweige denn töten. Zum Glück für Frau Morgenstern, wenn ich das mal so sagen darf.«

»Oh, danke, der Schlag ins Genick hat mir gereicht. Aber ich weiß, was Sie meinen«, lächelte Franziska. »Bei Kuddl Stratmann war es für sie kein Problem, bei den Hagedorns auch nicht. Aber eine gute Freundin – und das sind wir in den letzten Monaten tatsächlich geworden – konnte sie in der Tat nicht umbringen. Aber ich hab doch noch eine ganz andere Frage …«

»Nur zu«, brummte Strelitz gut gelaunt und machte eine einladende Handbewegung.

»Was wird denn jetzt aus den fünf Verträgen, den diese … diese Laienspiel-Gruppe schon abgeschlossen hat?«

»Oh ja, da sprechen Sie ein ganz heikles Thema an. Die Verträge wurden vom Ehepaar Hagedorn unterschrieben. Hagedorns Bruder hat auf das Erbe verzichtet, weil er in Sorge war, die Beerdigung seines Bruders und seiner Schwägerin bezahlen zu müssen. Ob er allerdings das Erbe auch ausgeschlagen hätte, wenn er um das Vorhandensein dieser möglicherweise recht lukrativen Vertragswerke gewusst hätte, ist die Frage. Vielleicht muss man ihn korrekterweise nochmals befragen, und zwar unter Darlegung sämtlicher Vermögenswerte, die sein Bruder und seine Schwägerin auf der Habenseite hatten. Dann wäre auch zu prüfen, ob die Verträge überhaupt rechtmäßig zustande gekommen sind – bei dem uns jetzt bekannten Hintergrund darf man zumindest Zweifel haben. Darum mögen sich aber die Volljuristen kümmern. Auf der anderen Seite gibt es ebenfalls nur einen Verwandten: den jetzt verstorbenen Fritz Sengstake als Bruder der Frau Hagedorn. Nur wäre es ein Treppenwitz gewesen, wenn ihm die Verträge und die daraus resultierenden Vermögensvorteile – wenn sie denn überhaupt irgendwann eintreten – auf dem Erbweg zugefallen wären. Er hatte schließlich seinen Schwager und seine Schwester vorgeschoben, um die Vertragswerke unauffällig abzuwickeln. Auch das war ein Punkt, an dem die gesamte Geschichte in die Seife geritten wurde. Oder in die Rabatten geschaukelt, wenn Sie den Vergleich als Kleingärtnerin passender finden«, schloss Strelitz seine Betrachtungen ab.

»Auf jeden Fall hat sich manches ereignet, das man noch vor einigen Monaten nicht für möglich gehalten hätte«, erklärte Franziska mit einem Blick in die Runde. »Rudi hat neue Lebensperspektiven, Andreas hat sich der Welt wieder ein Stück geöffnet, ich wurde vorübergehend verhaftet …«

»… und ich bin zum Nichtraucher geworden, beinahe vor einen Zug gefallen und mein Kollege OlafKnispel hat sich als Lebensretter etabliert. In dieser Eigenschaft wirft er sich vorzugsweise zwischen die Fahrzeuge der Deutschen Bundesbahn und akut bedrohte Personen«, ergänzte Strelitz Franziskas Gedankengang. Er hob sein Glas. »Auf Olaf Knispel«, verkündete er, »und mögen sich die Leichenfunde in diesem Kleingartengebiet künftig wieder in einem überschaubaren Rahmen halten.«

Olaf errötete. »Ich muss zugeben, dass ich eigentlich lange Zeit Herrn Klapphorn in Verdacht hatte«, räumte er ein.

Franziska verschluckte sich fast an ihrem Cognac und Andreas Klapphorn, der sich bis dahin wieder einmal überhaupt nicht in das Gespräch eingeschaltet hatte, gab erneut ein schwer zu deutendes Geräusch von sich.

»Nun ja«, meinte Olaf Knispel kleinlaut, » immerhin war er jedes Mal ganz in der Nähe oder sogar unmittelbar beteiligt, wenn etwas passierte.«

Franziska behielt ihre eigenen Überlegungen, die gestern phasenweise durchaus in die gleiche Richtung gingen, für sich. Stattdessen zog sie den Mitgliedsausweis von Andreas aus der Jackentasche. »Das musst du noch erklären«, sagte sie und legte den Ausweis vor Andreas auf den Tisch.

Der machte große Augen. »Meine Güte, wo hast du den denn gefunden? Den suche ich schon seit Monaten!«

»Oh, der lag ganz zufällig unter der Küchenanrichte in meiner Gartenlaube. Kannst du mir was dazu sagen? Ich meine, solch ein Ausweis schiebt sich ja nicht aus eigener Kraft unter ein massives Stück Möbel, oder?«

»Ich ahne es zumindest. Die Anrichte hatte ursprünglich mir gehört. Ich wollte sie dann nicht mehr haben, weil mit ihr zu viele Erinnerungen verbunden waren. Kuddl Stratmann war wiederum auf der Suche nach einem solchen Möbelstück und so haben wir es von mir mühsam zu ihm geschafft und dort wieder aufgebaut. Fritz Sengstake hat dabei auch noch geholfen. Das war im letzten Sommer, dabei muss mir der Ausweis unbemerkt aus der hinteren Hosentasche gefallen sein und wir haben die Anrichte daraufgestellt.«

Nach diesem für seine Verhältnisse ungewöhnlich langen Redebeitrag nippte Andreas an seinem Cognac. »Ich vermute, dass ich gestern Nachmittag für dich vorübergehend auch zum engeren Kreis der Verdächtigen gezählt habe, oder?«

Franziska blickte schuldbewusst vor sich auf den Tisch und wurde dabei rot. »Es war aber auch eine Situation, in der man auf die abstrusesten Gedankengänge kommen konnte. Sitz du mal in einem dir bis dato unbekannten Keller, ohne weggehen zu können!«

»Na, das werden wir noch vertiefen!«, meinte Andreas und widmete sich wieder seinem Cognac-Glas.

»Gerne«, lachte Franziska.

Strelitz ließ Rudi noch mal nachschenken. »Auf dass wir künftig keine Samstage und Sonntage mehr hier verbringen müssen«, verkündete der Kriminalrat. »Dienstlich, meine ich natürlich«, setzte er hastig hinzu. »Privat schaue ich gerne immer wieder im Findorffer Landheim hinein.«

Epilog

Die Parzellensaison neigte sich ihrem Ende zu. Herbstastern, Sonnenblumen in allen Größen, Kürbisse in unterschiedlichsten Gewichtsklassen sowie Laubfärbungen in zahlreichen Gelb- und Rot-Schattierungen sorgten für das alljährliche Finale furioso, dem »Indian Summer«des Kleingärtners. Späte Obst- und Gemüsesorten standen zur Ernte an.

Franziska hatte zu Andreas in kleinen Schritten eine intensive Beziehung aufgebaut. Neues Vertrauen hatte die emotionalen Verletzungen beider nach und nach überlagert. Sie gingen vorsichtig und respektvoll miteinander um und achteten darauf, sich gegenseitig Rückzugsräume zu gestatten.

Ende Oktober stand Andreas' erster Besuch in Franziskas Wohnung an. Sie hatte ihr privates Refugium gründlich gesäubert und aufgeräumt. Für den kulinarischen Teil des Abends hatte sie Rotwein besorgt und eine Käseplatte vorbereitet.

Um 19 Uhr sollte die Verabredung sein. Um 20 Uhr war Franziska noch immer allein. Zeit, den ansonsten unbedingt pünktlichen Andreas zu kontaktieren, dachte sie. Sie suchte ihr Handy vergeblich, bis es ihr dämmerte, dass das gute Stück neulich in ihrer Gartenlaube zurückgeblieben sein musste. Zu allem Überfluss musste sie feststellen, dass der Hörer ihres Festnetz-Telefons nicht richtig auflag – vermutlich ein Ergebnis ihrer Reinigungsaktivitäten. Schließlich wurde deutlich, dass Andreas nicht mehr kommen würde.

Halb besorgt und halb verärgert schwang sie sich kurz entschlossen auf ihr Rad und fuhr hinaus zum Landheim. Trotz der vorgerückten Jahreszeit war dort noch Betrieb. Einige wenige Gäste sorgten dafür, dass Rudi noch zu tun hatte. Drei Stammgäste, darunter Hermann Schilling samt

Dackel, belegten Plätze an der Theke. In einer Ecke reizten drei Skatspieler ihre Blätter.

Franziska betrat schwungvoll die Gaststube, hatte mit einem Blick erfasst, dass Andreas sich nicht unter den Anwesenden befand, und war mit drei Schritten an der Theke.

»Hallo Rudi …« Weiter kam Franziska nicht.

»Meine Güte, endlich kommst du!«, rief Rudi. »Andreas hat vergeblich versucht, Kontakt zu dir aufzunehmen, er hat sogar vergeblich vor deiner Wohnung gestanden!«

»Wann?«

»Heute Morgen, gegen zehn Uhr!«

Franziska dachte kurz nach. Zu der Zeit war sie mit dem Staubsauger aktiv gewesen – keine Chance, die Wohnungsklingel zu hören.

»Aber er sollte doch heute Abend kommen. Was ist denn passiert?« Sie merkte, wie sich in ihrem Magen ein Klumpen bildete. Die Sorge überwog jetzt deutlich ihren Ärger.

»Er hat heute in aller Frühe einen Anruf erhalten. Vom rumänischen Konsulat. Seine Ex-Frau ist mit ihrem zweiten Ehemann tödlich verunglückt. Mit dem Auto. Den Kindern ist nichts passiert. Und jetzt ist er aufgebrochen, um sie heimzuholen. Er meldet sich bei dir, sobald wie möglich!«

Franziska brauchte Zeit, um diese Nachricht zu verarbeiten. Jetzt wäre es gut gewesen, wenn Leonore dort drüben an der Theke gesessen hätte. Sie fuhr wieder zurück in ihre Wohnung. Bei einer Flasche Rotwein, ein paar Käsehappen und nach einem ausführlichen Telefonat mit ihrer Schwester dachte sie darüber nach, warum alles einem ständigen Wandel unterworfen sein musste und nichts so bleiben durfte, wie es war.

Wie heißt es so schön, überlegte Franziska, bevor sie auf der Couch einschlief – in jedem Ende liegt ein neuer Anfang. Und vielleicht gab es darin ja auch einen Platz für sie. Wie alt waren die Kinder noch mal? Zehn und zwölf? Sie löschte das Licht und beschloss, endlich ihr Doppelbett gegen ein neues einzutauschen.

**Wie es mit Franziska,
dem Ermittlerteam rund
um Karl-Eberhardt Strelitz und
dem Kleingartenverein
»Erntedank« weitergeht,
erfahren Sie im 2. Band der Findorff-Krimis.**

Nach den Turbulenzen des vergangenen Jahres kümmert sich Franziska als zweite Vorsitzende des Kleingartenvereins »Erntedank« um Frieden zwischen hohen Hecken, sumpfigen Gräben und Stangenbohnen.

Doch die Ruhe ist trügerisch. Eine Entführung und ein Todesfall überschatten die unbeschwerte Sommerstimmung im Verein. Gemeinsam mit ihrem Freund Andreas macht sich die Hobbydetektivin an die Ermittlungsarbeit und stolpert über viele Fragen:

Wie konnte die Bankiersgattin Kampendonk am helllichten Tag unbeobachtet gekidnappt werden und wo ist der Koffer mit dem Lösegeld?

Dieser Millionen-Koffer und seine wechselnden Besitzer geben viele Rätsel auf, illegale Wohnwagen-Touristen machen sich verdächtig. Ein Schulgarten wird zum Tatort.

Als schließlich der Vorhang gelüftet werden kann, ist die Überraschung atemberaubend.

216 Seiten, EUR 9,90
ISBN 978-3-95651-052-6
Auch als E-Book: ISBN 978-3-95651-064-9

Ebenfalls im KellnerVerlag erhältlich:

Franziska und der Geldkoffer

Band 2

Nach den Turbulenzen des vergangenen Jahres scheint beim Kleingartenverein ›Erntedank‹ Friede eingekehrt zu sein. Doch die Ruhe ist trügerisch. Eine Entführung und ein Todesfall trüben die Sommerstimmung. Franziska, inzwischen Zweite Vorsitzende des Vereins, gerät erneut in den Sog krimineller Verstrickungen zwischen Hecken und Blumenbeeten. Bei der Suche nach den Zusammenhängen und der entführten Gattin des hanseatischen Bankiers kreuzen sich ihre Wege wieder mit dem Ermittlungsteam um Kriminalrat Strelitz.

236 Seiten, 12,5 x 20 cm, ISBN 978-3-95651-052-6, ***€ 9,90***
Auch als E-Book: *ISBN 978-3-95651-064-9*

Franziska und der Senator

Band 3

In Bremen steht die fünfte Jahreszeit auf dem Programm: der Freimarkt. Doch die Eröffnung mit traditionellem Bierfass-Anstich endet tödlich für den neugewählten Innensenator. Kriminalrat Strelitz läuft zur Höchstform auf. Aber es bleibt lange offen, ob die Hintergründe in der politischen Szenerie oder im privaten Umfeld des Senators zu suchen sind. Ein weiterer Todesfall sorgt für manche unerwartete Wendung. Bevor Franziska der Lösung auf die Spur kommt, geraten der Gastwirt des Landheims ›Erntedank‹ und seine Tochter in Bedrängnis.

248 Seiten, 12,5 x 20 cm, ISBN 978-3-95651-065-6, ***€ 9,90***
Auch als E-Book: *ISBN 978-3-95651-080-9*

Franziska und van Gogh

Band 4

Zum vierten Mal haben Kriminalrat Strelitz und sein Team Anlass, im Kleingartenverein ›Erntedank‹ zu ermitteln. Dessen zweite Vorsitzende, Franziska Morgenstern, stößt auf einen Doppelmord. Die Nachforschungen erweisen sich als mühsam und werden durch eine quirlige Filmcrew erschwert. Eine Galeristin zeigt ihr wahres Gesicht, ein Kurator ist überfordert und eine Dienstfahrt in den Schwarzwald kommt zu spät. Ein Jahrzehnte alter Brief bringt etwas Licht ins Dunkel, und Kriminalrat Strelitz muss schließlich erkennen, dass er erneut auf Franziskas Hilfe angewiesen ist.

232 Seiten, 12,5 x 20 cm, ISBN 978-3-95651-066-3, ***€ 9,90***
Auch als E-Book: *ISBN 978-3-95651-092-2*

Franziska und das Klassentreffen

Band 5

Klassentreffen im Landheim ›Erntedank‹ – kein Grund zur Freude für Franziska, die mit den ›Ehemaligen‹ ihrer Abiturklasse wenig anfangen kann. Als aber einer ihrer ehemaligen Schulkameraden auf dem Herren-WC ums Leben kommt, ist nicht nur der Landheim-Wirt Rudi Klingebiel fassungslos. Ein zweiter Mord bringt das bewährte Ermittlertrio um Kriminalrat Strelitz in Bedrängnis. Oberkommissarin Kannengießer gilt plötzlich als tatverdächtig, und der Fall wird dem Team entzogen. Doch Strelitz ermittelt auf eigene Faust weiter.

240 Seiten, 12,5 x 20 cm, ISBN 978-3-95651-096-0, ***€ 9,90***
Auch als E-Book: *ISBN 978-3-95651-099-1*

Franziska und der Fall »Ikarus«

Band 6

Die Gartensaison beginnt mit einem Toten, der von oben auf der Markise landet. Ein neuer Einsatz für Franziska und das Ermittlungsteam des Kriminalrates Strelitz. Danach ereignen sich offenbar zusammenhanglos Vorfälle, die von der Boulevard-Presse kritisiert werden. Eine Polizistin wird überfallen, ein Teenager verschwindet, Drogenfunde im Landheim, was schließlich den Polizeipräsidenten eingreifen lässt. Ob das hilft?

240 Seiten, 12,5 x 20 cm, ISBN 978-3-95651-122-6, ***€ 9,90***
Auch als E-Book: *ISBN 978-3-95651-126-4*

Franziska und die Bürgerwehr

Band 7

Der Kleingartenverein. »Erntedank« steht vor tiefgreifenden Veränderungen. Ein Flüchtlingsheim muss integriert werden, und der Westernverein »Bonanza« mit angeschlossener Kinderfarm trifft ebenfalls auf Vorbehalte. Franziska und Andreas, immer noch nicht verheiratet, verlieren darüber den Vorsitz im Vorstand.
Dann wird Josefine Feuerbach, ein beliebtes Original des Kleingartenvereins, erschlagen aufgefunden. Der kommissarische Vorstandsvorsitzende gründet eine Bürgerwehr. Dennoch kommt es zu einer Brandserie, die für zusätzliche Unruhe sorgt.
Als ein Mitglied der Bürgerwehr auf dem Findorffer Wochenmarkt ums Leben kommt, suchen Kriminalrat Strelitz und sein Team nach den großen Zusammenhängen.

Die Bände 7 bis 10 erscheinen je im Frühsommer und Herbst in den Jahren 2017 und 2018.

Ebenfalls im KellnerVerlag erhältlich:

Falk Guder:

Tod im Herrenzimmer

Der Osterholzer Bauer Horstmann wurde ermordet. Erstochen mit einer afrikanischen Lanze. Was wie ein Raubmord erscheint, entwickelt sich zu einer Kette von Ungereimtheiten. Um den Fall aufzuklären, muss Kommissär von Weyhe immer tiefer in die dunkle Vergangenheit eindringen. Die Spur führt nach Deutsch-Südwestafrika, dem heutigen Namibia. Ein auf historischen Fakten beruhender und spannender Kriminalroman, der in das Bremen um 1900 entführt.

172 Seiten, 12,5 x 20 cm, mit historischen Abbildungen, ***€ 9,90***
Auch als E-Book: *ISBN 978-3-939928-84-3*

Falk Guder:

Tod in der fünften Jahreszeit

Bremen, 1901. Inmitten der Bremer Freimarktsidylle wird Kriminalpolizeikommisär Otto von Weyhe mit der Aufklärung eines heimtückischen Bankraubes mit tödlichen Folgen betraut. Die Spur führt in den Wanderzirkus Bellissimo. Von Weyhe steht unter Zeitdruck, denn die Freimarktstage sind fast vorbei, und die Schausteller bereiten sich auf die Abreise vor. Verschwinden die Täter straflos auf Nimmerwiedersehen?

184 Seiten, 12,5 x 20 cm, ISBN 978-3-95651-075-5, ***€ 9,90***
Auch als E-Book: *ISBN 978-3-95651-077-9*

Roland Bühs:

Warmabbruch

Wall-Wache Band 1

Die noch rauchende Ruine eines abgebrannten Kaufhauses stellen Kommissar Schilling und seine Partnerin Dunker vor ein Rätsel. Wer hat das Feuer gelegt und wer ist verantwortlich für den Tod der beiden Männer im Dachgeschoss? Ein weiterer Mord lässt Böses ahnen, und der Fall entwickelt sich zu einem rasanten Kampf gegen Gewalt, Betrug, Lügen und Habgier. Wer gewinnt?
Roland Bühs lebt seit fast sechzig Jahren in Bremen. Er veröffentlichte mehrere Bücher, viele Illustrationen und Cartoons. **›Warmabbruch‹ ist sein erster Bremen-Krimi, dem noch weitere über die ›Wall-Wache‹ folgen werden. Als nächster »Saubere Sache«, Explosion einer Chemiefabrik in Ritterhude.**

192 Seiten | 12,5 x 20 cm, ISBN 978-3-95651-118-9, ***€ 9,90***

Martha Bull:

Frau Friese und die tödliche Einladung

Waltraud Friese, Rentnerin aus dem Bremer Peterswerder, trifft eine alte Schulfreundin wieder. 60 Jahre sind seit dem Schulabschluss vergangen. Das soll mit einem Klassentreffen gefeiert werden. Aber es scheint ein Treffen mit dem Tod zu werden, denn eine Freundin wird ermordet. Und dann die nächste ... Dabei gerät Frau Friese selbst in den Kreis der Verdächtigen. Wie wird sie sich befreien können?

216 Seiten, 12,5 x 20 cm, ISBN 978-3-95651-089-2, ***€ 9,90***
Auch als E-Book: *ISBN 978-3-95651-091-5*

Martha Bull:

Frau Friese und die finstere Verwandtschaft

Rentnerin Waltraud Friese erlebt mit ihren 74 Jahren unerwarteten Familienzuwachs. Eines Tages meldet sich ihre jüngere Schwester bei ihr, von der sie bisher nichts wusste. Sieglinde, in der ehemaligen DDR aufgewachsen, konfrontiert Frau Friese mit Umständen ihrer Familiengeschichte, die bisher unerwähnt geblieben sind und bis in die Zeiten des Zweiten Weltkrieges zurückreichen ... Als ein Mord in der Braunschweiger Straße passiert, muss sie alles riskieren, um ihre Nachbarschaft und sich selbst zu schützen. Wird es diesmal ein Happy End für Frau Friese geben?

240 Seiten, 12,5 x 20 cm, ISBN 978-3-95651-100-4, ***€ 9,90***
Auch als E-Book: *ISBN 978-3-95651-091-5*

Bernd Küpperbusch:

Tödliche Brieffreundschaft

Nach der Wende beginnt Jürgen mit Nachforschungen in Norwegen zu seiner Brieffreundin aus den 1960er-Jahren. Aber die Umstände werden immer mysteriöser: Niemand kannte sie, sie scheint nicht existiert zu haben. Kurz vor seinem Eintreffen im hohen Norden geschehen Morde, die seine Nachforschungen zusätzlich erschweren. Nach und nach kommt eine verzwickte Spionage-Geschichte ans Licht, die bis ins Dritte Reich zurückreicht und verblüffend aktuelle technische Innovationen bezüglich Strom-Speichermedien offenbart.

264 Seiten, 12,5 x 20 cm, ISBN 978-3-95651-098-4, ***€ 9,90***

Ebenfalls im KellnerVerlag erhältlich:

Inspector Barnaby

Die Drehorte der beliebten ZDF-Serie

Passend zur Serie liefert dieser Band detailreiche Informationen zu den Drehorten rund um Oxford. Die Beschreibungen der herrschaftlichen Landsitze und uralten Kirchen, **ergänzt mit Farbfotos und Landkarten**, offenbaren das typisch englische Landleben. Dabei erfährt man gleichzeitig, welche Folgen wo gedreht wurden, und kann mithilfe eines nützlichen Indexes »mitreisen«.

128 S, 13,5 x 21 cm, über 70 Farbfotos, ***€ 14,90***
Auch als E-Book: *ISBN 978-3-95651-022-9*

Yves Bertho:

Ich war Pierre, Peter, Pjotr

Yves Bertho (1922–2013) war ab 1943 Zwangsarbeiter in Bremen und verarbeitete seine Erlebnisse in einem 1976 erschienenen Roman, der in Frankreich Aufsehen erregte und mit zwei bedeutenden Literaturpreisen ausgezeichnet wurde. Er spiegelt exemplarisch das großstädtische Leben während der Luftangriffe in Bremen und beschreibt literarisch-eindringlich viele Facetten des Alltags im Bombenhagel, die mit Fakten und Zahlen allein nicht nachzuempfinden wären.

Historischer Roman. 520 S., 14 x 21,5 cm, ISBN 978-3-95651-079-3 ***€ 18,90***

Hans-Peter Mester/Ulrike Pala:

Der Bremer Westen

In ›Der Bremer Westen‹ werden die Stadtteile Findorff, Walle, Gröpelingen, Oslebshausen und Überseestadt informativ nach historischen, wirtschaftlichen und soziokulturellen Aspekten beschrieben. Hans-Peter Mester war von 2004 bis 2012 Leiter des Ortsamtes West und kennt sich aus. Ebenso die jetzige Ortsamtsleiterin und Autorin Ulrike Pala. Zahlreiche farbige Fotos, Hintergrundinformationen und Adressen runden das Bild vom Bremer Westen ab.

224 Seiten, 13,5 x 21 cm, ISBN 978-3-95651-047-2, ***€ 12,90***

Johann-Günther König

Der Osterdeich

Geschichte und Geschichten

Von der facettenreichen Entwicklung seit 1800 bis in die Gegenwart, ansässigen Häusern und prominenten ›Osterdeichern‹: Viel Wissenswertes befindet sich in dieser erstmaligen Würdigung des gesamten Osterdeiches. Ein altdeutscher Exkurs ›Achtern Diek‹ aus 1908 von Georg Droste vervollständigt diese umfassende Darstellung. **Alle Häuser werden gezeigt und bilden das farbige Panorama dieses einmaligen Nachschlagewerkes.** Nützlich und interessant, nicht nur für die AnwohnerInnen. Was es über den Osterdeich zu wissen gilt, ist in diesem Buch: »**This is Osterdeich!**«

128 Seiten, A5 quer, viele Fotos, **€ 14,90**
ISBN: 978-3-95651-109-7

Rolf Diehl / Frank Obergethmann

Die Bremer Vahr

Geschichte eines modernen Stadtteils

Bei ihrer Entstehung ab Mitte der 1950er-Jahre ist die Neue Vahr Europas größtes Bauvorhaben, notwendig geworden durch die immense Wohnungsnot nach dem Zweiten Weltkrieg. Heute ist die Vahr ein hübsch begrünter Stadtteil Bremens, der zudem bereichert wird von den Menschen aus anderen Kulturen und der generationenübergreifend gemischten Bevölkerung. Das Buch bietet geschichtliche Daten & Fakten, garniert mit vielen Fotos von Rolf Diehl, dem VAHReporter.
Ein nützliches Lese-und Nachschlagewerk.

248 Seiten, 13 x 21 cm, mit vielen Farbfotos, **€ 9,90**
ISBN: 978-3-95651-031-1

Erhältlich im Buchhandel (auf Bestellung) oder direkt beim:

KellnerVerlag
St.-Pauli-Deich 3, 28199 Bremen
Tel.: 04 21-77 8 66 Fax: 04 21-70 40 58
buchservice@kellnerverlag.de • www.kellnerverlag.de

25 Kellner Verlag
Bremen Boston